In Search of Words

Raymond F. L. Wong

追声 少年

著

人民文学出版社

图书在版编目（CIP）数据

追声少年/黄福霖著.—北京：人民文学出版社，2017
ISBN 978-7-02-013324-6

Ⅰ.①追… Ⅱ.①黄… Ⅲ.①长篇小说—中国—当代 Ⅳ.①I247.5

中国版本图书馆 CIP 数据核字（2017）第 213870 号

责任编辑　赵　萍　李　宇
责任印制　王重艺

出版发行　人民文学出版社
社　　址　北京市朝内大街 166 号
邮政编码　100705
网　　址　http://www.rw-cn.com

印　　刷　三河市鑫金马印装有限公司
经　　销　全国新华书店等

字　　数　243 千字
开　　本　850 毫米×1168 毫米　1/32
印　　张　11.375　插页 1
版　　次　2018 年 1 月北京第 1 版
印　　次　2018 年 4 月第 2 次印刷

书　　号　978-7-02-013324-6
定　　价　48.00 元

如有印装质量问题，请与本社图书销售中心调换。电话:010-65233595

此书献给

Judy, Dominic 及 Christina

目　录

第一章　海选 …… *1*

第二章　哇,他们只有十三岁! …… *7*

第三章　欢庆时刻 …… *11*

第四章　访问 …… *15*

第五章　未度完的假期 …… *23*

第六章　当他醒来之后 …… *27*

第七章　说不出话来 …… *32*

第八章　独臂魔头 …… *41*

第九章　父子的情谊 …… *47*

第十章　分道扬镳 …… *52*

第十一章　开学 …… *57*

第十二章　伙伴相聚 …… *66*

第十三章　秘密被发现了 …… *73*

第十四章　飞镖酒吧 …… *79*

第十五章　爱哭鬼 …… *89*

第十六章　十个不和谐的音符 …… *96*

第十七章　变幻理论 …… *104*

第十八章　词汇库里的两个词 …… *112*

第十九章　再见,毛茸茸 …… *119*

第二十章　音乐俱乐部 …… *123*

第二十一章　一去不复返的周六 …… *130*

第二十二章　八年级万岁！…… *136*

第二十三章　真相暴露 …… *142*

第二十四章　三个钢球 …… *146*

第二十五章　真的是黑桃 A！…… *151*

第二十六章　哪儿受伤了！…… *156*

第二十七章　TheBigBoss@Universe.com …… *161*

第二十八章　民族荣辱 …… *165*

第二十九章　靶心 …… *169*

第三十章　手语 …… *178*

第三十一章　土耳其的喜悦 …… *184*

第三十二章　橄榄球队长 …… *194*

第三十三章　太极班 …… *199*

第三十四章　中医能治好吗？…… *205*

第三十五章　年终聚餐 …… *214*

第三十六章　大丰收 …… *226*

第三十七章　比赛 …… *238*

第三十八章　还给护士的药 …… *246*

第三十九章　突然昏倒 …… *253*

第四十章　不要动！…… *261*

第四十一章　西科罗拉多之行 …… *266*

第四十二章　艰难的决定 …… *275*

第四十三章　花园里的天使 …… *280*

第四十四章　最后的周末 …… *286*

第四十五章　我看起来很朋克 …… *296*

第四十六章　笑脸和哭脸 …… *302*

第四十七章　出乎意料的礼物 …… *308*

第四十八章　是时候了！…… *319*

第四十九章　你一直都唱得这么好吗？…… *332*

第五十章　尾声 …… *342*

后记 …… *353*

第一章　海　选

这是《娱乐达人》连续第六个年头在伯明翰海选了,这已经是选拔的第二天了。三名评委都显得有些意兴阑珊。这也难怪,今天没有太出色的选手,收获不大。

那个看上去二十四五岁的年轻舞者表现不错,已经成功晋级。但刚才那位表演者粗俗笑话还没说完,三位评委就都给他打"×"了。

作为此次评委中唯一的女性,郑敬诗已经连续六年担任该节目的评委,她见过的优秀演出可多得数不胜数。在她看来,最令人难忘的自然是2011年的阿尔龙·桑德斯。她曾经不止一次说过,看他跳舞,让人赏心悦目。

这个节目每次海选的时候,演出大厅都座无虚席。黑压压的观众,无疑会增加表演者的紧张感,幸好此刻他们都隐藏在幽暗的背景中。此刻,现场的观众也有些失望,大家都期待着下一个节目。这是今晚最后一个,希望能够给力一点!

这时,工作人员推出一台中型的钢琴。接着,主持人维安和杰克请出了一对少年男女的参赛者。

当两人走到标着大大"E"字舞台中央的时候,观众席上发生了小小的骚动。两位年轻的选手身穿牛仔裤、马球衫、彩色运动鞋,浑身上下都散发着青春的气息。

那姑娘，年纪不过十二三岁，不仅姿容漂亮，而且举手投足间又显得沉稳自信。她那甜甜的微笑，以及投向全场三千五百多名观众迷人的一瞥，都给她平添了无穷的魅力。

那个男孩看上去也是大概十三岁，但他神情紧张，望着评委的眼神颇为慌乱。然而，他那不苟言笑及略显僵硬的表情，都因为他那张俊美的面孔而被观众忽略了。

以他的年龄来说，男孩个头算是挺高的。深褐色的头发，带着一点儿中国或者亚洲人特质的五官，给他又增加了一抹异域风情。总的来说，他俊朗的外表与台上少女的姣美面孔互相辉映，珠联璧合。但羞怯的举止及忧郁的眼神又为他蒙上了一层神秘感。

郑敬诗女士及新评委麦信均盼望这两个孩子今天能有上佳的表现。

但是，三个评委里面最著名的向景怡先生却显得有些不安，他不停地在看笔记。他对参赛者的才艺有极为敏锐的嗅觉，他的这种艺术直觉曾经改变了许多选手的命运，使他们成为世界级的表演艺术家。

这里面就包括了两年前还没有资格单独进入决赛的四个少年，是向景怡给了他们额外的一次机会，让他们组成了一个男孩乐队进行比赛，这就是如今红极一时的"空间前沿"乐队。

"你好，你叫什么名字？来自哪里？"向景怡注视着面前的少女首先发问。不知为何，他此刻感到有点忧虑。

"我叫方雅丽，来自美国华盛顿特区，但现在住在伦敦北面。"姑娘以一口优雅的美国口音回答。

"那么你呢，年轻人？"向景怡向站在姑娘身旁的男孩问道。男孩却迅速把目光转向姑娘,显得忧心忡忡。

"他叫霍思杰,美籍香港人。我们就读于同一所学校,都是十三岁。"方雅丽把学校和年龄也一并报了出来,似乎是为了避免评委追问。

"我看得出小霍有点紧张,不过你为什么要代他回答问题呢?"向景怡一向以问题尖锐著称,经常弄得选手张口结舌。他严格的评判标准早已声名远播。

霍思杰又一次望向自己的搭档,神情变得更加紧张,好一会儿都没有把目光从方雅丽的脸上挪开。显而易见,两人中间,姑娘是拿主意的,棘手的问题均由她来应付。但现在这个问题,也令方雅丽面露难色。

尽管这次有点犹豫,可是她还是率先回答:"嗯,思杰有些……不方便说话……"此时,思杰的目光从方雅丽的脸上移到面前的地上。他手里的麦克风却泄露了他的伤感。所有的人都察觉到,他开始抽泣了。他双手紧握麦克风,因为不想让人看见自己的泪水,于是深深地低下头去。

郑敬诗在麦信耳边低语:"糟糕,男孩哭了。"

"……目前他还不方便说话,但是,呃……他……"方雅丽继续说道。

不等方雅丽说完,向景怡追问一句:"这么说,是他演奏你唱歌吗?"

"不。"此刻漂亮的姑娘已经完全恢复了自信,"他能唱歌。我们是二重唱,他同时还要弹钢琴的。"她的话更使评委们感到迷惑。

很明显,男孩霍思杰此时已经难以控制情绪,所有看着大屏幕的人都能够察觉到他的泪水正一颗一颗滴在舞台上。郑敬诗女士带着责备的眼神看了向景怡一眼,然后转向女孩:"抱歉啊,雅丽,我们并不是成心要为难你们,只是想多了解一点你们的背景。那么,你俩为这次选拔赛准备了多长时间呢?"

"我们只在上周六和周日练习过。"方雅丽说。

"啊!就两天的时间?"麦信插话了。

方雅丽淡淡地说:"最近一个月我都没有空,所以只练习了两天,本来是想练习更长一段时间的。"

"你为什么那么久都没空呢?"麦信感到事情不大对劲,决定打破砂锅问到底。

方雅丽稍微有些犹豫,回答道:"我刚做过手术,之后有将近五个星期时间不得不卧床休息。"这时,连观众也急于从姑娘口中了解更多情况了。向景怡再次发问,不过这次口气非常温和,生怕再吓着两个孩子:"你已经完全康复了吧,雅丽?"

观众已将注意力转移到方雅丽的身上,而霍思杰虽然还在流泪,但情绪比最初要平复了许多。

"但愿如此吧。因为医疗组花了九个多小时才完成手术。"方雅丽平静地回答,这时演奏厅内响起了同情的惊呼声,人们似乎已经把这两个孩子还要参加选拔赛的事抛到脑后了。

郑敬诗女士觉得不宜再继续探究两个孩子不寻常的身世了,于是决定改变话题。早年间的选秀节目中曾经有四位选手,苏珊·鲍伊尔、保罗·珀茨、乔纳森和夏洛特,他们年龄稍长,所以面对类似的提问时就更有经验。评委们的问题也曾经使他们困窘、难堪,但是他们的回答却总是那么感人。现在,这四人已经蜚声世界乐坛了。

郑敬诗女士觉得提问到这里已经足够了:"好了,你们今晚打算演唱什么歌曲?"

这句话,本来应该将所有的人都拉回比赛的正常轨道上来,但结果却引出了另外一个戏剧性场面,令几位评委大感意外。

这次,轮到方雅丽局促不安了。她转向思杰,看到他已停止哭泣了。方雅丽又回头,犹豫地看着评委,然后,再次把目光投向思杰,脸上露出痛苦和焦虑的神情。

郑敬诗女士再次插话,试图控制局面:"雅丽,请你不要哭哦!"

"别担心,我很少哭的。我可是个坚强的女生哦。"这一刻,美国姑娘说出来的俏皮话令现场所有的人都笑了,紧张的情绪也顿时轻松下来。

与她魅力四射的开场白形成了鲜明的对照,她声音很低地说:"我们演唱的是勃兰和黑兹伍德创作的歌曲,叫作……"当她再次与搭档的目光相遇时,三台摄像机中的一台对准了几位评委。

两个男评委同时用双手拍了一下脸,而郑敬诗女士也显得忐忑不安,仰头望着天花板,发出一声轻叹。除了评委,以及几位脱口而出表示惊奇的观众,恐怕没有多少人知道少女即将说出的歌曲名字。

"叫作……"方雅丽深吸了一口气,然后大声说道,"叫作《生命如此美好》!"说完她又关切地望了思杰一眼。

在这个选秀节目史上,若说观众会对表演者致最深切的同情,那一定就是接下来的十几秒钟了。在一阵"啊""天哪"

的惊呼声之后,死一般的寂静笼罩了整个演出大厅,那些惊呼差不多是异口同声,犹如足球场上射门不中之后观众的惋惜声。

面对一个静默到令人窒息的剧场,向景怡这时也感到应尽快把这个选秀节目带回正轨了。毕竟,他是评委会主任,而且这个节目能够在英国走红继而进军美国,并成为美国一档家喻户晓的电视节目,均赖他一人之力。

"孩子们,我们或者说是我本人吧,对刚才提出的一些不合时宜的问题深表歉意。你们两个人在生活中所历经的痛苦,是我们本不该提及的。你们显然遭受过创伤,但今天却勇敢地站到了这个海选的舞台上。我希望你们能够鼓起勇气来为我们大家表演。思杰,你在开始之前需要点时间来镇定一下吗?"

思杰第二次把目光投向评委席,然后转向方雅丽。虽然他依然眼含泪水,但是再也见不到害羞、窘困和悲伤的眼神。

他坚定地摇了摇头,传递出一个明白无误的信息:"不,我不需要休息,我能做好。"观众席立即响起掌声和口哨声,给了这两个年轻人莫大的鼓舞。

"那好,坚强点,祝你们好运!"向景怡朝郑敬诗歪过头去,低声说:"他的眼神挺坚强的啊。"

方雅丽轻轻拍了一下思杰的胳膊,看着他抹去眼泪。他们信心满满地后退几步,思杰坐到了键盘前。向景怡的脸上还挂着一抹令人难以捉摸的强笑,和另外两位评委以及观众一样,他心中惴惴不安。

第二章 哇,他们只有十三岁!

两个年轻人准备就绪以后,思杰擦干眼泪,然后打开钢琴。

这首歌曲是妮娜·西蒙的成名曲,她当年以一段清唱作开端。而今天的二重唱,孩子们选用一小段带爵士乐风格的钢琴曲作为前奏。

思杰把长达十五秒钟的旋律一气呵成地弹了出来,他那举重若轻的弹奏,使人一下子想起新奥尔良的职业钢琴师。场上的每个人都确信,思杰所展示出来的才艺已经远远超出了同龄人能够达到的水平。

"朝阳熠熠,世界为我存在。"方雅丽清舒歌喉,唱出首两句,并在结尾处配以颤音。所有的人都意识到,一个堪称一流的演出节目已经开始了。

方雅丽甚至还没有唱出第二小段,"晴空万里,世界为我存在",观众就开始用欢呼声来鼓励她,有一半人已经站起来鼓掌。许多人之所以没有起立,是因为他们担心那个弹钢琴的男孩嗓音不够好,不能够与女孩媲美。第五句和第六句歌词轮到思杰唱了:"草儿青且嫩,花瓣随风飞。"短短几秒钟的歌声,一下子使表演大厅沸腾了,欢呼声、掌声响成一片。观众的一切疑虑烟消云散,这少年的歌喉同样无人能匹敌!

对一群挑剔的观众和三位享誉世界的评委来说，经过了之前尴尬的一幕，思杰在演唱这两句歌词时，表现出来的高超技巧实在是太令人欢欣鼓舞了。整个剧场都淹没在雷鸣般的掌声里，每个人都站起来为他们鼓掌喝彩。

一位杰出的歌唱家只需要展开歌喉几秒钟，歌声便能直抵我们灵魂深处。方雅丽和霍思杰就属于这类歌手。郑敬诗女士和麦信先生用惊喜的眼神互相对视，两人与现场观众一样，都情不自禁站起来欢呼。

向景怡回头向观众席望去，然后对两位同侪报以满意的微笑。此刻他信心满满，知道今晚又有两颗新星诞生了。

向景怡强压着自己内心的激动，示意观众保持安静。因为他很清楚，男孩和女孩即将演唱序曲的结尾部分，可能会有更高超的演唱技巧。整个大厅在向景怡的示意下，霎时变得鸦雀无声，所有人都屏气静候佳音的响起。

"世间的生灵似已就绪，迎接欢乐祥和的又一天……"思杰的演唱，显示了他对节奏腔调有着远超他的年岁的领悟，而方雅丽的和音配合得天衣无缝，妙到两个孩子互相对望着，充满了自豪。"……生活如此厚待我，生活如此美妙。"这两句歌词是序曲的结尾，最能展现歌唱家嗓子的音质和力度。思杰轻轻松松地把不同的音符升高了八度，但听上去依然十分和谐。

具有音乐天赋的男孩子均有一副声调极高的男童高音。这两位少年以流畅的颤音结尾，其老到和练达，似乎只有成年专业歌唱家才能掌握。

"哇，他们只有十三岁，仅仅只有十三岁！"麦信大声嚷了出来，连身边另外两个评委都听到了。

观众起先是如痴如醉,继而欣喜若狂。热烈的掌声夹杂着口哨及叫好声,响彻整个大厅。

此刻,思杰做了个手势给后台的技师,让他们播放主体的背景音乐。技师按下录音机上的前进按钮,小号、长号、吉他、鼓和钢琴随即响起,歌曲的主体部分开始了。在术语中,此种为"大乐队风格"。

接下来的表演洋溢着节日的气氛,宛如著名音乐艺术家的音乐会,带动观众跟着音乐的节拍摇摆身体。后台的技师忙着加大喇叭的音量,让两位小歌唱家的歌声能在全场的欢呼喝彩声中依然清晰可辨。

两个少年并不是按照原来的乐谱在歌唱。他们如同职业歌星那样把歌曲改成了他们自己独有的风格。如果不仔细观察,很难区分某一句究竟是方雅丽在唱还是霍思杰在唱。对于那些受过音乐训练的人来说,两个孩子的演唱看似随性,实则匠心独运、浑然天成。

评委和有音乐素养的观众均异常欣赏这一对少年组合:他们可谓珠联璧合、相得益彰。两个孩子不时回到歌曲的主调上,在爵士乐和布鲁斯两种风格之间转换,轻松自若、不露痕迹。一些观众意识到,他们的表演完全可以与著名的巴比·达林或者麦可·布雷的现场演唱会相媲美。

对于三位评委来说,这倒不是什么稀罕事——毕竟,像方雅丽和霍思杰这样的少年才俊,他们也不是第一次遇到了。郑敬诗就清楚地记得,托比·杰克逊参加海选的时候演唱的就是这首歌,也正是这首歌曲让他一夜成名,并获得了2012年赛事的亚军。来自威尔士的诺亚·德雷斯科第二年也唱得出类拔萃,结果赢得了首次登台的机会,在迈克尔·杰克逊的纪念演唱会上,当着全世界十二亿观众的面演唱。还有十岁的洁姬·伊凡可及十二岁的比安卡·赖安,也都是以超高水平的演唱征服了美洲大陆,后者更赢得了一百万美元的比赛奖金。

方雅丽和霍思杰的演唱在这首歌曲的结尾部分掀起了高潮。在演唱最后一句"生活如此美妙"的时候,他们把最后的"妙"字延长了足足十五秒,音高和音符不断变化,思杰还把音域唱高了八度。他们强而有力的嗓音,把歌曲的真谛表现得淋漓尽致!

主持人维安和杰克冲了出去,激动地与孩子们握手。他们显然想要说些什么,但是声音却淹没在全场观众狂风暴雨般的掌声和欢呼声中。

第三章 欢庆时刻

除向景怡之外,兴奋无比的评委忽略了一件事,演唱这首歌曲花了将近三分半钟,远远超过了两分钟的规定时间。但话得说回来,经历了戏剧性的开场白,之后又欣赏了两个孩子动人心弦的演唱,谁还在乎时间的长短?

在一片狂热的喧闹声中,观众要求孩子们加演。在评委们的记忆里,这样的事,在《娱乐达人》海选的历史中,还没有发生过。郑敬诗情绪激动地对向景怡耳语了几句,继而张开双臂,在观众的欢呼声中,走上舞台——在那里,两个孩子正深深地鞠躬谢幕。

两个孩子手牵着手(这种举动在同龄的孩子们中是要遭到取笑的),正准备再次向观众鞠躬致谢的时候,郑敬诗一把将他们搂在了怀里。她从霍思杰手中拿过话筒来,说:"孩子们,以前我或许也曾感动到落泪,但是我从来没有在这个舞台上拥抱过任何人。看着你们两个能够排除万难,表演一个世界级水平的节目,我的眼泪都忍不住了。"事实上,她也真的没能忍住泪水。观众的喧闹声几乎失控了,郑敬诗的声音本来已很小,而她的情绪又越来越激动,后来究竟说了些什么谁也听不清了。

"还有,思杰,我相信你一定能够恢复说话的能力。想想看,我们用那么多问题难倒你后,你还能鼓起勇气歌唱,这对我们成年人是一个莫大的鞭策,也教育了我们应该如何面对逆境。我只想祝愿你们俩……"说完这些,就轮到她举手拭泪了。她在走回自己的座位时一直都在傻笑,她也为自己因孩子的出色表演而失态感到有些窘迫。

"麦信,轮到你了!"向景怡示意麦信发表评论。

"啊,你们俩真是很棒的歌手!成年人很少称赞小孩子为伟大的歌唱家,但是你们俩当之无愧。就像刚才敬诗指出的,你们在压力下开始表演,但是只用了二十秒钟就把这首歌控制自如。之后你们抛开这首歌的原调,即兴演唱,令全场的观众大喜过望。最后几句,你们又重回原调,表演出完美无瑕的结尾。你们今晚的演绎真是异常精彩。

"哦,老天!我该说些什么呢?孩子们,你们是一对金童玉女。如果你们各自独唱的话,两个都有可能赢得这场比赛。合起来,你们就更加所向无敌了!"席上又响起了一阵掌声和口哨声。

轮到向景怡评论了,由于他一向苛评,所以每个人都很期待他会说些什么。"雅丽,思杰,刚才我们无意之间闯入了你们过去不幸的隐私,虽然我们是出于好奇,也因为你们是孩子而关心你们,我还是要在这里再次向你们道歉。

"但你们很快又重整旗鼓。我相信,这段视频很快就会传遍全世界,有千千万万的人会看到它。"向景怡停顿了一下。

"你们的嗓音和唱功,我就不用多说了。而你们坚强的意志力,更值得我们成年人学习。要不是规则不允许,我会直接把你们送入决赛的。我敢肯定,今夜所有观看了你们演出的人都会祝福你们。还有,思杰,下次见到我们的时候,跟我们说几句话,好吗?

"两位评委,我觉得我们不需要按照惯例表决了,你们说呢?他们毫无疑问会晋级。孩子们,回到爸妈身边去吧。"向景怡可不知道,自己又说错话了,所幸霍思杰没有留意到。

舞台上大屏幕的镜头轮番切向站立鼓掌的观众,笑容满面的评委,以及哭泣的霍思杰。

像他们这年纪的少男少女,当着这么多人的面拥抱,并不常见,但是霍思杰简直就是飞扑向方雅丽,完全像个小孩子一般拥抱着她。不用说,他的体重几乎把方雅丽压垮了。这次,他欢乐的泪水也就无须掩饰了。他把头搭在方雅丽的肩膀上,像个哭泣的婴儿依偎在母亲怀中一样。

他们当着三个镜头和三千五百名热情的观众互相紧抱了足足几秒钟。坐在评委们身后蓄着胡须的罗智达先生也看到了这一幕。坐在他旁边的,是方雅丽四十来岁的父母。

罗先生跟着人群一起鼓掌,只不过他看上去很沉静,脸上带着无比满足的神情。要是谁了解他的笑容,就会知道里面有了却夙愿的满足感,也有如释重负的轻松感。当然,还有大功告成后的成就感。不过,很明显罗先生的健康状况很糟糕。

两个孩子手拉着手跑向后台,一边开心地笑着,一边还不忘向观众挥手致意。在后台,十五六个同学蜂拥而上,围住他们,互相拥抱,像庆祝节日一样。

这次,跳起来的是方雅丽,她扑向一个与她年纪相仿的叫卓文聚的男孩。他们亲吻对方的脸颊表示祝贺。而观众席上也不断发出"再来一个"的欢呼声。

而对霍思杰来说,等待他的是一个清新可爱的中国姑娘张惠敏。她把思杰拉到一旁,握住了他的双手。亚洲人比较保守,轻易不会表露自己的感情。所以,他们只是含情脉脉地望着对方,笑意盈盈,周围的喧闹声似乎并没有打搅到他们。

霍思杰情不自禁地想,要是自己的父母也在观众中间,那现在就是自己一生中最幸福的时刻了。事实证明,罗智达叔叔的话一直都是对的:他唱歌要比弹琴棒得多。而且,他现在甚至还不能顺顺当当地说话呢!

第四章 访 问

五分钟后,三位评委,连同节目的制片人及摄制组成员,在评委的私人房间里与这对二重唱选手重聚。罗智达和方雅丽的父母也在旁陪伴两位年轻人。

向景怡首先向众人介绍罗智达为伯明翰凯博学校校长,与他已有三十多年的交情。向景怡接着表示,自己十分关心两位少年的情况,希望有机会能助他们一臂之力。在征得两个孩子以及罗先生、方家夫妇的同意后,见面会被录音及录像。直觉告诉向景怡,两个孩子的故事必定引人入胜。不说别的,房间外面那些热情的观众肯定都想知道,这两个可爱的孩子究竟有着怎样一些不平凡的经历。

坐在三位评委面前的方雅丽和霍思杰,这会儿神态甚是轻松自若。

"两个孩子同意我把他们的故事告诉你们——其实,我的老朋友景怡对他们的故事也只是略知一二。"罗校长开口道。

"刚才在舞台上思杰哭泣时,我真担心他撑不住了。但是他却勇敢地挺过来。在那次变故之前,思杰其实是个很坚强的孩子,而且多才多艺。"霍思杰坐在他身旁,十指交叉,放在膝盖上。比起同龄孩子来,他的眼神显得格外尖锐,可能是因为丧失了语言能力,所以对周围环境更加敏感。

"不久前,思杰是个天赋极高的学生,学校的功课及课外活动,几乎门门优秀。不幸的是,在一天之内,他丧失了最宝贵的四样东西。其中两样已经永远失去了。第三样东西尽管并不是完美,但也算是失而复得。而第四样东西,就是他的说话能力。有了今天这样难忘的经历,看来也有望在不久的将来彻底复原。"

随后,罗校长详细地叙述了思杰丧失语言能力的缘由,并且解释为什么在过去的九个月里,对思杰来说,生命有些时候,真可说是毫无意义。他的叙述动人心弦,比刚发生在舞台上的那一幕更加令人痛心,评委们诧异地听着,不时向思杰投去同情的目光。

"我相信你们会同意,那时的情形的确十分复杂。作为霍家的世交,我将思杰安排转学到我们英国寄宿学校,希望他在这里身心两方面都能尽快地恢复。而且,这样一来,他还可以远离那个令他伤心的环境,有机会及早培养起独立的性格。"罗校长继续道。

"他能唱歌,这是第一个康复的迹象,我们为此已经等了整整九个月了。像他一样的病人,情况好转的也有好多例子,但是他仍然不能流利地说话。他才五六岁的时候,我就知道他有一副极好的嗓子。所以我才想到打电话给我的老朋友景怡,请他给我一个人情。因为如果思杰和雅丽能在当下火爆的节目《娱乐达人》中得到赞誉,这对于他们的康复肯定会有好处。

"但我只告诉景怡,他们俩正在康复,而且我也请求景怡尽管履行好他作为评委的职责,不用特殊照顾孩子们。当时景怡也追问我,在众多观众面前进行选拔,压力很大,两个康复中的孩子能否吃得消。"在场的向景怡边听边点头,好像在证明着什么。

罗校长此后将重点放在了方雅丽的经历上,她的遭遇同样令人动容。评委们边听边皱眉。两个孩子的经历竟然有颇多的巧合。身为评委会主任,向景怡心中暗自庆幸,刚才这二人在台上的时候,自己没有进一步刨根问底,不然台下观众一定会觉得不安。

在罗校长解释时,思杰很平静而自信,与他初登舞台时的腼腆和青涩,形成了鲜明的对照。

事实上,其他人察觉不到的是,思杰也很享受着这次见面会。在台上的十五分钟里,紧张的他将注意力始终都集中在即将开始的演出上,心无旁骛。如若不然,他一定早就注意到郑敬诗女士出了名的美貌了。此刻,距离她几步之遥,思杰能欣赏她优雅而迷人的面容。

"也不知道她会不会主动跟我吻别啊!不行的话,不知我能主动亲吻或拥抱她吗?刚才当着那么多人的面,她也吻了我们俩呢。但愿我能心想事成。"思杰心里暗自琢磨着。

近来,语言障碍病理学医生高美燕博士、方雅丽以及学校的好友们,都一致认为霍思杰完全恢复说话能力只是时间早晚的问题。思杰对此也颇有信心。他越是满怀希望,就越是沉浸于过去的辉煌——在那些日子里,学校的许多活动都是他作为领袖组织策划的,在同学中很有声望。

在最近的几周里,思杰因复原有望,对周围的环境也开始愈来愈敏感了。而郑敬诗女士无疑吸引了他的注意力。

一直以来,他跟同龄孩子一样,都认为女孩子跟男孩子一样,都是简单的生物。而最近,伴随着生理和心理的成长,他的观念有了一些微妙的变化。

他的目光又瞟向敬诗女士,已经是第六次了!幸好,所有的人都聚精会神地在听罗叔叔的叙述,一直还没有人注意到他。不过,当他把视线从敬诗女士身上移向智达叔叔时,遇到了方雅丽的目光。她脸上古怪的表情,加上嘴角上一丝嘲讽的微笑,暗示着她一直在观察他。思杰大窘,立即正襟危坐起来,眼睛再不敢不老实了。

竟然被方雅丽逮了个现行,但当所有的人都突然转过头来,向他投以同情的一瞥时,他还是无法避免地与郑敬诗的目光相遇了。

此时,麦信先生突然发问:"思杰,你刚才在台上哭了,是不是因为不能回答我们的问题?"思杰此时正专心聆听对谈,他心里暗暗庆幸。

方雅丽立即将一个本子和一支笔递到思杰手上。显然,这些动作是他们日常生活的一部分。思杰用大写字母写着,其他人则耐心地等候。

"因为在那么多人面前无法说话,我觉得很羞耻。过去的八个月在学校里,这类事常发生,我到处被人嘲笑。还有,要在三千五百名观众面前唱歌,我也很害怕,泪水就更多了。"

三位评委都笑了起来。

"好了,你们继续为下一轮比赛排练吧,我们期待你们下次的表演更加精彩。"郑敬诗说话的时候,用充满母爱的眼神望着两个孩子。霍思杰和方雅丽互相对望了一眼,然后转向智达叔叔,同时耸了耸肩膀,脸上带着犹豫不决的表情。

"雅丽,思杰,我看你们俩也许面临着一个艰难的决定。你们的才艺一定广为人知了,任何一个音像公司都会毫不犹豫地跟你们签约。不过,我也拿不准,你们俩究竟是不是应该继续搭档二重唱,因为在我们这一行,二重唱鲜有成功的先例。不管怎么说,你们还是先回到学校去吧。"向景怡说道。

"还有,智达,尽管你在演出前一周才给我打了电话,不过我让他们俩插队也不是什么大不了的事。我们明天还会在这里待上最后一天,他们极优秀的歌艺,相信再也没有其他人可以与之媲美了。"向景怡总结道。

"谢……谢你们!"这几个字从思杰的嘴里笨拙地蹦出来。

"哎哟,宝贝儿,你可以说话的,是不是?太好了!"郑敬诗激动万分地惊叫出来。向景怡和麦信也用热情和鼓励的目光望着思杰。

思杰那自信而甜蜜的笑容,几乎把郑敬诗的心都融化了。

"是的,他会说话,但是目前还说得很慢很慢,而且,只要一有压力,就又不灵了。像刚才初次见到评委和观众,他会一个字也说不出来。"罗智达说。

向景怡说:"思杰,还有一个很好的理由,需要你必须加倍努力,争取完全恢复。试想一下,要是有一天你能够亲口讲述自己恢复说话的过程,对于那些与你有同样病例的人,该是多大的鼓励呀!而且不管你能不能赢得这项比赛,我相信敬诗都会乐于让你们参演她的大型音乐会和电视节目。"

"没错,我盼望着这一天呢。"郑敬诗补充道。站在一旁的制片人,当然明白向景怡的建议对各方都有利,毕竟两个孩子的身世、样貌,以及过人的唱功,会颇招观众疼爱的。

思杰下意识地知道,向景怡的一番话是对自己的激励。

相互道别和祝福,无疑是令在座的人很伤感的。不过,思杰却不以为意。作为主角之一,他一直盼望着郑敬诗会给他一个完美的再见。

郑敬诗走过来伸出手打算跟思杰握手道别的时候,思杰差点晕过去了。"哦,我的天,难道就这样结束了?"他看上去真的很伤心。

由于在过去的九个月里思杰不能说话,他已经完全掌握了用脸部表达各种情绪的方法。许多时候,他通过眼神,或者其他脸部表情来表达情绪,从而达到自己的目的。他发现,这些武器,比起在写字板上写字,威力可强大得多。有时候,为了赢得别人的尊重或同情,他也会佯装种种情绪。在事故之前,他绝对无须使用这些伎俩,因为可以凭着滔滔宏论赢得尊重,也可以用温言软语打动人心。

他感觉现在实在是太关键了,必须当机立断。他看起来快要哭了。郑敬诗好像读懂了思杰的表情,给了他一个大大的拥抱。思杰立刻神采奕奕,开心地笑了,并用尽了全身之力抱住郑敬诗。

霍思杰究竟为什么会再次遇到当时站在郑敬诗身后的方雅丽的目光,真是个谜。这次,思杰迅速避开了方雅丽的目光,但隐约意识到她脸上的表情很是诡异。

郑敬诗充满母爱的拥抱持续了好几秒钟。她当然不知道,思杰与罗先生、方先生和高美燕博士之间的礼节性拥抱,虽然同样亲切,但是通常只持续两三秒钟。

"哦,这孩子,真该有个人好好拥抱他一下了。"郑敬诗想。思杰却神秘兮兮地掏出他的手机,展示一张照片给她看。

当思杰把食指举到唇边的时候,郑敬诗当然明白他的意思是要保密。他们相互秘密地笑了。"她看上去好棒啊!我们保持联系,保重。"那位美丽的女评委说完之后,在思杰的额上深深地亲了一下。

思杰很感动。他不停地看一眼母亲的照片,又看一眼转身离去的郑敬诗。"她们美丽的五官真是有几分相像啊!"思杰思忖着。其实,真的相像吗?

往外走的时候,方雅丽悄悄对霍思杰说:"为了这个拥抱,你真是煞费苦心呀?"

要是这个世界上有人对霍思杰是了如指掌的,那一定就是方雅丽了。她既是他的姐姐、他的搭档,又是他的知己,尤其是在他情绪低落的时候。他们之间的密谈,不是青年男女之间的,而是伙伴之间的密话,其中就包括了霍思杰向方雅丽坦白承认自己有时凭"表演"获得关注。

不过,在这事上,她错怪思杰了。因为就是思杰自己也搞不明白,他为什么这么渴望得到美女评委郑敬诗的拥抱。可能他心理上的一个小小变化,可以对此稍作解释:事故之后,漂亮的女性在他眼里经常变成了母亲的化身,在他心里也常激起想要拥抱她们的想法。

霍思杰、方家夫妇和罗智达,均是一夜难眠。他们各自躺在床上,一遍一遍地回忆着傍晚发生的一切,心潮起伏。尤其是思杰,比其他人更多了一段甜蜜的回忆。

一周之后,在学校告示牌上,有一则简短的通告,上面写道:根据医务人员的建议,本音乐俱乐部的两位会员,方雅丽和霍思杰,由于健康原因,决定不再参加《娱乐达人》海选的第二轮比赛。该两位会员,以及本俱乐部主席罗智达,真诚感谢广大观众和凯博学校的支持及中原独立电视台制片人的理解,并特别鸣谢三位节目评委在选拔赛期间的关心和指导。

为了避免压力过大以及不利的情绪波动,伯明翰中心医院的高美燕博士做了一个痛苦的决定:中止两个孩子的后续演出计划。在这两个孩子的康复期间,必须严格防止一切过度的精神刺激。

评委们和罗先生、方雅丽、霍思杰等人的访问,连同选拔赛的全程录像(包括赛前的提问和思杰的飙泪),在赛后的周一就被上传到了网上。视频标题叫作"《娱乐达人》二重唱,大病初愈,登台满堂喝彩"。

到了第四周,这段视频的点击率已达到一千两百万次,真是令人难以置信。根据网络专家的估计,一年的点击率将会超过一亿次!虽然这个点击率远低于贾斯汀·比伯那首流行曲《宝贝》视频十亿次的点击率,与鸟叔《江南 style》视频二十亿的点击率世界纪录更是不可同日而语,但是霍思杰和方雅丽的成功,已是极其罕见了。毕竟,他们还不是明星嘛。这段视频与苏珊大妈和保罗·波茨的视频一样,很快便成为世界上许多职业治疗师的教材。

第五章　未度完的假期

罗智达上一次写日记还是他读小学时,是一个英语老师强加于他的习惯。他的心思和时间都花在音乐上,晚上要他回忆起白天发生的琐碎杂事,那种无聊,真是要了他的命。他这个习惯持续了一年,升入高年级以后就无疾而终了。现在,这习惯的死灰复燃,也是不得已的事,因为他的记忆力已经大不如前,这大概是大量服用药物产生的副作用吧。

他拿定主意,日记应该是个札记,只记录他所谓的最后责任,即两个孩子的康复过程。一个是霍思杰。作为他的监护人和干爹,他与思杰的父母及祖父母有很深的交情。另外一个是方雅丽,与思杰一样讨人喜爱,且歌唱天分极高,在凯博学校音乐俱乐部广受欢迎。

罗智达观察到,自从方雅丽加入了音乐俱乐部,会员人数迅速蹿升,达到二十多人。可以理解的是,新会员主要是男生,女生仍然只有两位。不过,只要方雅丽露面,大量男生自然会趋之若鹜。原因很简单:她不仅歌艺精湛,而且是一个漂亮迷人的少女。

日记的第一页这样写道:"事情始于我的好友霍文敦和他的妻子陪着他们的儿子霍思杰前往加州斯坦福大学的夏令营。夏令营是霍普金斯大学的青年才俊中心组织的。

"思杰之所以迫不及待要再次参加夏令营,是因为他去年已跟那帮美国、韩国和日本的朋友混熟了。大家已经约定,今年要在同一个地方聚会。"

霍文敦一家在佛罗里达州的奥兰多市短暂停留,打算游览七个迪士尼主题公园。尽管时值七月,酷热难耐,这个主意看起来还是不错。

"妈,旅馆前台的人告诉我,那个最大的主题公园'魔幻之国'里,有一个特别的优惠。"思杰说。自从抵达佛罗里达,他几乎就一直在研究行程,没有合眼。

"旅馆的客人可以享受特别优惠,在夜间可以多玩几个小时的游戏,直到凌晨时分呢。他们把它叫作'附送的魔幻时光'。多划得来呀,爸!"

"也好。反正头几天我们闹时差,不到凌晨也睡不着。"霍文敦的确心情畅快。

那天早些时候,他们参观了环球影城,实在疲累得要命。虽然早料到会如此,也多付很多钱买了快票,结果呢,还是在太阳底下排队等候好久才入场,人都要晒化了。

稍微打了个盹,吃了顿简单的晚饭,一家人就在晚上八点四十五分离开"天鹅与海豚"旅馆,取了他们的福特野马敞篷车。他们三人想到入夜以后,暑气消退,一家坐着敞篷车兜风,兴奋异常。这种奢华,在老家香港是享受不到的。那里的夏季,即使夜幕降临以后,依然闷热无比,加上夏季多雨,所以,香港的敞篷车少而又少。

霍文敦已经发动了汽车,思杰却突然解开安全带,对妈妈说:"等一下,我忘了帽子了。"

他说完跳下了车。霍文敦虽然从不对儿子大叫大嚷,可是也的确有点生气了。他提高了嗓门说:"晚上你要帽子干啥?"

"万一照相,我戴帽子好看些。"

梅兰妮想到父子俩这样的对话也许会影响到假日的和谐气氛,悄悄对丈夫说:"儿子都十多岁了,开始臭美了,你就随他去吧。"

思杰花了六分钟回酒店取帽子,这六分钟却彻底改变——可能更准确的说法是,毁灭了霍家的幸福生活。

思杰回来了,以从来没有试过的方式手脚并用地爬上了车。"谢谢老爸老妈,我爱死你们了。再过几天,我就可以不用开车门,而是像电影里那些人一样,直接跳上车了。"

他们晚上八点五十一分离开酒店,满心欢喜,打算夜游最大的主题公园,既避开了白天的炎炎烈日,也无须忍受排队之苦。

要不是连续遇到三个红灯,需要停车等候,其实路程最多不过十分钟。"爸,我们今天太倒霉了。"赶上第三个红灯的时候,思杰怒气冲冲地嚷道。等待良久,汽车终于再次启动了。"爸,快点吧!"在绿灯亮起的一刹那,霍文敦一脚踩在了油门上。他省了三秒钟,不幸的是,节省下来的时间却永远都没有机会享用了。

实在无法想到,在霍文敦一家的车穿过那个十字路口时,在晚上九点钟那个司机怎会醉成那个样子。

一辆雪佛兰越野车在红灯亮起的时候没有停下,以每小时120公里的速度冲过来,从侧面垂直地撞向福特野马。冲撞力之大,使霍家的车向路侧翻转了360度。福特车一直滑行,撞上了护栏才停下来。

　　它最终侧翻在地上,车头面目全非,两只前轮还在打转。那辆雪佛兰在旋转了90度以后,也停在了对面的车道上。一望而知,那个司机已经生命垂危,尽管他还在动弹,而霍家夫妇则一动不动地倒在了血泊里。

第六章　当他醒来之后

这是个重大交通事故的现场。三辆警车、两辆救护车和三辆救火车堵住了整个十字路口。为了防止短路或泄漏的汽油和机油引发火灾，两辆撞得严重变形的汽车被喷洒了大量泡沫。

"乔什，看起来今晚要加几个小时班喽。救护员说肇事者无一幸免，所以我们也不用那么着急了，不过还是开始分拆吧。注意了，现场跟你在书本上学的可能是两码子事。"

这位老资格的救火员漫不经心地向刚入行的新手传授经验。对于他们来说，在这类事故现场抢救是家常便饭。四五个人组成的小队开始着手拆解损毁严重的雪佛兰车头。那辆车的司机简直是被埋在了一堆废墟里。

"马特，我特讨厌那些不负责的司机。这辆雪佛兰车里的白痴，身上的酒味比汽油和泡沫的味道还要强烈。"乔什愤怒地说。

相对而言，救援霍家福特车的过程就顺利许多，大约是因为车曾在地上滚了几圈，减小了碰撞冲击力的缘故吧。

整整两个小时，现场才清理完毕。第一批离开现场的是救护车，遗憾的是，他们的目的地不是医院。

救火员把路面上的汽油和泡沫也清扫干净了，准备离去了。而拖拽两辆汽车的工作,则由最后抵达现场的专业人员来处理。

当乔什爬进救火车时,心情沮丧,心想自己第一次参加现场救援竟然看到那么多的死者。但他也暗暗佩服同事们的专业素养,他们工作时干脆利索,一如他在训练学校里所上的教学课程一样。

"停下来!"救火车启动的一刹那,乔什大喊一声,"草地那边是不是有一只运动鞋?我记得受害人和那个白痴都是穿着鞋子的。"乔什是个新手,这不假,但是他在学校的表现可一直都出类拔萃,他的眼力和观察力尤其为人称赞。

"拉倒吧。已经很晚了,我还想好好喝杯咖啡呢。"一个资深的救火员这样说。

"等一等,就一会儿。"乔什跳下车,向一只几乎被茂盛的草地淹没的运动鞋跑去。乔什想,地上的草这么高,看起来早就应该割了。

鞋子看起来很新,底部几乎没有什么磨损。问题是,谁把它留在那儿了?他大惑不解。也实在太巧合,那只鞋子离福特车最后停下来的地方只有二十米。又在前面六米左右,在草坡的边沿,有一顶深蓝色的帽子。

"乔什,我们要走了,不管你了。你是打算自己走回站里吗?"队员们等得急了,向他传来威胁的话。

乔什向帽子跑过去,然后顺着草坡下望,看到尽头的河边躺着一个男孩,他的右手以一个奇怪的姿势伸展开来。看起来已经断了。再往前几米就是河流了,那个男孩没有掉进河里淹死,也算是不幸中的万幸了。

乔什大声喊道:"这里有个男孩,你们快过来!"那辆本来已经启动的救火车一个急刹车停住了,所有的人,包括司机,都跳下车,向河边跑过来,滑下草坡,立即着手检查昏迷了的男孩。男孩除了一些瘀伤及身体多处有少许血迹外,似乎并没有明显的严重外伤。

马特给总部打电话,从已经离开现场的救护车中召回一辆。大家小心谨慎地护理着男孩,尽量不去挪动他,因为不管是外伤还是内伤,要进行评估,都必须由经验丰富的救护员来做。

救护车只花了短短几分钟就驶回来了。孩子被绑定在一块长长的脊椎板上,戴上护脖,安放了头垫。初步诊断显示,他并没有遭受严重的外伤,但他的右手已经严重骨折。

马特在乔什的肩膀上拍了一下。他心存感激,一条人命因为这个年轻人的细心而得救了。给上面的报告中,他要好好表扬一下乔什,而且他也拿定主意要认真栽培这个年轻人。

然而乔什走回救火车的时候,却是心事重重。他想的是:"虽说是救了一条人命,但是福特车里两个遇难的中年人一看就是这男孩的父母。等他在医院里醒来时,只怕会觉得十分痛苦。"

思杰取了帽子,再度下车以后,却忘记了安全带这回事。真是讽刺,这反而救了他的命。

撞车之前,思杰无意中向右侧瞥了一眼,骤然发现几米之外,一辆越野车朝他们直冲过来。引擎罩、车头灯和保险杠扑面而来,宛如一条恐龙狰狞的面孔和利爪。景象如此恐怖,他来不及发出一声惊叫,就听到巨大的撞击声。

在这一刹那,思杰还看到了驾驶座上的父亲。巨大的冲击力将思杰甩出汽车,像蜘蛛侠一样在空中飞翔,他当时还想起了那天下午在环球影城乘坐蜘蛛侠游戏车的愉快经历。他混乱至极的头脑里,甚至还冒出"要是有人录像就好了"这样的念头。

当他重重地摔在地上,天旋地转的时候,眼角扫到了无比可怕的一幕。那辆汽车的车头已经严重损毁,挡风玻璃全部化为碎碴。他父亲显然受伤严重,正拼命尝试控制方向盘,然而最终还是没能阻止福特车连同他被困的母亲旋转着、翻滚着……

思杰摔落在了人行道旁的草地里,右手和右肩首先着地,承受了大部分撞击力。要不是因为有这个缓冲,他的头部势必受到更严重的损伤。不过,摔下来的力度着实不轻,他的右肘以后能不能恢复,真是很难断言。他在草地上打了几个滚,到了河边,就在眼看要掉到河里的时候停了下来。

他在半昏迷中过了几分钟,犹如在地狱里经受永恒的煎熬。奇怪的是,他没有任何疼痛的感觉。他隐约记得福特车因碰撞引起了爆炸,记得他出发前毫无道理地要求下车取帽子,而最痛苦和绝望的记忆,是他的爸爸妈妈消失在一个未知的世界中。

他也似乎听到周围有噼里啪啦的声音,可能是他们的福特车正在燃烧吧。他极想站起来,冲到事故现场,像在电影里见过的许多场景一样,将自己的父母从车的残骸里拖出来。他也想呼救,但是不知道什么原因,完全叫不出声来。他张大嘴,徒劳无功地尝试着叫喊,只是把自己折腾得大汗淋漓。令他十分沮丧的是,他好像丧失了活动的能力,头、身体四肢都动弹不得。所有尝试呼救的努力都失败了,试得越多,就越害怕,因为他喉咙的发声机能似乎完全紊乱了。

极度的挫败感向他袭来,这时他才开始感受到浑身难忍的疼痛。但是这种痛苦,跟他对父母的负疚比较起来,什么也不是了。

"我要是听爸爸的话,不去取什么狗屁帽子该有多好啊!"

"我要是早点往右看,也许结果就完全不一样了。"

"我多想从这里爬过去啊!"

这些痛苦的思绪将他拖入昏迷中,陷入一个无比残酷的世界。令人悲哀的是,这个思杰将会去的未来世界,却不是他父母已经前往的那一个。

他最后清醒的意识是:"为什么附近有水声?我会被人发现吗,还是我就要死在这里了?……"

第七章　说不出话来

事故发生后的第三天早晨,在佛罗里达全科医院的儿童病房里,思杰短暂地苏醒过来。他隐隐约约认出了站在医疗设备前的祖父霍百乐熟悉的身影。但之后思杰又在麻醉剂作用下昏昏地睡去。

"头部伤势并不严重,但是也需要做一个小的手术,来降低出血造成的颅内压。"在祖父离开香港登机飞往佛罗里达之前,一位外科医生在越洋电话里这样告诉他。

"可幸他年轻,手术很成功。不过,缝针口会有些痛。"祖父登机以后,那位医生又发来了短讯。

思杰继续睡了一个下午,在夜幕降临以后再次醒过来。这次,他清楚地认出了祖父。他想拥抱祖父时,发现自己的右手打着石膏,悬吊在空中。祖父连忙走到他身边,在他的额头上亲了一下,情绪十分激动。

思杰记起了事故的过程:"为了看清楚马路对面的景色,我正从后座的右侧往左侧挪动。"以如此重大的交通事故来说,他的伤势并不严重,是因为他当时所处的位置离两车的碰撞点较远,而且他那段蜘蛛侠式的空中飞行着实救了他一命。

"爷爷怎么了?我记得他以前从来没有亲过我的额头。他的眼睛为什么湿湿的?我还从来没有见他哭过。"思杰的头脑现在已经清醒了。

没过多久,他将种种迹象联系起来,终于意识到:最可怕的事情已经发生了。

祖父的眼泪再也忍不住了。直到此时,思杰才体会到"胆战心惊""毛骨悚然"是怎样的感觉。当一股寒气自上而下直抵他尾椎骨的时候,泪水也扑簌扑簌掉了下来。他想说两句话问候和安慰祖父,可是不知怎么的,这也办不到。

他不明白自己为什么不能放声痛哭,甚至叫不出"爷爷"这俩字。他要问他许多许多问题,可是那些话怎么也说不出来。

"难道我伤到声带或者喉咙了?"思杰心想。

他开始觉得头晕头疼,而且耳朵嗡嗡作响。从眼角的余光,他看到一位护士正在给他注射医生开出的药物。比起家庭蒙受的灾难,注射的痛楚在这时就显得微不足道了。他又沉沉睡去。

思杰所不知道的是,他的睡眠并不是因为注射了安眠药,他实际上是昏过去了。这是身体的一种自我保护机制。由于痛苦、焦虑或者外部创伤而极度害怕和恐惧时,这种机制能防止身体的血压大幅下降。

当思杰第三次醒来时,坐在床头的私人护士赶紧起身,走出去通知爷爷。

年轻的时候,爷爷曾经体壮如牛。然而,现在已八十八岁了,又经长途跋涉,穿越半个世界来到佛罗里达州,整个旅途都没有合一下眼。此时他还没有趴下,实在很了不起。

爷爷走了进来,看上去比上次镇静许多。"思杰,我就住在你隔壁。"

考虑到他患有糖尿病、高血压和轻微心脏病,每天都需要大量服药,住在思杰的隔壁是较为方便。特别是当思杰醒来的时候,这更是一个最佳的安排。

"蘑蘑也来了哦。"爷爷微笑着说。蘑蘑是一个绿色的填充蘑菇,思杰小时候最钟爱的玩具。满十二岁以后他就不再玩玩具了。但是他又实在割舍不下蘑蘑,每天睡觉的时候还要搂着它,只有在同学来家里的时候,才会把它收藏起来。他答应过妈妈,也向自己做过保证:他满十四岁的时候,蘑蘑就可以光荣隐退,在一个舒适的地方"安享晚年"。

其实思杰基本上还只是个大男孩。这一点,他的身体发育状况可以作证:他还没有变声,他的上唇也还没有长出他期待已久的胡须。班上几个比他稍微成熟点的同学曾经向他传授秘诀:用剃刀刮。他的确跟着这样做了,希望催生胡子,效果也是徒然。

爷爷握住思杰的左手,和蔼地微笑着。思杰做了个鬼脸回应爷爷的微笑。他下唇向外卷起,活像一只不开心的小狗。小时候,每次他因为淘气被父母支开的时候,都采取这种表情,到爷爷那里寻求同情。

"有件事我知道你已经猜到了,你的爸爸妈妈已经在事故中离开我们了。"爷爷避免使用"死"及"去世"这样的字眼。

思杰的心一阵怦怦狂跳。可能是因为他对于前路茫茫或已幻灭的过去感到万分恐惧。他现在体会到了身为孤儿的感受,然而奇怪的是,听到这个消息后,他却没有哭泣。

他开始考虑自己目前的处境——这习惯,是他读初中任校辩论队队长时养成的。"我失去父母,右手也受伤了,尽管不知道伤势如何,但是我还有爷爷,而且还有足够的钱供我完成学业,甚至不愁吃穿。"

他们家家底殷实,这个他很清楚,因为爸妈一直都刻意培养他的理财意识。不过,尽管他知道家里有一个信托基金,但年仅十三岁的他还小,不能完全理解它的用途。

一位资历很老的医生走了进来,身后跟着两个年轻的医生,还有一位看上去像是护士长的女士。

"你好啊,思杰,我是甘铭医生。我已经了解你的背景,知道你是个很有才华的小伙子,而且我还知道你受伤的详细经过。我们医院在帮助病人恢复身心健康方面是享有盛名的,你就安心在这里接受治疗吧。"

思杰很喜欢这个慈父般模样的医生,但是他敢肯定,这医生一定不知道他是多么爱他的父母,不知道他与父母之间的关系多么亲密。不管是作为父子、母子,还是近来作为无话不谈的朋友——这种友谊,一般只有中年得子的父母和子女之间才会有。

这时,思杰才注意到这群人的身后站着一个年轻美貌的女医生。她年龄应该不会超过三十岁,有一张迷人的娃娃脸。甘铭医生介绍说,她是沈碧嘉医生,一位儿童心理学家。

思杰突然想要说话了,但是就像此前一样,他只是张开了双唇,却没有任何声音出来。他回忆起来了,当初他从汽车里被抛出来即将丧失知觉之前,想要叫喊,也有着同样的问题。

他用左手向甘医生示意要写字。也就是在这时,思杰决定长大后不当医生了,尽管他父母的朋友中间有好几个人都干这一行。医生们救不了他的父母,而且他们竟然这么木讷,连他不能说话都看不出来。护士给他找来一张纸。"我说不了话。声音出不来!"思杰用左手在纸上笨拙地写着,然后把纸条递给爷爷。

爷爷略假思索,瞥了甘铭医生一眼,然后将纸条给他。

"思杰上次就没有说话。我以为他太累了,不想说,况且他那个时候还受到镇静剂的影响。"

甘医生皱起了眉头。看到这个很权威的医护人员面露难色,思杰骤然觉得事态严重,于是恐慌起来,连呼吸也变急促了。甘医生注意到了思杰的反应,于是向他缓缓走过来,低声地告诉思杰张开嘴巴,从白大褂的兜里掏出一支笔形电筒,检查了思杰的口腔。奇怪的是,甘医生这举动很快便令思杰平静下来了。

他接着朝思杰和爷爷点了点头,然后评估道:"这有可能是轻微脑震荡后的暂时现象。接下来的几天里我们会做一些检测。"

"我应该相信他吗?"对这个问题,思杰很快就得出了结论:除了相信他,他别无选择。反正,他需要跟爷爷在一起有些安静的时刻,所以就让他们尽快做完该做的吧。

甘铭医生带着他的团队离开了房间,沈碧嘉医生走在最后,她跟思杰握了握左手,说:"咱们得适应用左手才行,你的右手要完全康复,恐怕需要好几个月呢。"

"哇,她好漂亮!"思杰想着,却不知道她比自己整整大了十六岁。

看到思杰的房门确实关好以后,甘铭医生开始指导年轻同事。

"我们一定要做全套的MRI(核磁共振成像),由辛思基医生亲自监督。另外,应详细检查这个孩子脑部受损的所有可能性。尤其应特别仔细地看看影响孩子语言能力的左侧额叶区域是否受到损伤。"甘铭医生提醒每一个人。

"我们必须尽快进行这些检查,以免孩子的语言障碍变成永久的病征。杜伏明医生,这么重要的病情,我们怎么到现在才发现?作为负责这间病房的医生,你要多抽出点时间给这个可怜的孩子。"

看得出来,作为这家医院备受尊崇的甘铭院长,平时绝少用这样的字眼来暗示自己下属的疏忽职守。杜伏明医生的脸一下子全红了。

病房里面,思杰几经努力,终于成功地在脸上挤出一个笑容。他还给爷爷写了一张字条:"爸妈一直教导我勇敢面对逆境。我没事的。爱你,爷爷。"

母亲生下他的时候,已经是三十九岁的高龄产妇,父亲那年也四十三岁了,对于他们来说,可谓中年得子。加之由于工作需要,夫妻俩经常在世界各处频繁地飞来飞去,所以,他们一直提醒思杰,有一天他必须独自面对世界。不管那个时候思杰多大年纪,他都必须勇敢承担。

爷爷当然知道,这张字条意在安慰他俩。尽管思杰这会儿行动不便,但爷爷还是紧紧抱住他。

接下来的几天里,各种检查被安排得满满当当。对于一个才十三岁、刚刚失去双亲的孩子来说,这些检查倒也能转移他的注意力。

"这些还不算很烦人吧,思杰?"心理学家沈碧嘉医生说。那些检查都是她陪着做的。

思杰不得不承认,在接受检查的过程中,他有时候故意在沈碧嘉医生面前表现得忧心忡忡,表情甚是夸张。这一招果然有奇效,通常他都能让沈碧嘉医生再陪他半个小时,或者承诺看完其他病人就马上回到他身旁。

直到这个时候,思杰才了解到,原来医学还有这么多学科。每次他被人用轮椅推进新的检查室,他都会写下问题,问医生们将要检查的身体部位或者需分析的部位。

"技术人员和医生实在太棒了,沈碧嘉医生。"思杰写道。他当然不知道,这家医院的院长,也就是甘铭医生,曾经指示各部门要尽全力照顾好这个遭受重大创伤的男孩。

一周下来,他已经记下了不少医学术语,例如创伤性脑损伤、脑皮质及大脑中控制语言活动的布罗卡及韦克尼区域。他还懂得了不同的成像技术之间的区别,比如计算机断层扫描(CT)和核磁共振成像(MRI)之间的区别。

到了检查的尾声阶段,思杰开始重新评估一个医务人员应有的专业水平。

"霍先生,我们花了数天时间对思杰做了医学检查和心理评估。"甘铭医生开始向病人家属汇报。

"思杰现阶段的病情,我们称之为急性应激障碍。在可以预见的将来,他现有的各种症状都会持续下去,包括在未来的几个星期内他的情绪都不容易稳定下来,我们对此必须有心理准备。他会继续做噩梦,醒来还会盗汗、浑身发抖。创伤的压力还会使他变得易怒。

"如果这些症状持续时间超过一个月,那么他就可能被正式确诊为创伤后应激障碍,业内简称 PTSD。

"我们已经排除了脑损伤导致失语症的可能性。用通俗的话说,我们的结论是,他大脑的左脑额叶机能失调,导致了他的语言表达有问题。最可信的解释是,他的创伤发生在极短的时间里,令他的荷尔蒙系统和自主神经系统发生了剧烈的化学变化。遗憾的是,从医学上仍很难解释这是怎么发生的。

"我们会对思杰进行心理和语音治疗。但是,说实在话,就是专家也很难断言思杰能否重新开口说话,就算能说话,时间也很难拿得准确。

"沈碧嘉医生是治疗儿童创伤压力症的专家。她正在努力减轻思杰的负疚感。现在,思杰已经较少因为自己想取帽子耽误几分钟时间而自责了,就在上周,他还坚持说,自己是那场车祸的罪魁祸首。

"能导致彻底失语的 PTSD,颇为罕见,也很复杂。但好消息是,研究发现,百分之八十的病人最终会恢复正常。

"而且,沈碧嘉医生观察到思杰是个意志坚强的孩子。在经历了最初阶段的惊恐、沮丧和种种不良症状后,我们期待他能够振作起来,顽强生活下去。在这种悲剧性案例里,我们必须保持耐心,给他最大的鼓励。"甘铭医生结束了他的汇报。

接下来,思杰爷爷提出了一些问题,甘医生则一一作答。最后,思杰爷爷向甘医生说道:"非常感谢你做的医学解释,我放心地把思杰交给你们了,希望你们有妙手回春的本领。不过,我还有个小小的请求,就是可不可以让我继续住在隔壁房间?"

"霍先生,这没问题。我们当然会为您提供方便。您知道吗?医院里的孩子们和病房的护士都很喜欢您哪。不过,我要提醒您,有几个孩子可能有血糖问题,不要总送给他们巧克力哦。"

爷爷谢过甘医生,心里却不免有点尴尬。人家院长这是在暗示,医院里已经人尽皆知,自己对护士们实在颇为热情。

第八章　独臂魔头

思杰入院治疗后的第三周,可能是因为他经历了连续的挫折,情绪发生了急剧的变化。

"思杰,你是想不仅毁了你自己,还要把与你有关的人和事也都一起毁了,包括那些关心你照顾你的人?"沈碧嘉医生说这话时,正在自己的办公室里与思杰相对而坐。而此时的思杰却无言以对,把目光挪向他处。

"真是令人难以置信,居然有人向我提出这样的问题!"在班上,论学业思杰独占鳌头,论表现他也是学生领导,现在他做梦都没有想到自己有一天会陷入这么尴尬的境地。

"说你什么好呢。用椅子砸钢琴这倒也罢了,可是吵醒隔壁两个身患癌症的孩子,把他们吓个半死,这是为什么呢?

"当然,从某种角度说,这也不失为一桩好事。知道吗?你爷爷今天就买了一架顶级的罗兰牌电子风琴,替代被你砸坏的那架古董琴。"沈碧嘉医生很小心,因为眼前这个病人几周以前还是个才华横溢又十分自律的少年。

"你身手很敏捷啊,就在放射师按下 X 光射线按钮的一刹那,你居然脱掉了铅保护裙。这可真是闻所未闻的事呀!如果不是你最近老抱怨胸疼,他们也不会重新检查一下你的肋骨有没有骨折。

"你可能不知道,那位年轻的女放射师都哭了。她因为疏忽职守受到了严厉的批评。可是她并没有过错呀。虽然你只有左手能活动,但你的动作实在是太快了。

"过量的 X 光射线十分成功地伤害了你自己,同时也损害了我们医院的声誉。因为我们依规定必须把这事当作医疗事故向上面报告。现在那位女操作员却因此而十分抑郁。"

思杰的目光仍然落在沈碧嘉医生的办公桌上,左手把弄着一支铅笔。

"也许你还不知道吧,她下个月就要结婚了。

"说到你的第三个恶作剧,我还真不得不佩服你的创意。居然能从盘子里偷回你的手链及钢笔,并偷偷带进 MRI 室。在儿童病房里,就连最调皮的孩子,都已经称你为传奇人物了。

"好事不出门,坏事传千里嘛。我敢肯定,那几个儿童病房的坏小子已经把你当作他们的老大啦。医院现在正在重新核查安检程序。他们实在搞不明白,经过了金属探测器检查以后,你怎么还能把这些东西偷偷从二区带进三区去。"

思杰面无表情,但是眼珠子却滴溜溜乱转,或许这已经透露出了他心乱如麻的状态吧。

"我看,你现在已经意识到自己的行为是多么危险。对吗?"

这天上午,思杰第一次点了点头,但目光依然落在办公桌上。沈碧嘉医生在病历本上写了些注释,记录了思杰确实清楚意识到自己不良行为的后果。

"要是你这次恶作剧又得手了的话,你知道将发生什么事吗?手链和笔将如同出膛的子弹射向仪器。到时候我们至少需要一整天的时间来评估和验证仪器有没有受到损坏。

"如果那台仪器受损,院方需要花费五万到十万美元修复,而且其他的病人也就无法使用这台仪器了。

"这一次医院的紧急系统因你经历了严峻的考验。我猜你也听说了,那个技术人员看见检测仪警灯亮起,发现你带着金属物体进入三区时,她奋不顾身地冲向你而摔伤了脚踝。她的伤势可不轻啊。

"还好,你能承认自己是故意那么做的,这说明你至少是个诚实的人。"

这时,思杰把手中玩弄的铅笔掰成了两截。其实沈碧嘉医生的内心充满了同情,因为她知道,思杰过去是很少受到训斥的。

"今天上午,在高管会议上,他们花了整整一个小时讨论你的情况。他们决定,在对你做任何进一步的医疗检查之前,都要有本院最好的专家来负责安全保障。有些医生建议,将来为你做所有的核磁共振时,都必须事先将你麻醉,让你进入睡眠状态。你愿意这样吗?"有一件事她没有告诉思杰:其实医院已经收集到了足够的数据,在短期内思杰根本不需要再做核磁共振了。

"你知道那个最好的专家是谁吗,思杰?就是我!我要确保你安全及情绪稳定。在你接近任何危险或者昂贵的仪器之前,我必须安抚你,并且对你仔细搜身。你不觉得这是一项很奇怪的任务吗?

"你下次做核磁共振的前一天晚上,我能不能睡个安稳觉,都是问题!"此时,思杰不好意思地瞟了沈碧嘉医生一眼。

沈医生倒没有透露,在高管会议上,她详细介绍了车祸对孩子心理造成的巨大冲击。有些人提出了一些激进的建议，甚至要求将思杰隔离开来，严密监控，以防他那些突发行为进一步损害医院的声誉。

多亏了院长甘铭医生。他提醒与会的每一个人牢记医院的服务宗旨。里面有一条是令他们很骄傲的，就是救死扶伤之余，不是单纯地提供医疗服务，还要协助病人康复，这其中也包括心理康复。

"要是你下一次'大闹天宫'的时候把自己弄成了重伤，你的爷爷也会被你拖垮的。虽然他很坚强，但也已经是差不多九十岁的人了。更多的挫折和失望会加重他的心脏病和高血压，后果有可能是致命的。你不应该浪费自己的生命，更不应该毁了爷爷的晚年。你一定已经知道，爷爷因为你的事情昨天一整晚都没有合眼。这会儿他服了安眠药才好不容易入睡。"

沈碧嘉不停地用手挠头，她知道通过这种方式能获得年轻病人的同情，通常她总能将孩子们笼络住。

思杰却没有任何反应。他还是不明白，过去两天自己为什么会有那样的行为。

"顺便告诉你，你的破坏性行为，为你赢得一个称号，你可能会喜欢，但我却觉得十分恐怖。猜一猜是什么？那帮小子都叫你'独臂魔头'。你喜欢这个名字，是不是？"沈医生说这话的时候，两眼紧紧地看着思杰。

"讨厌！比起我以前的绰号来，这简直是侮辱人嘛。"思杰拼命控制住眼泪。就在两个月以前，还因为他演奏钢琴在全校首屈一指，而被人尊称为"金手指"。现在居然被称为"魔头"，真是奇耻大辱！

他用自己的左手一笔一画地写道:"我真的不知道,为什么这两天我的行为完全不像过去的自己。我失去了一切,父母……从前的我……我的语言能力,我的右手……"至此,思杰终于支撑不下去了,眼泪像决堤的水从脸上倾泻而下。沈碧嘉也不由得在心里承认:这确实是一个复杂的病例。

这孩子生命的意义几乎被剥夺殆尽,所以她想,是时候给他一点鼓励了。事实上,她已经向委员会毛遂自荐,承担了照顾好这个孩子的责任。

"你能不能帮大家一个忙,包括这里的病友?我们给你开点药,帮助你镇静下来,稳定你的情绪。"

"你当我是疯子吗?"思杰将这句话写在纸上。

"你不是疯子,但你的行为很偏激。对此,我是完全能够理解的。"她的语气开始变得温柔起来。

"但为了所有的人,我还是需要为你镇静一下情绪,请相信我,这些药的副作用很小,你服用之后,所有的人都会受益。我保证,这些药发生作用后,我立刻减少剂量。"

思杰很不情愿地点了点头——让爷爷无端地担惊受怕,给医院和病友带来了那么多麻烦,他的确过意不去。沈碧嘉不失时机地把一件珍贵的礼物——她甜蜜的笑容——送给思杰作为奖励。

有两分钟的时间,沈碧嘉医生的办公室里寂静无声。思杰知道,这个上午最难熬的时刻已经过去了。这个上午,唯一的好消息就是,以后能够常常见到这位美丽的医生了。

突然,他一把抓住那支折断了的铅笔,用左手在纸上慢慢地写道:"你多大了?"

沈医生一下子惊呆了。不过,作为儿童心理学家,她经常被问到一些刁钻的问题。

"二十九岁。我可不可以问一下：你为什么想知道这个？"

"结婚了？"思杰没有回答，反而把一个新的问题抛给了漂亮的女医生。

"还没有。不过我男朋友比你大很多，不过我得承认，你比他可酷多了。"沈碧嘉医生太懂得怎么取悦她的小病人了。

思杰还是没有回答医生的问题，反而继续抛出第三个问题："我可以叫你碧嘉吗？"

沈碧嘉医生感觉到，她已经成为思杰的朋友了。而对思杰而言，站在他面前的不是一个幻影，而是活像母亲年轻时的模样。

思杰离开沈医生，走进了他爷爷的房间。老人一眼就看出来，他原来的孙子又回来了。思杰热情地拥抱了爷爷，脸上带着轻松的微笑。

第九章　父子的情谊

自从二战后,两家人一年一度的聚会就从没有中断过。罗智达与年轻的霍思杰之间的情谊则始于八年前,在经历了几个插曲之后更是与日俱增了。

有一年霍家到英国旅游后,便决定把思杰留在罗智达家,希望从小培养他的独立性。第一件事情就发生在这段时间里。

那还是思杰第一次游历英国,他在罗先生面前骄傲地弹奏起他新学的曲子《一闪一闪亮晶晶》。罗智达立刻对这个小孩刮目相看了。尽管思杰当时只有五岁,智达还是立即就注意到,他的小手指在宽大的钢琴琴键上十分优美地舞蹈着。

"很好,非常了不起。你再看看,这个怎么样?同一支曲子,使用不同的方法。其实你刚才弹奏的是一支法国民歌,叫作《啊,妈妈,请听我说》。莫扎特使用了独特的弹奏技巧,把它变成了十二个小节,称为变奏曲。"

短短几分钟的时间里,这支曲子对小男孩产生了深远的影响。思杰惊诧地睁大了眼睛。一首简单的乐曲,到了智达叔叔的手上,那些音符好像就有了生命。小男孩却没有留意到,罗智达在弹奏乐曲的过程中一直在观察他的反应。

在罗智达的两个儿子只有四五岁的时候,他也曾经在他们面前弹奏过这些变奏曲。他们的反应与思杰大相径庭。他妻子珊娜解释说孩子们被高难度的演奏技巧吓坏了。这也是罗智达的两个儿子唯一令他失望的地方。显然,一个古典音乐家的基因没有遗传给他的继承人。

这一老一少正在欣赏复杂版本的《一闪一闪亮晶晶》时,罗智达被叫去接电话。五岁的思杰觉得这是个难得的机会,自己可以偷偷喝一点干爹的可乐了。这种奇妙可口的饮料,因为含有咖啡因,父母在场的时候,是不允许他多喝的。

"这杯有这么多,喝一口能有什么事呢?"小男孩一边想着,一边爬上琴椅,伸手从钢琴顶部拿下那个大杯子。一来他的小手有点笨,二来盛冰镇饮料的杯子有点滑,结果杯子倒了,半杯饮料全都泼在了那架昂贵的施坦威钢琴的琴键上。一个小孩闯了这么大的祸,他所能想到的唯一补救办法就是用衬衣把饮料从琴键上扫掉了——这当然是徒劳的。罗智达回到钢琴旁,看到思杰脸上愧疚的表情及颤抖的手,一下子就明白发生什么事了。他没有责备思杰,虽然他还是极为在意的。关切的表情在他脸上一闪而过,他随即坐下开始演奏这首曲子剩下的也是较为复杂那几段,只不过把演奏时间缩减了。

"格霖,你能不能向思杰演示一下如何使用你新买的显微镜?"罗智达大声请他的小儿子打圆场。

思杰被带出去的时候,心里还在想:"回来以后我一定要告诉干爹,我把可乐打翻了。"他不停地回头看钢琴和干爹,小小的脑瓜子实在搞不明白,自己闯的祸干爹怎么看不出来呀?

思杰一走出房门,罗智达立即展开了拯救钢琴的行动。

他很快就发现,钢琴所遭受的损害远比自己预想的要严重,找一位施坦威钢琴专家进行大修是免不了的了。

罗夫人在一旁帮忙,提供了大量抹布、海绵之类的救援材料。两人默默地擦着,他们心里有一个共识:和这件乐器相比,思杰更加重要。

罗智达的小儿子格霖带着思杰畅游了奇妙的显微世界之后,回到了钢琴室。走进来的时候,思杰想起了自己干的好事,不禁打了个冷战。

"干爹,刚才我把您的杯子摔在了……钢琴上……而且,而且……有少许可乐流进了钢琴身体内。不过我可以……帮您擦干。对不起。您能原谅我吗?"对于一个刚刚五岁受到了惊吓的孩子,这或许便是他能说出的最得体的话了——尽管他没有坦白承认自己想偷喝一大口可乐的企图。要是用"身体"一词来描述钢琴的话,那么这架钢琴的体内已经因为他泼洒的半杯黏稠的可乐受到严重的内伤了。

"我已经清理好了,咱们在晚饭开饭前出去散散步怎么样?"

小男孩完全没有料到,自己走出去时留下的烂摊子收拾起来居然如此顺当。他隐隐约约也感觉到,干爹是有意在安抚他,让他的情绪平静下来。思杰对自己干爹有深深的敬意,正是从这件事情开始的,不仅因为他高超的钢琴演奏技艺,更因为他处理危机时善解人意和随机应变的本领。

多年以后,十一岁的思杰在同一架钢琴上弹奏肖邦的时候,问到干爹自己当年为何能得到如此宽大的处理。干爹微笑但又略显严肃地说:"要是那次事故弄大了,你对钢琴的热情就有可能受到很大的打击。我可不愿意冒这个险。那时我就知道,你的钢琴演奏水平有一天会远远超过我。事实果真如此。要知道,任何一件乐器损坏了都能够修复,但是如果这件乐器曾经带给你痛苦的回忆,那么要重新点燃你对它的热情,就比登天还难了。"

发生在牛津的第二件事情使得罗智达和霍思杰之间的"忘年交"更加深厚了。当时,罗智达一家正划船游览牛津著名的查维尔河。

在玛格德林桥附近,思杰开始发号令:"你们都各就各位坐好了。现在轮到我做'吹船人'了。"这五岁的小男孩口齿不清,"撑船人"这个词的发音不准,但是罗家一家人都规规矩矩地坐好,谁也不乱说乱动。

思杰撑第三篙的时候用尽了全身的力气,结果船篙深深地扎进淤泥里,拔不出来。这孩子既不能拔出船篙来,又不愿意松开手。结果,当船继续往前走的时候,他就拼命抓着篙,像一只澳大利亚袋熊紧紧抱着一棵树一样。他在船篙的顶部自然是待不住的,只见他慢慢地往下滑,活像一艘潜水艇徐徐落入水中。第一声惊呼是罗夫人发出的,岸上的游人接着也嚷出了一阵阵惊叫声。

那实在是一个很搞笑的场面。在一片笑闹声中,罗格霖打算跳下混浊的河里去救思杰,但是被罗智达制止了——他知道思杰水性好,想看看这个小孩能否依靠自己的力量解决面前的难题。

几秒钟后,思杰从混浊的水里冒出头来,毫发无损,脸上还一副悠然自得的神情。他一边笑,一边大声喊道:"这太好玩了。"格霖及时抢拍了一张思杰在水中的照片,他头上还顶着几根水草。这张照片自此一直挂在了罗家壁炉上部的墙上。

思杰记得很清楚,是干爹一把将他拖上船,在他湿漉漉的脸上重重地亲了一口。干爹还将他带到附近的一个学院,把他的身体擦干,换了一套不合身的衣服。

即使只有五岁,思杰也看得出来,自己的这一"壮举",赢得了干爹的欢心。重新回到船上的时候,罗家一家人,还有岸上和河上的游人,都一齐发出了欢呼声。

从此思杰每年夏天都要造访罗家,因此也就把英国有名的旅游景点逛遍了,其中自然包括了常有钢琴家定期演出的皇家阿尔伯特音乐厅和伊丽莎白女王音乐厅。某次游温彻斯特大教堂的时候,这一老一少在管风琴家的身边待了足足两个小时,思杰完全被那奇妙的演奏迷住了。不过罗智达的家人就惨了,等他们吃午饭,老半天连人影都没有,个个牢骚满腹。

第十章　分道扬镳

接下来的六周,思杰继续他的康复治疗。到第六周结束的时候,他已经能够自由地活动右手了。但令他失望的是,手指的灵活度还没有恢复到能弹奏肖邦的水平。他心里明白,在暑假结束前回到香港参加校际钢琴大赛是完全不可能了。

现在他心情已经大为好转,他乐观地想,手指不灵活的问题可能是骨裂的手肘造成的。

爷爷捐赠给医院的电子风琴也有一个像钢琴一样的键盘,虽然不能跟家里的大钢琴相比,但是他不能流利地弹奏那首肖邦乐曲中激动的快板,总不能归咎于这个吧。说真的,肖邦的《幻想即兴曲》演奏起来难度确实很高。在思杰看来,只有名家如斯维亚托斯拉夫·里赫特和亚瑟·鲁宾斯坦才能够优美地演绎。

想赢得钢琴比赛是没得指望了。但他更加拿不准的是,现在伤得这么重的手是否会影响到他一直钟爱的钢琴演奏。出事之前,有时候他也常怀疑,自己是不是真的像大家推崇的那样,在钢琴方面有过人的天赋。他需要付出大量的时间练习那些难度较高的乐曲。不过,他也的确曾经因为优秀而入选了郎朗的大师钢琴班。郎朗是真正的钢琴神童,他十三岁时已在日本获得了柴可夫斯基国际青年钢琴比赛的冠军。

"你已经掌握了很好的演奏技巧。但不要用你的手指演奏,要用你的心和意念弹出来。"在听完思杰演奏的即兴序曲之后,郎朗这样指导他。这番话,对于思杰来说,是十分令人鼓舞的。

有些事情是思杰所不知道的。在他入院治疗将满一个月的时候,在大西洋的两岸,思杰的爷爷霍百乐和干爹罗智达之间已经通了几次很长时间的越洋电话。

罗智达决定今年带着全家人去美国度暑假,他这样做有两个目的——"百乐,你知道的,我一直打算游览密西西比、新奥尔良,以及爵士乐诞生地。然后,我们会飞到奥兰多,跟你们爷孙俩会合。我两个儿子也答应,他们会尽力让思杰开心起来,并且说服他让我做他的监护人。"罗智达要使霍百乐相信,美国之行对于他就是顺道的事。

"而且你肯定知道,凯博学校是英国最好的学校之一。"罗智达不无骄傲地提醒爷爷。过去十二年,凯博学校在他的领导下,确是声名鹊起。

爷爷心里明白,以他的年纪,要作为监护人照顾好失去双亲、与哑巴无异的思杰,几乎是不可能的。还有一个问题,思杰的父亲是个独生子,所以思杰已经没有近亲可以投靠了。

"儿童心理学家也认为,让思杰回到香港可能是有害的,因为任何一件生活琐事都有可能让他回忆起过去的幸福生活。"爷爷霍百乐对罗智达说。

"百乐,在这边的伯明翰中心医院有一个很先进的语言康复中心,离学校又近。思杰可以经常去那里接受治疗,争取早日开口说话。"

思杰欣然同意加入智达叔叔的家庭中,因为他很清楚,丧失了说话能力,他已经成了一个沉重的负担。不过,很少有人知道,罗智达的身体状况其实也很糟糕。要是他们知道的话,对思杰的安排可能就不是这样了。

"顺便跟你说一下,智达,我也做出了一个重大决定。我觉得,从美国返回香港是个非常艰辛的旅程,搞不好我就英年早逝了。所以我决定留在这里。"对于一个快九十岁高龄的人来说,"英年早逝"这种说法无疑有些夸张。

"我给母校斯坦福大学的校医院打了几个电话。我会去那里定居。其实自从我老伴几年前过世后,我就萌生此意了。但是我会住在普通病房,而不是老人病房——我恨死老人病房了。所以,智达,先要感谢你慷慨地邀请我和你们全家人一起住在凯博,但是因为身体的缘故,恕难从命了。不管怎么样,我认为英国的恶劣气候会很容易把我拖垮,甚至比坐飞机回香港这样的长途旅行更加折磨人。"思杰爷爷年轻的时候曾经在加利福尼亚度过了难忘的时光,现在上了年纪更加怀念那里无与伦比的阳光。罗智达知道,这才是他要待在美国的真正原因。

霍思杰启程飞往英国的前一天,他父母的遗体火化了。早上,律师们向霍百乐,以及陪同他的罗家夫妇宣读了霍文敦的遗嘱。思杰没有在场,因为他尚未成年。而且沈碧嘉医生也会反对他出席这样一个如此伤感的场合。

爷爷说道:"我看,可以把我的和儿子儿媳的遗嘱合二为一了,内容其实大体相同,我们都想把财产赠予思杰和青少年慈善机构。到了我这把年纪,是现在或以后宣读我的遗嘱,已经无所谓了。现在发生了这样的悲剧,我的遗产只能跳过整整一代人了。"

思杰其实也涉及两件跟遗嘱有关的事情。第一件事是爷爷遵照他父母的遗愿,向他读了一个简短的声明。第二件事是思杰自己提出了一个建议。

爷爷宣读的遗言出奇地简单:"亲爱的儿子,请谨记:不妨仰星逐梦,但需踏实做人。"思杰还是孩提的时候,霍氏夫妇已经不厌其烦地教导了他应有的品德及做人的道理,现在已无须再三敦促和提醒了。

1972年,霍文敦和罗智达在夏威夷怀基基海滩度过了难忘的两个月。两个十七八岁的青年在这个满布火山口的度假胜地,一边优哉游哉地享受假期,一边思考未来的人生道路。当时很流行的一个广播节目,"美国流行曲前40",伴随青年们这段慵懒的夏日时光。主持人康卡西在节目结束的时候说的那段话真是说到他们心坎儿里了,他们不仅在后来彼此写信的时候重复提及,在他们给笔友和女朋友写信的时候,也不厌其烦地引用。"仰星逐梦,踏实做人"这一人生哲理现在又这样传给霍文敦的下一代了。

而思杰请求罗氏夫妇作为霍氏不动产的执行人和思杰信托基金受托人从基金取出一些钱来,两位受托人知道缘由后都立即赞同。数额说起来实在不大,但是在孩子的眼里,这就是巨款了。

思杰用笔向罗智达表述:"我在科普书籍中曾经看到,新技术可以把爸妈的骨灰做成钻石。我想要这样一枚重量一克拉的钻石戒指。虽然价钱很贵,但是那样一来,每天戴着戒指,他们的爱便可以一辈子陪伴着我了。"

亲友们陆续从亚洲各地来到美国,参加火化仪式。虽然每个人都希望思杰能够坚强面对未来,但是他们内心都异常担忧,因为已经失语的思杰实在是前路茫茫。

第十一章　开　学

这次飞越大西洋的旅途中,霍思杰和罗智达坐在一起。思杰斜着眼睛,开始偷偷地瞄向吃晚餐的罗智达。思杰清楚地记得,自己还是五六岁的时候,每次看到智达叔叔用餐的架势,都会忍不住咯咯发笑。

他先是用叉子尽量多地叉住盘里的豆子,然后用刀将更多的豆子抵住叉子一侧,把它们压碎。完成这套动作之后,他再叉起一片土豆片,连同豆子一起送进嘴里。整个过程做得很专业、很优雅,而且一丝不苟,思杰已经见识了几百回了。

小时候,思杰曾经忍不住问智达叔叔,他为什么不使用铲车装货的方式吃,那样,在他送进嘴里以前,"货物"就能完整无损,舒舒服服地待在叉子上。每次,叔叔都会使用"礼仪"这个词来解释。对思杰来说,这词实在艰涩深奥,还说根据英国人的餐桌规矩,这才是吃豆子的正确方式。比较起来,思杰当然觉得美国人的方式,也就是"铲车法"比较简单利落。现在,他马上就要上一所英国的私人中学,看来饮食也必须接受他们的方式了,入乡随俗嘛。怎样吃豆子只是很多琐碎事情中的一件,但这时的思杰要担心的事情还有很多。

在吃完盘里的食物之前,智达叔叔又将同样的表演做了几次。罗智达当然知道思杰正在观察自己的一举一动。为了逗孩子高兴,他故意把动作做得很夸张。最后,当他的目光转向思杰时,思杰连忙把注意力转回,盯着自己盘中的食物。爸妈曾经多次提醒他,嘲笑智达叔叔用餐的方式是不礼貌的行为。

饭后,思杰写了一个问题给罗智达:"我小的时候你曾经告诉我,二次大战期间,多亏了爷爷的好水性才有了罗家的子孙后代。究竟是怎么回事?"

"你爷爷那时是香港海事青年团的中尉。当他拼命地游向一艘鱼雷艇时,发现了一个受了重伤的英国军官,这人就是我的父亲罗德齐。当时,整个驻守的英军就剩下这六艘舰艇了。"罗智达打开了话匣子。

"你爷爷看见我父亲当时正抓着一块木板,脸朝下,半浮半沉地漂在海面上。那时他和其他英军军官正要从香港港口的南部突围出去。你爷爷也够傻的,居然问我爸爸是否需要帮助。我爸爸用尽全身最后一点力气,微微地耸了耸肩膀,表示他还有生命迹象。

"你爷爷撬开他手中的木板时,就发生了水上救援教科书中经典的一幕。我父亲紧紧地抱住了这个新发现的救主,而这个动作差点让你爷爷窒息,你爷爷被折腾得差不多筋疲力尽了。

"于是你爷爷用尽全身力气,向我父亲的太阳穴上狠狠地来了一拳,打得他不省人事了,然后带着他向前游。

"这额外游的九十米救了我父亲一命。

"尽管你爷爷水性极好,背上沉重的负担还是大大延缓了他的速度,这让他付出了代价:一颗流弹击中他了。但在游完全程之前,他竟然没觉得痛楚。他们俩最后都被拖上了船。

"战后,英国国王授予你爷爷维多利亚十字勋章。但是,最大的收获不是勋章,而是此后霍、罗两家长达数十年的亲密友谊。你也知道的,战后我们两家几乎每年都会互相拜访。"

在新学年开学前的那个周末,罗智达回到了凯博学校,并立即着手处理各种行政事务,并与教师们进行没完没了的面谈。近来,他的胃疼恶化,演变成严重的消化不良。没有胃口,不思饮食,渐变成了常态,而且他也很容易累着。就像这个周六,几个小时的紧张工作过后,他连走路的力气都没有了。他想,大概是时差的原因吧。

他的首要工作就是在开学前与校董事会主席德法兰爵士通电话。

"喂,法兰,我是智达,你好吗?我刚从美国回来。我曾经在邮件里面提到过我的干儿子思杰,我想再介绍一下他的情况。如果董事会接受我的提议,收他读八年级的话,我们就必须特殊对待他。他的问题还不仅仅是不能说话,因为那或许是暂时的,更麻烦的是,他的情绪波动很难控制,而这可能会影响到其他学生。他曾经就读的学校的校长给他写了极好的推荐信。还有,他赢得的各类奖牌希望也能说服董事会,认为接受他是一个明智的选择。"

出乎罗智达意料的是,德法兰爵士向他透露了自己一段鲜为人知的家史——他的小儿子在阿尔卑斯山滑雪时遇难。所以,他对思杰的丧亲之痛感同身受。

"智达,我十分同情这孩子的遭遇,也愿意竭尽所能帮助他。但是,我们还是第一次遇到这种情况。我关心的是,我们需不需要为他提供保护,不让他受到歧视和欺侮。他性格坚强吗?"

"他在班上就是尖子生,还是学生领袖。当然,那是在出事前的事了。"

"没错,我记得他简历里面数不清的赞誉之词。但是,一切都得靠他自己。依我看,他要花大量的时间来恢复语言能力。对他而言,这是个新环境,他又是孤儿,能应付得了吗?"

经过慎重的考虑,罗智达决定将思杰及卓文聚安排在同一宿舍内。

既然德法兰主席已经首肯,得到董事们的同意也就不那么困难了。结果证明全体董事一致同意,并认为可以将思杰当作一个实例,在全校传递爱与关怀。

其中一位董事的话不无道理。"去年,十年级全体学生飞行了差不多半个地球,到马来西亚彭亨州一个偏远的村庄,在那里花了十天时间建了一所新的学校。他们与当地的穷苦孩子吃住在一起,教他们初级英语,捐助计算机给学校,给他们播放英国和欧洲的纪录片。我想,我们在自己学校就有了这么一个应该受我们关注的例子,这无疑会更受欢迎,也更值得我们珍惜的。"

但实际上,从接下来九个月的情况来看,真是说说容易,做起来却着实困难。

"德海,我离开期间你为我做了那么多的准备工作,太感谢了。"罗智达跟自己的老朋友、副校长葛德海寒暄。

他经常问德海,为什么拒绝自己推荐他接替校长位置的美意。"德海,我又得重提这事了。我干校长已经十二年了,换个领导对学校的发展肯定是有好处的。"

"智达,你知道的,做校长压力很大,我讨厌这个。"

葛德海是个正直的人。他有两项职务,其一就是教导主任,这使他在学生面前必须摆出一副严厉面孔。然而,在同事们的眼里,他是位心肠善良、性格风趣的拉丁语学者。尽管学生们视他为绅士,但罗智达很清楚他有作为训导主任所必具的品质。只要学生们不越过红线,他就乐得做一头温顺的狮子。

"文聚,我有一个好消息,但也有一个坏消息告诉你。"校长说。

"坏消息是,你过去将近一周独霸寝室的好日子要到头了。好消息是,你得到了我和校董事会的充分信任,即将迎接你人生中迄今为止最大的挑战。我们给你分配了一位新室友,他在一次车祸之后不能说话了,所以需要你的照顾。"接着,校长就把思杰的情况详细说明了。

卓文聚出身于小康家庭,是一个学校创始人的后代强烈推荐给凯博的。如果八年级要任命一个学长的话,所有教师均会认为卓文聚是最好的选择。

给霍思杰安排一个合适的房间和室友是件颇为简单的事情。原来那栋老旧的宿舍楼,一个房间要住六个低年级的学生。新宿舍楼的住宿条件实在大大改善了。

卓文聚在学校里很出名,也很受人欢迎。作为低年级板球队的队长,他总是身体力行,以身作则,在多次校际板球比赛中,成功地激发了全队的斗志,最终夺得冠军。更令人称赞的是,他还是个全能型运动员,不仅作为击球手无人与之比肩,而且还是个很不错的快速旋转球投手。

有独立观察人士评论说,像卓文聚这样的年轻人可能最终会说服国际奥委会,把国际性单日短程板球比赛列入奥运会中。1900年的夏季奥运会是唯一一次包括了板球比赛的奥运会,其后,一百多年过去了,板球一直被奥委会拒之门外。不过,对板球拥趸而言,能否进入奥运会并不是衡量一项运动成功与否的唯一标志,传统的五日制测试赛才是终极挑战。

卓文聚学业平平,但是这没什么,谁都知道,之所以如此并不是因为他智力不及他人,而是因为他不但把大量的时间和精力投入到板球运动中,还把很多时间放到了另外一项易学而难精的运动——击剑中了。按照卓文聚的年龄,他的身材算得上高大健硕了,但是需要躲闪对手狂风暴雨般的进攻时,他的动作却很灵敏。

在全英的中学生中间,要找到板球高手并不难,但是像他那样精通剑术的,就凤毛麟角了。他是列奥·保罗青年发展系列大赛青少年锦标赛的常客,也曾在闻名的"公学锦标赛"(一项只有独立学校有资格参与的赛事)及"全英青年锦标赛"上,多次摘得桂冠。

不管是班主任还是他的任课老师,没有人要求他少花点时间在这些课外活动上。首先,他获得了那么多奖项,无疑是为学校争光了。更重要的是,大家都相信,到了高年级,需要为大学入学考试做准备的时候,他的超群智力自然会发挥出来。考入一所名牌大学,对他来说绝不是难事。

套用一句外交行话,罗智达校长和卓文聚的谈话,是坦率和富有成果的。卓文聚欣然接受了照顾霍思杰的重任。不过他心里也并不是没有疑虑的。

"罗校长,我很有信心保护这位新同学,不让他受欺负。但是,说到心理方面的事,我心里就没底了。他不会说话,您刚才还说他有时情绪低落,有时又暴躁易怒。我可没有应付这些场面的经验啊。"

"文聚,运用你的聪明才智和个人魅力。谁都知道,你这两样东西比谁都强哦。"

"校长,请您告诉我,在学校的日常生活中,给思杰鼓劲打气最好的办法是什么?"

"心理学家的建议是,尽量让他多参加活动,尤其是音乐方面的活动。在伯明翰,方雅丽的医生也会负责他的治疗。"

卓文聚喜欢弹吉他,尽管谈不上是什么音乐人,跟霍思杰相比更是小巫见大巫,但他也加入了学校的音乐俱乐部。

罗校长心里头明镜似的,卓文聚之所以加入音乐俱乐部,其意不在音乐,而在一位姑娘——经常来参加俱乐部聚会的方雅丽。谈话中,罗校长装着漫不经心的样子,轻描淡写地问了问。卓文聚就把真相告诉他了。卓文聚满脸通红,一下子扭捏不安起来。罗智达立马转移了话题。

"有件事你应该知道,霍思杰年纪不大,在钢琴方面却几乎到了职业钢琴家的水平。他在原来的学校还是初中辩论队的队长。当然,那次车祸后,他已经很难施展这些技艺了。所以,如何处理他的自卑心结,也很考验你的智慧哦。向思杰曾经被称为天才少年,是由于他还有一些别的我们很少听闻的才能。"

尽管卓文聚一再请求,罗校长也没有透露思杰究竟还有哪些才能,只是说:"文聚,我从事教育工作几十年,见到过或者听说过许许多多青年才俊。但是思杰的某些才能,我还从来没有在其他人身上发现过。作为他的干爹,我曾见证了他获得这些才能的过程。"

"罗校长,为什么你这么神秘?"

"因为我相信,未来几个月,思杰的生活会一片混乱,新的环境里有很多挑战需要他面对。所以多一事不如少一事,打扰他的事情越少越好。要是人人都知道了他那些才能,会给他带来不必要的打扰,加重他的压力。"罗智达解释道。

在谈话结束之前,罗智达出其不意地给了卓文聚一个额外的奖励,使他喜出望外。

"文聚,好好干,我有奖品给你的。只要思杰恢复了说话能力,不管是不是完全归功于你,我都会把那个球给你,感谢你的努力。"

卓文聚的心跳立刻加快了,希望着校长要给他的球就是他一直梦寐以求的那个。

"你是英国埃塞克斯郡人,我记得你曾告诉我,你父亲从七十年代中期就是金古驰的铁杆粉丝。我记得你还说过小的时候,金古驰曾经作为嘉宾出席过你们镇上的活动。其中一次,他还牵着你和其他小朋友的手走出球场。"

"是的,校长。"卓文聚极力掩饰自己内心的兴奋,"正是在那一天,我暗自下定决心,一定要努力奋斗,成为一个优秀的板球员。"

现今重要的体育赛事,不管是足球、板球,还是橄榄球,都有一个惯例:比赛前,队员和队长会跟一群孩子一起出场。孩子们有时候甚至被视作吉祥物。这样的互动活动偶尔也会激起某些孩子未来成为运动明星的梦想。

去年,卓文聚在校长家吃饭的时候发现了那个球。那个板球,经过装裱后挂在罗智达的书房里。校长带着他四处参观的时候,他一眼就瞄上了它。

那上面有金古驰的亲笔签名。古驰是埃塞克斯郡和英格兰板球队的前队长,也是他们那一代人最优秀的击球手。他的职业生涯始于1973年,终于2000年,持续了二十七年之久。其间,他是多项世界纪录的保持者。在他曾经的六万七千余次跑动得分中,有超过一百次单局得分满一百。保持这项纪录的全世界只有二十五人,他是其中之一。

"我去年就注意到你喜欢那个球,它几乎伴随我二十年了,它应该值得你为之付出努力吧?"

"当然,校长!我会竭尽全力去争取的。"

卓文聚跟这位随和的校长道别之后,马上就开始琢磨该找哪几个朋友来,一起商量如何发掘这个新来的同学身上的才能。

第十二章　伙伴相聚

霍思杰抵达伦敦希思罗机场后,尽管和罗校长乘坐同一趟航班,他却没有和校长一起去凯博学校。罗夫人将他带到伯明翰中心医院,一同见了语言恢复科的高美燕博士。尽管他们从美国带回了全套的医疗档案,霍思杰还是接受了一些跟他在佛罗里达全科医院所做的很相似的检查。

霍思杰对于这些检查,以及他自己的病因都颇了解,这给高博士留下了很深的印象。高博士虽为英国语言恢复疗法领域里最负盛名的专家,却用简单的医学术语向思杰详细地解释了他的病情。她还向思杰介绍了多个创伤后应激症患者恢复健康的病例,尤其是恢复话语能力方面的情况。

"思杰,我的第一个学位是心理学。我坚信病人对自己的病情了解得越多就越好,而且他们还应该积极参与治疗的过程。我这里有一些网址,你可以抄下来,有空的时候浏览一下上面的材料。"用音乐去治疗语言障碍,高博士也是一流的权威。

在经历了一周时间的各种检查后,高博士与神经病学家进行了会诊,然后向思杰解释了除物理疗法外其他的一些尽快恢复语言能力的方法。

"思杰,你钢琴弹得非常好。不管你大脑的语言中枢区域遭受了什么样的创伤,只要把音乐跟话语恢复疗法结合起来,都能增加治愈的希望。用医学术语来说,我们会设法反转或者消除你前颞区抑制了你说话能力的因素。"

思杰待在伯明翰中心医院接受诊断的一周里,还发生了几段值得记录下来的小插曲。经过多方打探后,思杰发现这位美丽的高博士已婚,还有一个两岁的儿子。不过他不打算运用自己新近掌握的脸部表情伎俩和眼神来获得青睐,比如拥抱,或者充满柔情的关爱,虽然他真是惦念妈妈的拥抱啊。他担心,一个心理学家一眼就能看穿自己的小把戏——心理学家不是比我们普通人更具有洞察力吗?

在医院的第三天,思杰坐在高博士办公室外面的沙发上,一边全神贯注地在手机上玩游戏,一边等待就诊。这时,一位年纪和他相仿的姑娘从他面前走过。一刹那间,他停下了手上的动作,看起来思杰大脑中控制他的眼睛和自然反应的区域在车祸中显然并没有受损。

当女孩从思杰面前款款走过时,思杰的眼睛紧紧追随着她,瞳孔都放大了。与此同时,为了避免无礼,他还得保持头部的姿势不变。但很快他就意识到,头和眼应该步调一致,否则就肯定不舒服。

"这女孩好美啊,简直就像天使一样!"思杰暗自惊叹。

"金发,大眼,完美比例的鼻子、嘴唇,和……"思杰后悔平时书读得太少,找不到恰当的词语来描述这位姑娘的美貌。正发呆时,姑娘却向他打了一声招呼"你好"。

思杰不能回答姑娘的问候,但是他却感觉不到难堪,只知心在怦怦地跳,都要跳出嗓子眼了。就在这关键时刻,他突然想起自己是不能说话的,他紧紧咬住了自己的下唇。

姑娘却继续说道:"我叫方雅丽。你是哪儿不舒服?是不是跟我的毛病一样?我有时候不能够流利地说话。"

说完后,方雅丽马上从自己的彩色双肩包里拿出一小沓纸和一支铅笔,递给了思杰,就好像她已经知道他的病情似的。

思杰满脸羞愧,在纸上写道:"我叫霍思杰,我不能说话。"

"每个来找高博士的人都差不多,都有说话的问题。不过,她人挺好的。"

霍思杰不知道,这次邂逅其实是高博士刻意安排的,就连方雅丽的问话都经过了仔细推敲,一来要避免挫伤了霍思杰的自尊心,二来还要让思杰对方雅丽有个好印象。

方雅丽上次来高博士这里就诊的时候,高博士就已经把这次相聚预演了一次。不过说到要让方雅丽给霍思杰留个好印象,就完全是画蛇添足了。以方雅丽的模样儿,像霍思杰这样十三岁多、情窦初开的男孩子,哪个能不动心呢?青少年时期的生理和心理变化是每个中学的教学及个人健康教育的基础知识,但此时思杰哪有心详细推敲这些理论呢。

正当两个孩子打算继续交流的时候,高博士出来了。她招招手让他们进去,也注意到他们俩应该有了一个良好的开端,心里松了一口气。

"你俩的问题差不多,只是程度不同而已。既然你们在同一所学校上学,年龄又相同,我建议你们结成搭档,在我的指导下治疗,争取尽快恢复健康。具体的细节我就不说了,这个建议你们觉得如何?"高博士说话的时候带着权威的语气。

"对我来说,没问题。思杰,你可能还不知道吧,咱俩在同一所学校上学,还是同一个年级,只是班级不同。"

"我当然也没问题。"霍思杰在方雅丽给他的纸片上写道。写完后立马又后悔了:不该用"当然"这个词啊。应该不动声色嘛,简简单单地说"没问题"多好啊。

"那就这样定了。虽然未成年人无权签署法律文件,我还是要请你们在这里签个字。当然,我还会征得你们的父母或者监护人的同意。"高博士说。

像霍思杰那么机灵的人,当然注意到高博士在"父母"之后加上了"监护人"一词,这是为了照顾思杰的感受。真是个细致又体贴的医生啊。

她简单地梳理了一下他俩各自的病情。尽管霍思杰目前已经趋于稳定,但要说到痊愈,她当然不会说有十足的把握。但她内心还是十分乐观的。之前曾经有好几个病例,病人的情况突然之间就好转了,也许是因为她的功劳,但也许是因为别的不明情况。

"我遇到过一些案例,失语的病人能唱歌和配合音乐合唱,这反过来又增强了他们恢复语言能力的信心。有些人很快就恢复了,另外一些人经过了刻苦的训练才恢复。这种恢复说话的现象从医学上还很难解释,但是希望及信心对病人来说的确很重要。"高博士继续说道。

高博士转向霍思杰说:"雅丽的问题比你的紧急得多,她的病根在于脑部肿瘤扩大。几个月前,她发现自己持续头疼,最近又出现恶心呕吐症状。这一切都是她大脑左内侧颞叶一个良性肿瘤引起的。"

"这个肿瘤渐渐长大,而且这个讨厌的东西产生的压力已经开始影响雅丽的正常生活,比如偶尔出现语言含混、口吃等现象。"高博士继续说。

对于方雅丽这样一个酷爱唱歌的姑娘来说,这肿瘤就活像一颗定时炸弹,随时会在她比赛或者演出途中引爆。方雅丽已经接受了好几个话语恢复疗程,但是高博士、神经学家和外科大夫们的一致意见是:手术切除肿瘤才是最佳解决方案。但由于肿瘤相对较小,而且位于脑功能区,治疗的准确方案应该得到各方的同意才能进行。毕竟,这种大手术的潜在风险较高,而且手术后,病人能否完全康复也没有保障。此外,手术时,因肿瘤与相邻脑组织相连,也有可能意外地损伤脑部。这种种原因导致手术的时间表到现在还没有敲定。

"所以,思杰现在还不能确定康复的时间。而雅丽的则不是能人为控制的,因为随着肿瘤的发展,随时都可能恶化。"高博士说。

两个孩子很快就了解了彼此的情况。当高博士请他们坦率地谈谈对各自的问题有什么感受时,方雅丽简单地回答:"我们俩一个在努力找回失去的生活,一个却在为保卫现有的生活而战斗。"

思杰则写道:"我失去了自己生活中最宝贵的东西,而方雅丽有可能失去的,远远不止是'宝贵的东西'。但是,不要担心,我们能搞定。"随即两个人都笑了,并同时高举双手在空中击掌。那一刻他们之间的感情纽带只有两个同病相怜的人才能理解。

事实上,他们彼此都佩服对方的勇气。相识的第一周,他们连续三天都见面了。方雅丽的"小魔怪"——在医院,她并不介意人们使用这个词来代指她脑部的肿瘤——最近被发现生长异常,所以需要频频地来医院检查。

"嗯,我还想教你怎么绘制自己的生物节律图。这门科学,我是大学最后一年学的。我一直都在倡议将生理图谱与语言恢复疗法结合起来。它能有效地解释我们每个月在体力和心理方面的变化规律。

"生物节律图到达顶峰的时候,也就是我们轻易解决问题之时,因为那个时候我们情绪高涨。在许多情况下,这也是我们在做最重要的事情决定的时候。"她没有告诉两个孩子,她就是在那样一个日子里接受她先生求婚的。

"我也总是告诉我的病人,当生物节律图处于低谷时,他们的行为就得格外小心。在那些日子里,不管做什么事都不要强求,心情抑郁的时候要自我宽解,处之泰然。这一招,效果出奇地好。病人们的沮丧情绪大为减少,尤其是病情经常反复及那些处于康复过程中的病人。"

在高博士的指导下,思杰绘制了自己的生物节律图,还拿去与方雅丽的做比较。当他把两张纸互相重叠的时候,发现两幅图并不合拍。事实上,它们几乎就是南辕北辙。这意味着,这两个伙伴的情绪可能经常是相反的,一个在波峰的时候另外一个在谷底。

高博士接着告诫思杰:"我希望你跟别人交流的时候,不要在 iPad 上写字,太沉,不便于携带,还有被窃和失手掉在地上的危险。也有些人还会觉得你是在炫耀呢。所以我建议你改在可以随身携带的书写纸上写字。

"你使用的语言要像计算机语言那样简单,这样人们就可以毫不费力地看懂你写的东西。"

于是,在 iPad 上简单地写了句"谢谢,明白"之后,霍思杰和方雅丽就离开了高博士的诊所。高博士把自己的电话号码给了两个孩子,以便在紧急情况下可以联系。对于思杰来说,长敲三下,接着短敲两下,就表示他需要立即去她家里见她——她家距离学校步行只需十五分钟。

高博士目送他俩离去。看得出来,两个孩子走出她办公室的时候,都带着希望和信心。但是,康复是不是真的像她告诉两个孩子的那样简单,那样乐观?其实她心里并没有底。

周末,霍思杰及方雅丽都做完了所有必要的检查。了解自己和方雅丽的病情真是很费劲,需要做许多笔记,思杰初见方雅丽的惊艳也趋于平淡了。

第十三章　秘密被发现了

星期天的下午,方雅丽和思杰在校门口与卓文聚会合后,卓文聚把霍思杰带到了他和另外一位男同学的寝室,也就是思杰未来三个学期里居住的房间。格林宿舍是一栋三年前才建成的新楼,以慷慨解囊捐助者的名字命名的。学校已经开学一周,正值周末,学生们都出去活动了,所以整栋宿舍一片安静。

卓文聚带着霍思杰四处参观的时候,觉得并没有什么需要解说的。大楼里的房间虽说舒适,其实还是很简朴的,没有什么像样的家具,无非是些床、书桌、衣柜。他们走进寝室的时候,大家都看到卓文聚的床及书桌都颇为凌乱,这时卓文聚有些不好意思了。他是出了名的不整洁,但他却将此归咎于平时过于繁忙的体育活动。就在他整理床铺,想让它稍微显得整洁的时候,他领略了思杰的第一项绝技。那应该是罗校长所说的思杰擅长的多种神秘技能中的一项吧。

卓文聚听到了一个熟悉的声音,知道关门之后思杰已发现了挂在门背后的飞镖板,还有上面的几支飞镖。卓文聚回头,发现霍思杰刚才甩出去的那支飞镖正中靶心。

卓文聚把头扭回来,假装没有看到,心里却暗暗等待着霍思杰把手中的另外两支飞镖也甩出去。再次听到了飞镖板被刺中的声音,卓文聚又回头,发现第二支又正中靶心。这一次,他转过身来,等待霍思杰甩出第三支飞镖。霍思杰左手拿着飞镖,掂了掂,然后又表演了他的绝技。

哇,它们三兄弟满满当当挤在靶心!无懈可击!

"他还是个左撇子。"卓文聚心想。看霍思杰对着飞镖板瞄准的动作,他似乎对这个游戏的基本知识也颇知一二。

按照学校规定,任何人不得在寝室张贴海报,或者悬挂飞镖板之类的东西,幸好没有人注意到白夏侯先生送给卓文聚的这件礼物。这位已经退休的前凯博学校教导主任送的这个飞镖板,是鼓励卓文聚能多多练习,希望卓文聚能有一天亲自对他说决定加入少年飞镖队。

白夏侯挑中卓文聚,逻辑很简单:要是一个年轻人在板球比赛中能够那么准确地击球和投球,又能在击剑时以灵动的剑法刺中对手,那么他耍起飞镖来一定也差不了。

卓文聚愿意接受白夏侯的邀请,其实他还有别的原因。每到周末,酒吧开门营业之前,白先生都会用苹果汁款待卓文聚,有时也给他的同学喝,偶尔还混合啤酒,伴以各式肉饼。白先生当然不忘提醒他,不要透露他向未成年人提供酒精饮料。但有几次,卓文聚缠着他要喝半升的啤酒,老头立即拒绝了。

白夏侯一生,爱镖成痴,他希望卓文聚能迷上飞镖。不过,他的朋友们有时也纳闷,搞不懂他开酒吧究竟是为了做生意呢,还是为了吸引那些友好的顾客和俱乐部的成员和他共享飞镖运动的乐趣。生意马马虎虎,但是有凯博学校的退休金,加之房产又是继承所得,他实在可以舒舒服服地长年累月做他的飞镖梦。

卓文聚快步走到镖板前,拔下三支飞镖,同时回过头来,惊叹地望着思杰。他几乎还没有跟这个新室友说过什么话。罗校长让他照顾的这个处于困境中的男孩,原来是一个飞镖高手,这发现着实震撼。罗校长说得对,继续发现思杰的其他才能一定是个有趣的过程。

"你练习飞镖多久了?"卓文聚问道。

思杰耸了耸肩膀,看样子似乎是不记得了。

"说实在的,这玩意要玩得好,可得需要大量的练习。"卓文聚说。

霍思杰却摇了摇头,拿出书写纸,写道:"只玩了几次,在我住的俱乐部里。"

"咱们要想做好朋友的话,你可不能撒谎。"卓文聚明显不高兴了。

霍思杰继续写道:"没撒谎。玩这玩意儿,不超过三次。"

聪明如卓文聚,只要看一眼思杰脸上的表情,当然也就察觉出他室友不是在诓人。他觉得没有必要对此深究了。他从三支镖里拿出一支,然后指了指镖板右上部最外侧双环线狭窄的红色区域,问道:"你能击中这里吗?"

思杰又再掂了掂手里的飞镖,然后射了出去。不偏不倚,正中那一小片红色区域。卓文聚目瞪口呆地望着他这位新朋友,然后叹了口气。他觉得没有必要再试了。他当即决定不再考虑白先生要他积极练习飞镖运动的提议了。与此同时,他想到了一个重大计划,这计划还只是雏形,需要琢磨、酝酿……

卓文聚对霍思杰说了声再见,就去练剑了。拆卸及整理完行李之后,思杰已是饥肠辘辘,于是拿出一桶爷爷在美国买给他的方便面。有两样东西对霍思杰来说是不可或缺的,一样是他的 iPad,里面是他喜欢的所有电子游戏,还有一样就是方便面。

他走到走廊尽头,接了一点开水,花了三分钟,准备好他的快餐,又把在机场买的芝士棒扔了半根到方便面里。他打开计算机,上了高博士提供给他的一个网站,准备详细地了解一下自己的病情。他撕开杯盖上的锡箔纸,拿起一次性叉子,打算好好享受一下过去两个月以来都不曾尝过的美味。

对世界上许许多多的学生而言,过去五十年里,只有一个发明家真正配获得诺贝尔奖,那就是安藤百福,日本日清食品公司的创始人。1958 年,他想到了通过简简单单加开水来制作即食面条这个点子。

芝麻的芳香散发开来了,又快又远。霍思杰正想吃第一口的时候,往右侧的楼道看了看,发现房门口探进来两张好奇的脸。那是卫辉和董傲凡。他们刚刚踢完星期日的足球比赛,回到了宿舍楼,大汗淋漓。他们就像蜜蜂受到花香的吸引,抵挡不住方便面散发的香气,停留在了霍思杰的门口。

他们说一声"嗨"就算是打过招呼了。霍思杰又看了两个陌生人一眼。略一思忖之后,他用左手食指指了指面条,然后竖起了大拇指,又埋头大吃。过了一会儿,霍思杰意识到那两个人还在看他,他又抬头斜睨了他们一眼。

他们一副迷惑不解的样子,对思杰正在吃的东西十分感兴趣。那一定是亚洲特有的味道才如此香浓!思杰本来打算集中精力浏览网页,但是又一转念,觉得不妨结交些新朋友。于是他从床上的塑料袋里拿出两桶方便面,扔给他们一人一桶。

董傲凡没有接住扔过来礼物。这一点卫辉丝毫也不感到奇怪。他手里什么东西都会往地上掉,但这小子居然还抱怨足球教练没有挑他做守门员,甚至替补守门员都不是。话说回来,他作为中后卫还是挺称职的。

霍思杰放下叉子,试练起自己新近发明的交流技能,示意揭开盖子,接着右手手指向上挥舞,又模仿往桶里倒水的姿势,最后示意盖上盖子。接着他指着自己的手表,画了几圈,举起三根手指,表示三分钟。然后竖起拇指,显然是表示大功告成了。卫辉看了思杰特有的手语,连连点头,兴高采烈。

"太谢谢你了。"两个孩子一溜烟消失得无影无踪。一段终生不渝的友情就此开始了。这也是思杰头一次使用自创的手语,但以后他也只是在最要好的朋友面前才用此沟通。

"他手指向上挥动是什么意思啊?"董傲凡问道。

"开水,傻瓜!"卫辉颇不耐烦地提高了嗓音。在学校,论跳舞,傲凡肯定是数一数二的,论脑子笨,也是数一数二的。但是,上天赐予他健美的双腿、灵动的脚法,无论多么复杂的舞步他都一学即会,所以学校舞蹈俱乐部的姑娘们都争着跟他搭档,常常惹得他那帮好哥们醋意大发。也正因为他腿脚灵活,控球能力强,才能在校足球队担任中后卫。

几分钟后,董傲凡回来了,手里捧着那桶方便面,小心翼翼,显然已经冲了开水了。原来,董傲凡正是霍思杰寝室里除了卓文聚之外的第三个室友。为了向新室友表示友好,霍思杰把余下的半根芝士棒分给了董傲凡,嘱咐他拌在面条里面。

董傲凡如法炮制，面条果然更加绵软，香气四溢，口感鲜美。

方雅丽、霍思杰和卓文聚早早地去食堂吃了晚饭。好多双好奇的眼睛盯着思杰，让他这顿饭吃得十分拘谨。这还是他第一次吃饭时需要遵守英国的传统礼仪：他像一位英国绅士那样把豆子和洋葱放到自己嘴里，再不敢使用铲车装货式吃法了。

傍晚时分，三个孩子去校长办公室，简短地拜访了罗智达校长。

罗智达和霍思杰简短地谈了几分钟，他安抚思杰说，他在学校会有最好的照顾。在要叫其他两个学生进来之前，他又提醒思杰，以后在学校的时候一定要叫他罗先生或罗校长，以免造成不必要的误解。思杰点头称是，但在心里却揣想，以后不知道有多少人，会因为忘记了他不能说话而在无意中冒犯他。

方雅丽及卓文聚被叫了进来。罗校长解释说，他和他们一起组成一个特别计划，任务是照顾好其中两个需要照顾的成员。他恳请大家精诚团结，互相帮助，争取圆满完成任务。在三个学生离开之前，他特意拍了拍每个孩子的肩膀，并跟他们握手，激发他们的责任感，也使他们有所期待。

刚一关上办公室的门，笑容便从罗智达的脸上消失了。最近他因消化不良和胃疼，去医院做了检查，昨天收到了化验报告，看来，特别计划小组的四位组员，倒有三位是病号，但这事无论如何都不能跟孩子们说起。

第十四章　飞镖酒吧

开学一周后霍思杰才到校,现在已经是第二周了,每个学生都按部就班地忙着自己的日常琐事。老师已经向同学们宣布了他的到来,同时也讲述了他的家庭最近发生的悲剧。

葛德海要求同学们公平对待霍思杰。但不管是站在学校的立场还是出于同学情谊,都不要特别照顾或同情他。

星期一的早晨,霍思杰和卓文聚一同走进教室,在教室的最后一排专门为他们保留的两个相邻座位上坐了下来。每个人都朝他们回过头来,对他俩注视良久。尽管点名的时候已经念到每个学生的名字,可是课间休息的时候,他们还是来到霍思杰前做自我介绍。

第二周终于过去了。到周末时,霍思杰的手语库里新添了几个流行的手势。其中最有用的,要算是表示否定的那个:左右手各伸出一个手指,交叉形成一个×。表示肯定的意思,用的是国际上通用表示OK的手势。班上有几个姑娘觉得他的手势很有范,但是也有一个姑娘宁愿在书写纸上写字跟他交流,而不是说话。大家那么喜欢的×手势,不久竟然在全校流行开来。

一传十,十传百,霍思杰在凯博学校成了名人。不管他走到哪里,都有学生停下来,对他指指点点,伴随着窃窃私语,甚至于公开讨论。有趣的是,他如今所遭遇到的与他年前在香港学校所经历的,竟然十分相似。所不同的是,那个时候,人们谈论的主题要么是他获得过的各类奖学金,要么是他曾经赢得过什么样的比赛。

对于卓文聚来说,这一周实在太漫长了,主要是他想继续发掘霍思杰的才能,却未能如愿。他曾经直接问霍思杰,可是霍思杰守口如瓶。有几次,乘着霍思杰没有防备,比如在他晚上上床睡觉十五分钟之后,卓文聚会突然打探霍思杰的秘密才能究竟是在什么领域。他要求霍思杰在自己猜对了的时候,敲一敲床头板示意。有一天晚上,霍思杰不胜其烦,干脆用枕头砸了他。这一夜,霍思杰也曾经在被窝里暗自哭泣。从那以后,卓文聚放弃了死缠烂打这一套。他觉得,要破解霍思杰的秘密,他需要有个人帮忙,而卫辉可能是最佳人选。

星期六,卓文聚和霍思杰一起走向飞镖酒吧。上周日以来他一直在盘算的那个计划现在要付诸实践了。他们的旅程不远,仅仅只走了五分钟,卓文聚已经笑翻天了。他建议见到白先生以后,提议做笔交易,挣点零花钱。思杰居然立刻就给了个OK手势。更令卓文聚激动的是,当他进一步建议由他担任经纪人,二人平分收益的时候,思杰又给了他一个OK!

卓文聚最近发现,母亲给的零花钱总是不能按时到手。幸好他暑期打工时攒了一点钱,帮助他度过这些青黄不接的日子。但是他心里清楚得很,做一个国会议员秘书的父亲,薪俸微薄,未来难以继续供养他和妹妹就读英国私立学校。但他已经下定决心,决不让这个可爱的十一岁妹妹被剥夺这种特权。而且能被学校录取,父亲的雇主实在是花了不少力气推荐,另外母亲又兼职了一份护士的临时工作,所以学费才能准时交出。

  白先生的酒吧位于松树大道和克雷斯里路的交叉路口,以前人们称之为"牛熊酒吧"。这是一栋爱德华式风格的建筑,年代可以追溯到二十世纪早期。大楼的第三层是生活区,白夏侯先生和他的弟弟妹妹们就是在那里长大的。

  白先生的父亲两年前仙逝,白先生想拥有自己飞镖俱乐部的梦想今年实现了。

  "智达,我想是时候辞去凯博学校的职务了。在这所学校工作了二十八年,我已经把它当作了自己的第二个家,所以这是一个艰难的决定。引以为豪的是,我在凯博的这些年,亲眼看到从这所学校走出了几个首相及国会议员。"白夏侯把辞职决定告诉校长的时候,不无自豪地这样说。

  "我知道你一直想开一家酒吧。你最好还是跟你的老朋友商量商量。"罗智达说的就是葛德海,他和白夏侯几乎是同时来到凯博工作的。

  找到教导主任葛德海时,白夏侯向他描绘自己的宏伟蓝图:"老葛,我把酒吧取名'飞镖',你觉得怎么样?我打算把学校给我的退休金拿出大部分来,好好装修它一下。重点就是台球室和飞镖室,一定要搞得正正规规,像模像样。"

  生意的确比先前好了,他也变成了一名幸福的退休人士。凯博学校的老同事们享受折扣的同时,有时候还能得到免费的薯片。过去两年里,白夏侯真是顺风满帆,事事如意。

  两个孩子到达飞镖酒吧的时候,已经是上午十一点了,白先生正试图从成堆的账单中间整理出需要支付的账单来。他实在讨厌干这活——退休前,这些工作都由学校那位能干的会计师干。直到听到卓文聚的声音,他才高兴起来。

一个大眼睛的帅小伙跟在卓文聚后面走了进来。卓文聚会带各式各样的朋友来酒吧看他练习飞镖这玩意,但白夏侯有时候怀疑,他们是冲着苹果汁和肉饼来的。在那帮年轻人中间,方雅丽最迷人,也最讨白夏侯欢心。他的一对双胞胎儿子,都已经长大成人,但是他一直都想要一个女儿。

"雅丽没有来吗?"这个酒吧老板问道。

"白先生,我没有带她来,是因为我要跟您做一次男人与男人之间坦诚的谈话。"

白先生意识到有特殊情况了,他冲着厨房喊道:"莎利,牛排和腰子饼做好了没有?请再给我们来点苹果汁和半杯啤酒。"特别的事项就是要有特别的安排呀!

"抱歉,莎利,所有的东西都要双份,来的是两个小伙子呢。"他又冲着厨房大声喊道。

"白先生,您觉得我在飞镖方面很有潜力,打算好好栽培我。我呢,的确花了点时间练习飞镖,但却得出了这样的结论:对我来说,飞镖实在不是一项具有挑战性的运动,所以我必须拒绝您的建议,虽然我十分感激您的好意。"说到后来,他两眼盯着桌子。飞镖酒吧的肉饼声名远扬,而白先生曾经多次拒绝提供的啤酒,这次也破例上了。不过,现在在酒和肉饼面前的卓文聚倒没有像往常那样控制不住。

"年轻人,你好大的口气,敢说飞镖这项运动没有挑战性!我毕生都在从事这项运动,可是至今还不能说完全掌握呢。"白夏侯说到此处,不免有些英雄气短。

"白先生,恳请您让我把话说完。我之所以决定放弃这项运动,还有一个原因。在我看来,要掌握飞镖技能,取得良好的比赛成绩,其实不是什么难事。我认识一个人,只玩了几次飞镖,技术就达到了炉火纯青的程度。"卓文聚说得很慢,但是眼睛直直地盯着白先生,竭力向他显示自己的话有多么真诚。

食物和酒都上桌了,卓文聚却不张罗吃喝,白先生也只顾用手梳理他稀疏的头发,喘着粗气。

"对这项运动稍微有点天赋的人,不需要训练,就可以轻而易举地打败一个老手。"卓文聚故意加上这么几句,引白先生上钩。

"你什么意思?这是我所知道的最难的一项运动。你不仅要战胜对手,还需要战胜你自己。控制你的神经、你的肌肉、你的大脑、你的协调力⋯⋯"

"看来您不相信我。那么我打赌,像霍思杰这样一个人就可以打败您。哦,对不起,我还没有把思杰介绍给您。他刚来凯博学校,因为一次严重意外事故,他需要一点时间才能恢复说话能力。在事故中他摔折了右手,但是他飞镖仍然玩得很好。问题在于,他不懂飞镖的规矩,因为他从前一共只玩过几次。"卓文聚精心准备的这番说辞,终于把白先生逼到了墙角。

"文聚说我的右手摔折了,这不公平。我现在用的是左手。"思杰想道,不过转念又想,这次拜访就是一个圈套嘛。

"文聚,你可以不喜欢这项运动,但是你不能侮辱它。而且你⋯⋯"

"白先生,我绝没有贬低这项运动的意思。但是如果您不相信我说的话,我可以出三十英镑,赌你输给思杰。"

"我玩这项运动已经三十多年了,赢你的钱实在不公平。这样如何?要是你输了,以后三个月你都吃不了这店里的肉饼了。我愿意把赌注提高到六十英镑,条件是你要答应我,再认真地试三个月,然后再告诉我你最终的决定。怎么样?"

"没问题,成交!你出六十镑赌注,我要是输了就苦练三个月飞镖。"

钞票有时真是会长脚的,眼看就要向这边走过来呀。卓文聚得意扬扬地想。

卓文聚活像以后再也吃不到牛排和腰子饼的样子,狼吞虎咽地吃起来,又一口喝下半杯苹果汁,再把啤酒倒了一半到自己的杯子里。思杰其实什么啤酒也不爱喝,但是也学着卓文聚的样子喝起来。

"快点,小伙子们。"白先生一边说一边走向台球和飞镖区,把灯打开。

两个男孩子跟着走进来,白先生递给思杰三支飞镖。其时思杰并没有完全站在投掷线的后面——投掷线距离飞镖板二米三。不过,白先生什么也没说,心里想:"他最近摔折了右手,是不是?那就不要对这孩子要求太严了。"

思杰重复着那个相同的动作:手里不停地掂量着飞镖。白先生没有注意到,他用的是左手。

思杰能掂量得出来,那支镖不是很沉。要是有人问他的话,他会告诉他,这支镖的准确重量约为三十克。他开始瞄准,一次,两次,然后准备投出飞镖。

白先生注意到,思杰的姿势,以及他瞄准的方式,都有很大的改进余地。但是他不想这时干预他。

当那支飞镖稳稳地钉在了靶心的正中间,白先生呵呵地笑了起来:"三十多年前,我首次接触这玩意,也是因十分幸运地投中了靶心,所以才爱上这项伟大的运动项目。慢慢来,年轻人。"

这次,白先生将思杰往后挪了十几厘米,推他到了投掷线之后。霍思杰重复着相同的瞄准动作。嗖!又一次正中靶心!可爱的白先生呆呆地看了几秒钟,然后示意霍思杰投最后一支,他却一直都保持着沉默。

卓文聚激动地搓着双手,感觉自己的妙计就要成功了。在这关键时刻,霍思杰也显得有些紧张,他往前挪了一小步,白先生忙把他挥了回去。

霍思杰抿紧了嘴唇,那是他感到紧张时的标志性表情。像往常一样瞄准之后,他手中的飞镖嗖的一声飞了出去。但是这一次,与在他们寝室的时候不一样了,这支飞镖的尖头和管身擦到了前面两支飞镖的羽毛。

令人难以置信的是,这支飞镖从前两支的缝隙之间挤了进去。而接下来发生的事情更加匪夷所思。霍思杰投右边那支飞镖的时候,显然力度不够,飞镖根本没有穿透飞镖板。第三支飞镖将它慢慢地挤了出来。它先是颤抖了一下,过了一两秒钟后缓缓地向外倾斜,然后掉到了地上。这无比戏剧性的一投,把两个小男生和白老先生都看得目瞪口呆。卓文聚的如意算盘落了空,更是一脸的沮丧。虽然说比赛中飞镖弹回来的事时有发生,但是像霍思杰刚才这种情况,实在是不可思议。

要是这事发生在比赛中,又有电视转播,那么这一幕绝对值得插播广告。"天啊!"卓文聚发出一声痛苦的呻吟,一只手使劲挤压握拳的另外一只手。他太清楚了,按照规则,第二支飞镖虽然刚才射中靶心,现在却不能计入成绩了。思杰望着自己身边的同伴,脸上的表情又是惊愕又是失望,就像一只可怜的小狗。那副表情是他讨好爷爷的独门绝技。

"他上周在我们寝室的确三中靶心啊!真的!"卓文聚输掉了赌注,整个人都崩溃了。

白先生脸上的表情甚是复杂。在这项运动上他无疑是专家,但是他有时太看重理论了,包括花费大量时间研究空气动力学原理和飞镖的构造设计——他的伙伴们都曾经直言相劝,说这些研究多此一举,没什么用处。他自己心里当然明白,要不是这孩子缺乏经验,第二、第三支飞镖和第一支一样,都是正中靶心的绝投啊。

在霍思杰投飞镖之前,白先生故意没有向他解释应该如何投掷,也没有讲解应该遵守的规则。的确,有好几种方式可供选择。事实上,卓文聚因为太过紧张了,压根儿就没有想起来要向霍思杰普及一下规则——这些白先生是早就教给他了的。不过,这也没什么大不了的,因为他本来就是要看看这孩子究竟有什么能耐。

要分析清楚白先生脸上的复杂表情,高美燕博士恐怕也得花上几个小时。他的表情是多种情绪的混合:悲伤、震惊、难以置信、希望和喜悦。多年的训练显然不能保证他打败思杰。事实上,他肯定会是这孩子的手下败将。

不错,第三支镖的确掉地上了。但是话说回来,全世界也只有寥寥几个顶级选手能够上演这种三连中的帽子戏法。在飞镖运动中,所谓帽子戏法,是指选手连续三次投中靶心得分,也叫艾伦·欧文斯式投掷,因为艾伦·欧文斯曾经在多次比赛中连续三次投中靶心。

白夏侯沉思着:"文聚告诉他不喜欢这运动时,我还曾经为此苦恼,可是,现在一个飞镖天才就站在我面前啊!他很可能成为另一个菲尔·泰勒。"从二十世纪九十年代到2010年,菲尔·泰勒共十三次获得职业飞镖锦标赛的冠军,这在飞镖界是一个传奇。

"飞镖俱乐部招收一名身怀绝技的青年队员,有没有这种可能性呢?或者,我可不可以将他的飞镖水平提高到世界级水平,让酒吧也从中得利呢?"在这方面可以做的事情似乎无穷无尽,一下子带给了他喜悦和希望。

白先生犹豫了一两秒钟,拿不定主意是否该要求这孩子尝试一下"180分"投掷,以便进一步核实他在这项运动上的天赋。这是一个飞镖可能获得的最高分数,需要连续三次投中"20分"区域。他最后决定作罢,因为不想给这个孩子施加更多的压力。显然,要不是思杰心情紧张,加之运气欠佳,第三支镖就不会把它的同伴挤了出来,而会稳稳地插入镖板。

白先生看上去心不在焉。明显不过的事情是,他没有必要跟思杰比试了。他掏出钱包,点出六十英镑,递给卓文聚。卓义聚接过钱,大喜过望,都不敢问问白先生,为什么己方的一支镖落地了他却放弃了比赛。

"你在投掷方面无可挑剔,但是在基本功方面还需要接受培训。不过我们需要先搞清楚,纠正你的姿势会不会影响你的发挥。"白先生说道。

"你刚才说你一共玩过多少回飞镖,我是说用你的左手?"

霍思杰举起四根指头,比给卓文聚的答案多了一次,因为在他们寝室又玩过一次了。

白先生送他们到门口,不忘记叮嘱道:"下周务必再来,还是同样的时间。"

白夏侯转身回到办公室,从柜子里取出一个雕刻精美的木头匣子,打开匣子,里面是六支飞镖,一边三支。这些飞镖的镖针、镖筒、镖杆和镖翼的制作都十分精良。尤其是那纤细的镖筒,是由含钨量高达90%的合金材料制造。他取出三支,反复调整姿势,瞄准,然后投向挂在墙上的飞镖板。但只有一支镖投中靶心。还好,孩子们不在旁看着。

卓文聚所不知道的是,霍思杰入读凯博学校之前曾经玩过的几次飞镖游戏,对手都是智达叔叔。那是一年前罗智达去香港的时候发生的事。他们约定,比赛输了的一方要弹奏一曲难度较高的钢琴曲,还必须是新曲。罗智达是巴不得自己输掉比赛的。因为他心里清楚,每次在思杰眼前演奏的曲子,不管多难,他都能学会。这其中包括思杰七岁时,他曾经弹奏过的柴可夫斯基"季节组曲"里的《六月》,后来成了这一老一少的至爱钢琴曲。

两个男孩离开酒吧时不停模仿野兽的尖叫,霍思杰当然不像卓文聚那样能发声。他们狂奔回校便兴高采烈地瓜分了战利品——六十英镑,对他们而言,这简直就是巨款呀。

第十五章 爱 哭 鬼

葛德海老师献身于拉丁文和英国文学的研究,数十年矢志不渝,这一点在凯博学校无人不知。

每个学年开学之际,他都照例要发表他的著名演说,主题就是拉丁文的伟大之处。许多学生都搞不懂,两千多年没有用的一种语言,为什么到今天他们还得学习。这还不算,每年学校辩论队招募新队员,他作为主管的老师,也要发表同一番讲话。

他每年都是老调重弹,无非是说拉丁语是所有欧洲语言(包括英语)的基础。这实际上也是世界上所有的拉丁语学者,尤其是英国学者所持的观点。

然后,葛老师的话题通常就转向了辩论队:"你们当中,某些人将来会选择文学或者艺术方面的专业继续深造,那么在你的对手面前雄辩地摆出你的观点,或者用强人的说服力为自己赢得同盟,对你们来说将是十分重要的。还有一些人可能从事科学研究,或者进军商界,那么,无论是推广产品还是招商引资,都需要缜密的逻辑思维能力、出众的口才,简练而有说服力地把你的想法表达出来。而这正是一个出色的辩论家必备的素质,所以我才会督促你们加入校辩论队……"

这时,葛老师环顾四周,终于注意到了激动不安的卓文聚。在他招募演讲的整个过程中,卓文聚大部分时间里在用手指指着思杰,明显是在暗示葛老师说错了什么。当他发现葛老师也把目光投向这边,霍思杰又低下了头,卓文聚就做出各种更加夸张的动作。

"我的天!"葛老师终于察觉了,不由得倒抽了一口凉气。这时,整个班级都注意到了他的话带来的后果。

"对不起,思杰,我不是故意让你难堪的。"在凯博学校,谁也不记得葛老师曾经为哪件事情道歉过。他常常说,比起一般的老师来,一个教导主任道歉,需要有更加慎重及深远的考虑。

霍思杰动也不动,他的思绪沉浸在过去的辉煌成就里。他回想起,去年作为辩论队的队长,在香港校际初中生辩论大赛中,带领校队一路过关斩将,进入决赛。在比赛中,他采用出其不意的战术一举将对手击垮,使之陷入被动的局面。他在比赛最后阶段突然向对方宣称:"先生们,不管是从道德还是社会标准来看,你们的言论都极其过分。我们队唯一合乎逻辑的反应,就是退出比赛,离开现场。"在退场的过程中,他还大胆地揶揄对手,"尊敬的评委,我们为我们的决定真诚地致歉,但是继续比赛下去,就是对我们的侮辱。"

霍思杰这个队的行为震惊了评委,也把对手吓呆了。但是,如果观众留意墙上的时钟,就会发现,他们退场时只比分配给他们的时间提前了两分钟。而且,他们已经完整地陈述了自己的论据。随后他们被叫了回来,并被宣布为比赛的胜方。

霍思杰还回忆起,自己作为辩论队的队长是多么机智及坚韧不拔,别的队又是如何千方百计想挖走他。但是这一切都已经成为历史了。高博士自然会说一些安慰之语,但是如果她认为聪明过人的霍思杰会全盘接受她鼓励式的心理学策略,那就大错特错了。霍思杰心里确实明白,没有人能够预测他究竟还需要多长时间才能恢复说话能力。

霍思杰突然拿出书写纸,在上面潦草地写了几个字,然后举起了手。他接着快步走到讲台,将一张小纸片递给葛老师,在征得他同意后,立即冲出了教室。葛老师使了个眼色,又挥动手指,叫卓文聚跟了出去。

卓文聚找到霍思杰时,他正坐在走廊尽头幽暗的角落里,头埋在膝盖之间,显然在哭泣。就读凯博学校以来,他还是头一次公开这么做。

高博士曾经告诉方雅丽霍思杰会经常哭泣。在父母双亡,又失语之后,他情绪郁积,无以排遣,哭泣就成为一种舒缓压力的正常渠道,而且可说是行之有效。她还补充说,思杰要做好准备,应对他公开表露情绪以后,可能会面临的更大的社群压力。

卓文聚安慰地拍了拍他的肩膀,什么也没有说,让他自己慢慢消化。对于一个曾经口若悬河的人来说,失语的羞辱的确是难以忍受的。为了避免尴尬,两个人向足球场走去,整个后半节课程都没再回到教室。

葛老师放下讲稿,转而开始讲起自尊心和道歉的重要性。鉴于刚刚已经发生的事情,这个主题当然是再合适不过了。他是一个出色的教师,也许这可以解释为什么他的拉丁课仍然受到学生的欢迎。

这年头,新闻、谣言和小道消息传播得都很快。而不管是什么,经历了许多次的口口相传之后,都会变得面目全非。

拉丁课上的故事很快在全校传播开来。尽管没有人要继续故意贬损思杰,他还是被人贴上了"CB"的标签,这是"爱哭鬼"Cry Baby 的两个首字母的缩写。

卓文聚、霍思杰、董傲凡和卫辉四人正向体育馆走去,体育课马上要开始了。这时,从球场飞出一个足球,落在他们身旁。霍思杰控住球,停下来,等待一个小朋友过来拿。那个孩子是预备学校的学生,大约六岁的样子。他谢过霍思杰之后,发现他是新来的美籍华人,于是随口问道:"你知道吗?你在凯博学校创造历史了,因为你是学校的第一个不能说话的人。听说你会手语,对不?我喜欢你的×手势,酷极了。你能再教我一些吗?"

通常情况下,卓文聚是能够做到三思而后行的。但是他因为在拉丁语课堂上没有帮到自己的朋友,觉得十分沮丧,这时又听了男孩这几句无心的话,不由得勃然大怒。只见他像击剑时发动攻击一样,快如闪电地一把抓住小男孩的衣领,往上使劲一拎,孩子的整个身体都离开了地面。他几乎是冲着孩子的脸狂吼:"你给我把嘴巴放干净点!"

董傲凡和卫辉赶紧上前劝解,让卓文聚把孩子放下来。那孩子吓得脸色煞白,从地上爬起来,抱着球,一溜烟跑了。

其实,卓文聚以前从来就没有欺负过任何人。

从前也没有人有胆量去欺负体弱瘦小的费乐文,任何情况下都不敢。原因很简单:他哥哥是学校橄榄球队的队长,体壮如牛。想到这儿,卓文聚也不禁后悔自己刚才的莽撞。但是他们四人还是继续向体育馆走去。

晚餐时分,四个人围坐在学校食堂的一张桌子边,边吃边聊,话题围绕十月份即将举行的秋游活动。这时,身高一米九多的费乐俊朝他们走过来。人人都屏住了呼吸——费乐俊要来找他们算账的消息早就传播开了。费乐俊在思杰他们的桌子上"砰"地擂了一拳,指着思杰的鼻子威胁道:"你,就是那个爱哭鬼,是你捆了我的弟弟?我会用一种比较文明的方式回礼的。"

说完,他将霍思杰面前的盘子一掀,所有的食物都泼到了霍思杰身上。卓文聚猛地站了起来,说:"是我干的。我只是小小地教训了一下你那个不懂礼貌的弟弟,可没有捆他的脸。不信,你问问那个谎屁精!"

霍思杰缓缓地从桌子旁站起来,拍掉衣服上的食物,然后死死地盯住费乐俊的眼睛,再慢慢地举起右手,在费乐俊眼前伸出两个藐视对方的指头。他脸上的表情毫不示弱,也丝毫没有一个哑巴通常会表现出来的自卑。

这真是咄咄怪事。在凯博学校,有谁曾经向费乐俊挑战过?没有,一个也没有。但是,对于霍思杰来说这是原则问题,因为他母亲的国籍受到了侮辱。在历史上,这种事情还曾经引发过战争呢。

橄榄球队队长立即伸出手去,想抓住霍思杰夹克衫的衣领把他举起来。这或许是为了报复卓文聚曾抓住费乐文衣领将他拎了起来的那事吧。像费乐俊这样强壮又敏捷的巨人,应该是轻而易举的事情。

"等等!"卓文聚喊道。说时迟,那时快,卓文聚的话刚一出口,只见思杰向右跨出一步,同时左手呈半圆形向反时针方向推出。向前猛扑的费乐俊手还没碰到思杰,已然被改变运动方向,扑了个空。

隔着两张桌子的距离,一个叫张惠敏的中国姑娘饶有兴趣地注视着这两个人顷刻之间的交手。她一眼就看出来,霍思杰刚才的动作和她母亲每日都练习的武术动作有着极相似之处。也就在那短暂的片刻,她在潜意识里告诉自己,如果这个英俊的男生是她的男朋友,那就心满意足了。

思杰的母亲曾经教授他咏春拳——一种中国南部的著名武术,据说其创始人是一位女高人,在观察蛇和鹤打架时的动作而启发灵感的。在二十世纪之初,一位男武术大师将其发扬光大,扬威武林。可惜的是,思杰只学习了短短一段时间就放弃了,因为他的同学总嘲笑他说他的动作没有劲度又不能保持平衡。这可能也是真的,因那时的思杰也着实年纪过轻,还未能将咏春拳的精髓融会贯通。虽说不练了,但是到危急关头,他学过的功夫就如同条件反射般使了出来。

整个大厅鸦雀无声。突然,从厨房方向传来一声大喝:"都给我坐下!"是厨房工作人员裴乐陶大妈,她出现在厨房门口,双手交叉在胸前,手里拿着一把大汤勺。

就算没有裴大妈的干预,费乐俊也不打算再抓思杰了。思杰那躲闪和迂回技巧,着实让他佩服。

在过去的二十多年里,只要裴大妈在食堂,就绝不会发生打架斗殴之类的事情。她成天笑眯眯的,分配食物的时候慷慨大度,理所当然地赢得了大家的喜爱。不过,要是有人掉了一丁点食物在地板上没有清理掉,而如果第二天又恰好碰到她当值分配食物,这个倒霉的家伙就一定会受到惩罚。

她记忆力超强,每个学生偏爱或者忌口的食物,她几乎都记得。还有传闻说,每次在重要的板球、橄榄球或者足球比赛之前,她都会在菜谱里面额外增加点肉。食堂的这帮孩子她真的照顾得十分周到。

每人都得听她在食堂里发号施令,她在厨房里也是说一不二。但是她有一颗善良的心。她一提高嗓门,人人都要洗耳恭听。毫无疑问,费乐俊之所以这么健壮,部分要归功于裴大妈。众所周知,每次橄榄球比赛前后,裴大妈都没少给他加肉。所以,同学们都明白不过,危机已经解除。费乐俊安安静静地走开了,思杰那帮人重新坐了下来。

恰在这个时候葛老师及时赶来了,整个餐厅立即恢复了平静。查明了事实真相后,费乐俊和卓文聚都被他狠狠地训了一顿,所幸并没有受到更严厉的处分。由于那天在课堂上无意中冒犯了霍思杰,葛德海至今心存愧疚。他曾经向罗智达校长保证,会尽力关心霍思杰的身心健康。不过,他的疏忽开了一个糟糕的头。

第十六章　十个不和谐的音符

那天傍晚时候,霍思杰匆匆忙忙完成了作业和课外阅读,然后溜进了音乐室。从到校的那天起,他一直都惦记着这个地方。

音乐室很宽敞,设备齐全。看起来,它是由一间健身房改造而成的,因为到处都能看到和墙面一样宽的大镜子。在远处的角落有一台小型钢琴,旁边是一台顶级数码电子风琴。房间的四周散落着一套鼓、一架木琴、一个手鼓。令人奇怪的是,房里居然还收集了各式各样喇叭之类的东西,以及中音和低音长号。这些乐器都封装在黑色的箱子里。

思杰已经两个多月没有碰钢琴了,心下不免有些痒痒。他缓缓地走到钢琴前,停下来,沉思片刻之后,终于鼓起勇气打开了琴键盖。

他起手弹奏的是门德尔松的《无词歌》。这首曲子旋律优美,富有浪漫气息。总的来说,他的状态不算坏。悠扬的琴声在整座建筑物里回荡,持续了四分多钟,就连隔壁宿舍楼里的人都隐约听到了。

最专心的听众当属罗智达校长。最近要举行校际音乐比赛,凯博学校的参赛手续还没有办好。那天晚上,罗智达打算返回音乐室取几份文件,赶巧碰到思杰弹琴,便在音乐室门外停下脚步,倾听起来。

霍思杰还没有加入学校音乐俱乐部,但在佛罗里达全科医院的时候,他就已经答应罗智达了,他一定会参加。

罗智达是学校音乐俱乐部的创始人,费尽心力收罗了一批在音乐方面颇具才情的学生。不过,这只是要霍思杰加入音乐俱乐部的原因之一。高美燕博士和罗智达曾经长谈,她说:"最初的几个月是康复治疗的关键时期。经常有外部刺激或许能够激活思杰大脑中控制语言的那部分组织。而且既然他那么热爱音乐,还有什么方法比音乐治疗更好的呢?"

高博士还提醒罗智达:"我知道思杰非常喜欢古典音乐的,但是其他种类的音乐也应该让他涉猎。"他们当然不知道,事实上思杰已经开始接触电子琴,而且还常演奏流行音乐和其他音乐,有时甚至比他用钢琴弹奏古典音乐的时间还要多。

高美燕强调:"同样重要的是,让思杰越忙碌越好,这样才能防止他陷入抑郁,要鼓励他学习新的技艺。"

思杰接着又选了在佛罗里达全科医院不能顺畅弹奏的肖邦的《幻想即兴曲》。他用左手弹奏的序曲甚是流畅。头两小节之后,需要用右手在键盘上下来回弹奏,刚开始也做得很好。但是大约二十秒钟之后,在众多的交叉节奏里,罗智达已经分辨出几处瑕疵了。从那之后,节奏还能保持,但有些音符就欠准确了。

在后来的几分钟里,罗智达听见思杰仍在努力重弹某些音节。音符很响亮但一点也不和谐。他知道,演奏者已经十分沮丧了。接着,更微弱的高低音混合音符传来。作为一位受人尊敬的古典音乐家,罗智达当然听得出来,这是由弹奏者的两条胳膊平行放置在键盘上产生的——很有可能,他的头也垂在胳膊上了。他自己就曾经不止一次这样干过:在反复尝试,但是依然不能满意地诠释一首曲子,或者是在他无法处理一些技术难度很高的音节时,他就会这样做。

罗智达意识到,这个年轻人现在十分苦恼,也是他应该介入的时候了。他轻轻地敲了敲门,没有听到应答,于是蹑手蹑脚走了进去。如他所料,思杰的双手重叠地放在钢琴中间,头伏在手上。

他在痛苦地呜咽。想到从此以后他可能再也无法如从前那样娴熟地弹奏他最心爱的乐器,他的心已沉入了无底的深渊。罗智达在他身边的琴凳上坐下来,一只手温柔地抚摸思杰的头发。霍思杰侧头看了一眼,头仍然枕在左手上,泪水却一滴一滴洒在琴键上。

"琴技会回来的,只是需要一点时间。"罗智达低声说,"来,弹一首难度低一点的曲子。"

霍思杰从琴凳上抬起了头,脸上一副可怜小狗的模样。这是他一周内第二次向爷爷以外的其他人流露这种表情了。

他深深地吸一口气,然后开始弹奏一首舒缓的曲子。罗智达马上听出来,是埃里克·萨蒂的《玄秘曲》。虽然是一首相对来说简单得多的曲子,但曲调和谐而又神秘,还带着忧伤。许多钢琴家在他们职业生涯里都会演绎和录制这首曲子。因为那沉郁的节奏,还有作曲家营造的哀婉气氛,这首歌谱被很多钢琴家称为"最黑暗"或者"最伤感"的创作之一。

尽管听起来很伤感,但是罗智达还是很赞赏思杰对旋律的演绎。的确动人心弦,甚至从中能够感受到思杰最近所经历的悲惨遭遇。

一曲弹罢,霍思杰缓缓地站起来,从裤兜里掏出书写纸,写道:"要是我当时也系着安全带就好了。我宁愿在那辆翻滚的车里跟着父母一同走了。"

罗智达读了他的字条后说:"我相信你父母的愿望一定是,在没有他们的情况下,你还能像正常人一样地生活。孩子,这当然很难,但是你必须全力以赴地活下去。"

"你何不弹奏轻快一点的曲子?要想开心起来,有时候需要先营造一个良好的环境。来吧,试一试!"

思杰镇定一下自己,然后开始弹奏舒伯特《军队进行曲》的头两节。这是一首双人演奏的曲子,对他们俩来说也是极有意义的,因为思杰才六岁的时候他们就曾经一同演奏过。此后不久,思杰由于在钢琴方面显露了非凡的天赋,被送到城里一位顶级导师那里接受指导。他们一起弹毕这首曲子时,脸上满足的表情难以言表,因为一老一少都回想起了过去的美好时光。他们相视而笑,接着又热情拥抱。

"你何不暂时把高难度的古典音乐放下,尝试一些新的东西?爵士乐怎么样?用钢琴弹奏爵士乐颇具挑战性,而且娱乐成分也很高。我记得有位大师说过,爵士乐是'戴着锁链的舞蹈'。"罗智达不失时机地撺掇思杰向新的音乐领域进军。

他们俩不知道,此时此刻,还有一个人正站在门外倾听他们的音乐和谈话。这个人就是日本少年大林一郎。他是音乐俱乐部的会员,有作曲和指挥才能,尤其擅长演奏小号及萨克斯,几乎任何种类的小号都得心应手。

"三十多年前在一个伦敦的音乐节上,我曾经遇到过一位天才的键盘音乐家,就是英国人里克·魏克曼。当时他正效力著名的 YES 乐队。"罗智达说。

"他为歌曲《早晨来临》演奏的序曲非常优美,几乎人人耳熟能详。他用自己的爵士乐风格完美地演绎了许多动听的歌曲。你听听这个。"

罗智达的手在键盘上优雅地移动,弹奏起乔治·格什温创作的《夏日时光》。这是在音乐史上被录制最多的一首歌曲。熟悉的音符被注入鲜明的爵士乐元素,同时又保留了原来的民谣基调。

除了古典音乐,思杰从来没有见过罗叔叔弹奏其他种类的音乐。如今看来,他显然也是个爵士乐专家啊。罗智达是一个颇有成就的古典音乐家,怎么压根儿就没有想过要教思杰别的音乐呢?十岁之前是学习古典钢琴的关键时期,如果在这个时期内孩子心有旁骛,他会觉得是自己的过错。他不知道的是,在校期间思杰已经涉猎过各种音乐了,甚至包括魔力红乐队和布鲁诺·马尔斯等的摇滚乐。

不到一顿饭的工夫,这位老钢琴家就向后辈展示了自己独特的爵士乐技艺。而天赋异禀的思杰,要在一个晚上就能初步掌握爵士乐的精髓,当然也不是什么难事。

在加入英国皇家音乐家协会二十六年之后,罗智达终于在 2011 年当选为该协会的主席。他之所以得到大家的认可,一是因为多年来致力于协会的行政管理工作,成效卓著,二是因为他最近几年在招收新会员方面颇有建树。

也许有人会问,以他在音乐方面的造诣,何以入会二十六年才当选主席呢？这跟他对待古典音乐的非正统态度大有干系。人们都知道，罗智达也情系现代音乐，尤其醉心于爵士乐。

数年前接近圣诞节的某一天，在协会的酒吧多喝了几杯后，罗智达用钢琴演绎乔治·格什温的爵士乐作品，奔放自由，高亢粗犷。虽然部分会员极为赞赏，但这却让皇家协会的评委们皱起了眉头。于是，他掌管皇家音乐家协会的提名也就被冻结了好几年。

又过了十分钟，大林一郎终于抵抗不了这场即兴小型音乐会的诱惑，轻轻地敲了敲门，然后走了进去。他们三人尽情地享受这美妙的音乐时刻，直到就寝时间到了，才恋恋不舍地离开音乐室。

两个男孩子兴致勃勃地往宿舍大楼走去，思杰尤其显得精神亢奋，甚至感受到了一股极强的冲动，要对大林一郎说点什么，可恨的是，他什么也说不出来。

时值中秋，夜凉如水。思杰感到嗓音沙哑，就清了清嗓子。他没有意识到这是一个很重要的现象：他的喉咙已经能发出一点点声音了。要是高美燕博士在场，她一定会认为她建议的音乐疗法已经取得了疗效。

在距离寝室大约十米左右，霍思杰就已经看到，寝室的门板上有一些红色的油漆。他心里一紧，趋前几步，仔细看了看那上面的涂鸦。尽管油漆还在流淌，他依稀能辨识潦草的大字："爱哭鬼"。门口的地上斑斑点点，都是油漆。很显然，这几个字是在慌慌张张之中写上去的。思杰小心地推开门，跨过地上的油漆进了房。

卓文聚和董傲凡都不在寝室,也许是在忙着他们的课外活动吧。从音乐室出来时意气风发的思杰,这会儿如霜打的茄子,蔫了下来。他一头倒在床上,木头人一般躺在那儿。

"真是欺人太甚!竟然肆无忌惮地动粗恐吓!"霍思杰气得咬牙切齿。

不久卓文聚大叫着冲了进来。"思杰,你没事吧?"

霍思杰咬住嘴唇,耸了耸肩膀,然后慢慢地从裤兜里掏出书写纸,写道:"做得真绝!"

董傲凡也回来了,右手握成拳头,气愤地说:"我才出去十分钟安排明天足球赛的事。无耻的费乐俊!我们现在就去报告葛老师。"

"今晚就算了,"卓文聚说,"油漆就在那里,明天也跑不掉。我们先睡觉吧。"

门外响起了嘈杂的议论声,路过他们寝室的人把消息传出后引来了许多人围观。大家都知道是谁干的这事——除了费乐俊还能有谁?不过,执行者可能不是他本人,而是一个身材矮小得多的人,想必是怕引人注目吧。

葛德海办公室的门半掩着,坐在外面大厅里的工作人员都能听到他在大声呵斥:

"你当然可以抵赖,但是下次,不要使用这么低劣的说辞。你和霍思杰在餐厅发生冲突之后,你觉得还需要福尔摩斯才能证明你是主要嫌疑人吗?我要提醒你,你故意损坏了学校的公共财产。有一点你不要忘了,作为学校橄榄球队的队长,你的品格跟领导才能一样重要。好了,你走吧!"

接着他给校长罗智达打了电话,简单地作了汇报:"老罗,我看,你的日记要记下这一条了。昨晚,你的干儿子无端地受到了一次侮辱。就是说,一天内被人欺负两次。我是今天上午才接到报告的。有空吗?我现在就过来跟你聊一聊这事。"

第十七章 变幻理论

思杰心中一直牢记着父亲的教诲:"不管你认为会发生什么事情,好事也罢,坏事也罢,最后的结果总有很大的概率与你的预期相左。"父亲称这为"变幻理论"。

在过去二十五年里,国际中学毕业会考制度(简称为"国考")在世界各地获得了广泛认可。这种考试制度的教育理念是:不同的学科之间是相互联系、相互作用的,而学习的目的就是要增强学生对这种关系的理解。目前,很多国家的创新性学校都采用这种制度,尽管学生也能选传统的课程。

卓文聚、霍思杰、方雅丽以及他们的几个好朋友虽然分属于不同的校舍,但是都参加国考的课程。

八年级开学的时候,他们就要接触一点高中阶段比较复杂的知识了。在开学第一周的科学课里,哈丁博士告知学生,他会展示活体解剖实验。哈丁博士是动物学家,通常只在高年级任课。

至于用于实验的动物标本,哈丁博士给大家提供了两个选择:蚯蚓和蟑螂。他一提到蟑螂,女生伟莉亚就尖叫起来。其实,哈丁博士每年宣布这个消息的时候,胆小些的孩子们的惊慌失措都在他的预料之中,他甚至觉得这挺有趣。不过,伟莉亚的激烈反应倒是有点出乎他的意料。

全班同学都很自然地挑选了蚯蚓作为实验的牺牲品。哈丁博士还召集了男同学,吩咐他们下次上课前怎样为解剖实验捕捉三四条蚯蚓。

周四上午,卓文聚、霍思杰、卫辉、金章修和其他三个男生聚集在室内游泳池外面的草坪上,着手来完成这项女同学们连想都不愿意去想的作业。这天上课前,他们就把水管拉到了草坪,拧开了水龙头。这会儿,水已经往地里灌溉了将近一个小时了,那蠕动的蚯蚓却依然无影无踪。

金章修被其他人派到实验室去借一瓶氢氧化钠。一年一度的"蚯蚓收获季",其步骤和方法在凯博学校那些比较好学的学生中间,已经成为公开的秘密。所以,实验室主任助手二话不说,就给了金章修一瓶氢氧化钠,并告诉他,只需要使用五分之一瓶就可以搞定了。

金章修把稀释氢氧化钠溶液倒进草坪,又从水管多灌了水。他动作一丝不苟,表情庄严肃穆,看上去像一个正在主持仪式的司仪。说来也怪,过了不一会儿,蚯蚓这种胆小而又神出鬼没的东西,就不断地从土里冒了出来,数量之多,足以令猎食它们的动物饱餐一顿。七个男孩子每个人都伸出手去,将那黏糊糊的管状爬行动物抓了三四条,虽然解剖课显然不需要这么多的猎物。他们拿着这些蚯蚓(当然,有几条是专为戏弄女同学而准备的)正要跑回教室的时候,突然从室内游泳馆里面冲出四个大约只有六七岁的小孩,个个惊恐万分。

四个孩子中有两个穿着游泳裤,另外两个肩膀上搭着浴巾。他们正往高中部方向跑。卓文聚截住其中一个,问他发生了什么事。那孩子结结巴巴地说,游泳馆有个人快死了。

卓文聚和霍思杰飞一般地冲进游泳馆,发现一大群小孩子正围着两个游泳教练,又听见其中一人大声催促较年轻的助手赶紧叫救护车。

他们挤进人群,看到教练正在给一个小男孩做人工呼吸。看起来,那可怜的孩子是有某种严重的疾病发作了,全身都在发抖。他四肢不停抽搐,脸色乌青,双眼空洞地望着天花板。有同学在喊叫:"哮喘!是哮喘!快拿他的药来!"这时,就连那两位教练也脸露惧色。

思杰一直紧盯着小男孩。突然,他把卓文聚拉过来,向他指了指门外。卓文聚还不明所以,可是思杰不由分说,拽着他就往外跑。他们跳下几级台阶后,思杰放开卓文聚,率先冲进了离他们最近的草坪。

三周前,刚开学的时候,草坪的草已经割过了,现在刚刚长出翠绿的嫩草。思杰拼命地拔这些草,似乎越多越好,还示意卓文聚也跟着一起做。他们拔了一大把,然后跑回了游泳馆。

思杰冲到教练身边,在小男孩的旁边跪下来,同时手里不停地搓草。卓文聚虽然并不知道下一步该怎么做,也在一旁依样画葫芦。当手里的草揉碎了之后,思杰便把草放到小男孩的鼻子底下。两个教练一脸惊诧地看着思杰,但并没有阻拦他。

就像巫术,或许用"魔术"这个词更加合适,才过了大约一分钟,那个孩子便停止了抽搐,开始使劲咳嗽,吐出一大口秽物。围观的小孩子们纷纷后退,唯恐避之不及,只有思杰依然留在男孩身边,身上因此溅了不少脏东西。

然后他又把卓文聚揉碎的那把青草拿过去,重复刚才的举动,让小男孩吸入青草的气息。又过了大约二十秒,小孩铁青的脸色开始变浅,出现了一丝血色。

渐渐地,他开始呻吟,并且有控制地活动自己的四肢。人群中出现掌声、喝彩声和"哇"之类的欢呼声。一个游泳教练紧紧地抱住了思杰。

"哇!"思杰加入周围人群的欢呼声里,喊了出来。

"你太神奇了。"卓文聚大声叫道,与思杰击掌庆祝。他们俩缓步走下台阶,笑容满面。这时,却看见费乐俊和校医院的两个护士疯也似的朝游泳馆跑去。

两个男孩走回到他们扔下蚯蚓的地方。远处却传来伟莉亚和另外几个女同学惊恐的尖叫声。男生们的恶作剧显然大获成功。

到这个时候卓文聚才开始调侃思杰:"哇,你真该去当医生。哦,不,你已然是华佗再世啊。你知道吗?你刚才救了那小子一命。"

听了卓文聚这些溢美之词,思杰不禁有些飘飘然。三个月以来,思杰的脸上第一次露出了开心的笑容和满足的表情。他望着卓文聚,心里美滋滋地想着:我救了那个男孩。

此时,有些影像在他脑海里忽隐忽现。突然,他目光盯住卓文聚,一只手迅速掏出书写纸,在上面写道:"费乐文。"

"正是他!怪不得费乐俊发疯似的往游泳馆跑。我们当时没有认出他是费乐俊的弟弟,他那会儿已有些昏迷了,身上还盖着很多浴巾,要不我们可能就已经认出来这个瘦骨嶙峋的小孩就是他了。"卓文聚很是激动，"真是太巧了！"

思杰脑海里的第二件事也若隐若现。他目不转睛地盯着卓文聚，看样子在努力回想什么。

突然，思杰脸色大变，一副惊恐的表情，整个身子都僵硬起来。他吞咽了好几次，胸膛起伏不停，呼吸也变得急促起来。

当他示意卓文聚拿手机给他的时候，他的双手控制不住地颤抖着。卓文聚赶忙把手机递给他，可是思杰的手抖得这么厉害，根本接不住，结果手机掉到了草地上。他的嘴唇也在颤抖，脸色惨白。

"莫非他感染了费乐文有传染性的细菌？"卓文聚的脑子里闪现这样的想法。

思杰从草地上捡起手机，用颤抖的双手捧着，如同捧着稀世珍宝，生怕摔坏了一般。他按键输入号码，但显然输入错误，看看屏幕取消了。重新输入时，按键速度慢了很多。接通以后他紧张地倾听，然后用手指在屏幕上敲了三下，再比较急促地敲了两下。电话的另一头一定有人对思杰说了什么，他又重复了刚才的操作。

卓文聚一直十分焦虑地望着。思杰把手机还给他。思杰示意卓文聚快点跟着他奔跑。这已经是这个早晨他第二次这样做了。

思杰向学校大门口跑过去，那疯狂的劲头就像刚才费乐俊冲向游泳馆一样。他几乎是一脚踢开了校门，出门向左一转，沿着马路一路狂奔而去。

"出什么事了，思杰？你没事吧？"看到思杰不像是生病了的样子，卓文聚也就只好紧紧跟在他身后。

两位短跑健将花了近五分钟就来到了松鼠街八号。在那里等候的不是别人，正是高美燕博士。高博士没有想到思杰这么快便需要紧急见她。

她让两个孩子进了屋，把她两岁的儿子安置在客厅的另外一端。那孩子一定在好奇地想，这两个陌生人为什么这么大声地喘息呢？对于卓文聚来说，跑步是他的日常必做的活动，跑这点路不算什么难事。思杰就不同了，他过去几个月都不大运动，所以现在已经上气不接下气了。

他将自己的双手贴在墙上，贴了几秒钟，然后才从兜里掏出书写纸。但由于手抖，书写纸又掉到了地上。他浑身上下找钢笔都没有找到，高博士见状递给他一支。

思杰费了好大的劲才让自己稍微镇定下来一点。他在书写纸上写的字，字迹潦草得几乎无法辨认："刚才说了第一个单词。"

高博士很激动，连忙问："发生在什么情况下？"

卓文聚却压根儿也不记得发生过这样的事。

思杰的记忆本来也很模糊，但是当卓文聚说"你应该去做医生"的时候，某种很重要的记忆开始在他脑子里成形，渐渐清晰起来。

当那个小男孩被救过来以后，现场一片欢腾，思杰的那一声"哇"，被人群的喝彩声淹没了。

高美燕博士心里清楚，接下来的几分钟对于思杰至关重要。她让思杰坐在沙发上，自己跪在他面前的地毯上，这样她说话的时候能看着思杰的眼睛。她同时握着思杰的双手。

"思杰，看着我，深呼吸五次。就这样，继续，做得很好。"

高博士不停地鼓励思杰。

"现在,慢慢张开你的嘴唇,想象你又在说'哇'这个词。记住,你刚才已经说过了,所以你一定能做到。"

其实,在前两周进行的语言康复疗程中,他们就做过类似的练习,只是没有取得进展。高博士十分清楚,此刻,从心理学角度来看,信心比什么都重要。她看着思杰,张开嘴,说"哇"这个词。

思杰学着她的样子张开嘴,想说同一个词,可是什么声音都没有出来。

"保持冷静,慢慢来。"高博士安慰他说。思杰能够做出嘴型,可就是发不出音来。又过了三十秒钟,思杰甚至发现自己要模仿发"哇"这个音的嘴型都有困难了。而且很明显,即便他费尽九牛二虎之力成功了,那声音也跟"哇"毫无相似之处。

随着压力增大,泪水开始涌出思杰的眼眶。高博士将他搂在怀里。虽然尽力安慰思杰,但是她内心深处明白,最宝贵的半个小时很快就要过去了。

"来,思杰,再试一次。这事儿很简单,你一定能够做到。"卓文聚插嘴了,可是他这些不得法的鼓励之词,似乎只是使事情更加糟糕了。

高博士用手势制止了卓文聚,想最后再做一次尝试。她将思杰从自己的肩头轻轻推开,向他反复演示自己的嘴型,多次重复"哇"这个音。思杰几次尝试都失败之后,整个人都崩溃了。

痛苦写在他脸上,泪水像断了线的珠子,啪嗒啪嗒往下滴。

他又用变了形的嘴唇继续发了两次"哇"这个音,也失败了。就在每个人都打算放弃了的时候,突然之间,一个类似"妈"的音从思杰的嘴里蹦了出来。

人人都惊呆了。接下来,屋子里一片寂静。

第十八章　词汇库里的两个词

卓文聚睁大了眼睛，张口结舌，思杰也如木雕泥塑一般，脸上的泪水倒是越来越多了。有几秒钟，高博士处于恍惚状态，回过神来之后，紧紧地抱住了思杰，憋得思杰喘不过气来。"太棒了，我的孩子！"接着又把他搂在怀里。

卓文聚想说点什么，最后却突然伸出手，做了一个胜利的手势。高博士瞥了卓文聚一眼，说："是一个很大的进步，但是还不能说已经成功了。"

思杰望着卓文聚，又是哭又是笑，目光快速地闪烁着。这样过了几秒钟，思杰才笑着举起了两个手指，也做了个胜利的手势。

"咱们击掌吧！"两个孩子使劲地拍击对方的手掌。

"这不是表示大功告成了。我们的意思是，思杰的词汇库里已经有两个单词了，跟半小时之前相比，词汇量扩大了一倍啊。"卓文聚笑了。孩子们的思维真是异于常人，有时候他们有自己的语言，即便是高博士这样训练有素的心理学家也不是总能理解他们。

客厅另外一端，那个婴儿已经被大家遗忘了。他注意到这些人一会儿哭，一会儿笑，一会儿又拥抱。思杰叫"妈"的时候，尽管有些走样，他还是听出来了。他放声大哭起来，同时高喊"妈"。思杰快步走过去,将他抱起来。但是孩子显然很抗拒,哭得更凶了。

"今天就到此为止了。我相信,你开口说话只不过是个时间问题了。"高博士说。她抓住机会,用这些话来增强思杰的信心和希望。她没有继续尝试下去,是因为她觉得,今天想让思杰说更多的词,时机并不成熟。

"为什么他说的是'妈',而不是'哇'?"卓文聚问道。

"创伤后应激障碍导致的失语症,在医学上并不常见,科学家对此也知之甚少。在思杰的病例里,他并没有遭受脑部损伤,故有可能重新恢复说话能力,这个过程可能是缓慢的,也可能是突发性的。正如创伤可以导致失语,刺激似乎是恢复语言能力的主要途径。很明显,他两次开口说话都是受到了极端情绪的刺激。在巨大的压力下,他可能说出自己幼年时期最经常说到的词,这就是'妈'。"

有一个情况高博士倒并没有透露。那就是,有些病人虽然能够偶尔发声,却永远不会彻底康复。她只能祈求思杰不在此列。

在医学上,癫痫症的准确病因迄今还是个谜,人们也不能解释为什么有些人的大脑对外部刺激反应如此剧烈。至于对付费乐文急症的中国民间偏方,西方的医生就更加一头雾水了。

卓文聚还原了这天早晨发生的事情,高博士在一个本子上做了记录。两个孩子随后兴高采烈离开了高博士家。

思杰尤其兴奋。开口说话有了希望,而且高博士还给了他一个大大的熊抱。没错,那个拥抱是母爱的表示,但关键是，拥抱来自这样一个既美丽又可爱的人啊。

事情回到那天上午，当一年级的学生在学校的室内游泳馆上这学期的第一堂游泳课时，馆内的装修工程正进入尾声。游泳池是按奥运会规格修建的，拥有六个泳道，带加热系统，设计上很高端。人们对这个游泳馆唯一不满意的地方就是照明不足。

施工方本来已经承诺在开学前会把新的照明系统弄妥，却没有兑现诺言，因为他们在其他学校又承接了大量装修工程。不过，新照明系统的安装工作基本上已经完成，今天上午只进行最后一项工作，也就是调试。想当初，白夏侯任行政主管的时候，像这种拖延工期的事情从来就没有发生过。

学生们已经换好了游泳衣，准备接受两百米蛙泳训练。他们知道，教练还会教授他们正确的跳水姿势，所以都很激动。

馆内的广播系统已经发出通告，照明测试期间会多次开启和关闭该系统。学生们静静地等待着。灯打开五秒钟，然后关闭，过两秒钟再次打开。再没有人抱怨照明不足了，因为游泳馆内的确一片通明。

测试完成后，学生们急切地盼望轮到自己训练——费乐文和几个肥胖儿童是例外。费乐文感觉身体不舒服，强烈的灯光似乎使情况更加糟糕了。

学生从游泳池爬上来以后，又传来广播通知，第二轮，也就是最后一轮测试要开始了。学生们又站在泳池旁等待。灯光开启又关闭六次之后，就听到有人在人群后面大喊，费乐文晕倒了。

两位教练马上命令大家把毛巾盖在这个可怜的孩子身上。大约过了一分钟,主教练决定对费乐文实施人工呼吸。助理教练则派出学生去校医务室寻找护士,并嘱咐他们带回哮喘呼吸机。这位年轻的教练受过较现代的培训,已经揣测到费乐文可能不是哮喘,而是癫痫症发作。也就是在这个时候,思杰和卓文聚赶到了游泳馆。

思杰一直都在收罗有趣的故事、新奇的想法和各类统计数字。爷爷曾经跟他讲述自己年轻时经历过的奇闻逸事,比如战乱、亚洲贫困山区村民的生活等等。有些故事讲的就是简单的野外急救措施,还有草药和针灸的使用方法。这些东西经常都很有效果,能够省去村民们请医生的费用和时间。再说,就算你有钱有时间,在偏僻的乡村,要找到西方人眼中那种医生,也是难乎其难。

其实,用捣碎的青草治疗急性癫痫症这一招,爷爷是在香港的一个村子里见识的。究竟是青草的气味又或是青草的某种化学成分减轻了症状,或它们究竟作用于大脑的哪个部位,西方都从来没有做过研究。思杰记得爷爷曾经说,这种偏方可能还是西方医学界闻所未闻的。而且即使他们听说过,要想得到认可,也需要经历漫长的科学论证过程。当然还有一种可能性,就是费乐文的哮喘及抽搐,可能没有思杰的"急救",也会自然停下来。这种事情也不是没有发生过。但学校里的大部分学生都因事件太巧合,宁愿相信是思杰的回春妙手救了费乐文。

思杰收集了颇多有意思的信息和典故,存储在自己的记忆里。今天,一则有用的信息从他的"中央处理器"蹦了出来。不过,他没有想到会有在高博士家里那幕出现。

"不管你认为会发生什么事情,好事也罢,坏事也罢,最后的结果总有很大的概率与你的预期相左。"他想起了父亲的理论。

有一件事情思杰不可能意识到,就是救了那个孩子之后,他大大恢复了自尊心及对生活的信心。他最近几次失控哭泣,通过弹奏钢琴释放了压力,今天又度过了一个激动人心的上午……经历了这一切之后,在思杰的大脑里,荷尔蒙某种神秘的变化也正悄然地发生。

这些事件对病情的影响,它们之间如何相互作用,都是有待解开的谜。毕竟,人体分泌多种荷尔蒙,其中一些的功能科学家至今也没有破解。同样,癫痫症发作、神秘的青草疗法以及思杰开口说话这三者之间有什么潜在的联系,医学界恐怕也说不清道不明。

那天傍晚,八年级的同学聚在一起晚餐的时候,有几个女同学缺席。很明显,哈丁博士上午所做的动物活体解剖实验,把她们的胃口彻底毁了。尤其是伟莉亚,她得到三条蚯蚓,比别的女孩子得到的都多。在整个实验过程中她都不断发出尖叫,不过哈丁博士不以为意,一句批评的话都没有说。过去十五年里,他每年为初中的班级演示活体解剖,也很享受这个过程及孩子们的反应。

一个彪形大汉慢慢走近思杰所在的餐桌。餐厅里的每个人都知道,费乐俊这次要做的事情,与一周前他在这里所做的截然不同。

他站在那几个男生面前,对着思杰友善地说:"我听说凯博圣约翰急救队已经邀请你以终身荣誉会员的身份加入他们的队伍。

"我不知道你究竟是怎么对待乐文的,但是这个谎屁精的确欠揍,活该被人塞上一嘴的青草和泥巴。"说完,他很有礼貌地示意思杰站起来。思杰站了起来,发现费乐俊其实并没有记忆中那么高大威猛。费乐俊给了他一个大大的熊抱,同时大声说:"谢谢你救了乐文一命,万分感谢!我们只知道他有哮喘病,哪知道他还患有癫痫症呢。"

费乐俊熊抱霍思杰的时候,绝对没有人怀疑他的诚意。不过,他拥抱的时候,可能把他进行橄榄球大赛的力度使了出来。结果,来自这位橄榄球队队长的真诚谢意,几乎变成了摔跤中的致命缠抱。思杰差点没晕过去。

"英国人大概都喜欢拥抱吧。"思杰想。

费乐俊从兜里掏出一张纸,递给霍思杰。思杰展开来,发现整张纸上用各种色彩和各种字体写满了"谢谢你"这几个字,右下角是小乐文的签名。思杰看到签名下一行的几个字的时候,不禁抬头看了看费乐俊,笑了。那上面写着:"素食者。"全校同学都知道,这是费乐文的新外号,起源于救他一命的那把青草。

费乐俊离开他们之前还不忘向卓文聚行了个礼,大概是为他弟弟当初撒谎而道歉吧。

那天夜里,躺在床上,思杰回忆起几个月以来发生的一幕幕往事,不由得相信了"大老板"的存在,那是他和已故的父亲对造物主的尊称。他神秘的安排经常超出我们人类的理解能力,更不用说像他这样一个少年了。

要是没有祖父传授他秘方,要是没有那场悲惨的车祸,要是他没有进入凯博学校,要是游泳馆离他的教室再远点……费乐文可能就死了,就没有了他的那声"哇",更没有了接下来在高博士家发生的一幕。思杰现在还不知道,在他以后的生活中费乐俊会扮演一个有趣的角色。

谁知道明天等待我们的是什么命运?这世界实在是变幻莫测。思杰在思考中渐渐沉入梦乡。

与几个当事者和包括高美燕博士在内的人谈话之后,罗智达在日记里详细记述了这一天发生的种种趣事。过去的几周,虽然他刻意保持与思杰之间的距离,但是却一直在旁密切地关注着他。

第十九章　再见,毛茸茸

颇不同寻常的是,接下来的一周,凯博学校的热点话题依然是拯救生命。这另一件事说起来没有什么大不了,但是在全校师生中激发起的兴趣却不亚于费乐文事件。

哈丁博士带着严肃的表情走进教室。他对高中生一向严厉,但是在初中生面前却是出了名的好好先生。要是哪天教导主任这个位置空缺了,相信他一定是最佳人选。

他扫视了全班一眼,发现有些同学显得非常紧张。

"今天早上,有人偷走了小白鼠,我本来是打算用这只小白鼠给大家演示活体解剖的。要不是有人留下了计算机便条,实验室助理早就用另外一只小白鼠代替它了。"

"便条上说……"他停了几秒钟,注意到一个角落的几个学生惴惴不安,"可怜的小东西,我会把你放归自然。"

"不管是谁偷走了小白鼠,我想他应该知道,放归自然之后,它也就小命难保了。因为小白鼠与其说是野生动物,还不如说是宠物。"

"将它送回来吧,整个班级都会从活体解剖实验中受益。我保证绝不会惩罚他。"

全班同学都坐在座位上一动不动。就在此时,教室里响起了"吱"的一声,尽管那声音很微弱,大家都听到了,但却没有一个人敢往声音传来的方向看一眼。接着,又传来更加微弱的一声"吱"声,显然是声源被某种东西捂住了。这些声音立即让哈丁博士警觉起来,但是他依旧站在讲台上,没有任何动作。教室里的气氛一时紧张起来。

在后排,思杰缓缓地举起了手。每个人的目光都惊讶地望向他,尤其是坐在角落里的那几位同学。

"好,思杰,是你吗?上前来。"哈丁博士有些困惑。他的学生们还从来没有见过他脸上的表情那么严肃。

思杰手拿一张纸条走到讲台上,恭恭敬敬地递给哈丁博士,然后转身,向全班同学亮出他那个著名的×手势。他脸上是一副大义凛然的表情,如同临刑的烈士。

他回头看着哈丁博士,又指了指自己,再指指白板。显然,他是在请求在白板上让他写点什么。

哈丁博士点点头,依然面无表情。但是,当他大声朗读思杰递给他的纸条时,却表现出饶有兴味的样子。

"'老师,我们不该故意杀生。'我相信所有的人都不会不同意。"这位动物学家说这话的时候,心里不禁疑惑,霍思杰这些言辞会不会跟他家最近发生的悲剧有关。

在白板上,思杰写道:"老师,您能否赦免了那只小白鼠,就像美国总统在感恩节前赦免一只火鸡一样?"

思杰刚写完,全班的女同学就异口同声高喊:"求求您了!"男同学也随声附和。

这天上午,学生们头一次看见哈丁博士的脸上露出一丝笑意。

"好吧,同学们!使用动物进行实验长久以来就是一个颇有争论的话题。动物爱好者和动物权益保护组织言之凿凿,有理有据,只是他们的抗议手段有时可能过于激进。

"要是赦免一只小白鼠可以教会你们尊重一切生命,那么我想,你们获得的教益肯定远远超过了一堂解剖课所能给你们的。不过,我要提醒一下,你们当中的一些人今后可能会从医或者进入生物学领域,对他们而言,解剖学可是必修课。对于动物,要有同情心,但是不能滥用同情心。"

哈丁博士话音刚落,全班一片欢呼声。书啊,笔记本啊,都被扔到了空中。

"我给你们一个额外的奖励……安静。另外三个班级用于实验的白鼠我也会送回去。我将……请安静,我将用播放视频来代替活体解剖实验……安静,请安静。"

此刻,在教室的另外一个角落,伟莉亚同学正在小心地翻检她的书包,从里面拿出那只小白鼠。几分钟前,这小家伙极不配合,差点出卖了自己的主人,也险些送了自己的小命。她用两只手捧着那雪白的小生灵,把它交给了生物课老师。

"我就知道是你!"不过,哈丁博士是个言而有信的人,并不打算处罚她。

"拜拜,毛茸茸,你要好好的哦。"她很亲昵地拍拍小白鼠,向它道别。小白鼠好像听懂了伟莉亚的临别祝福,第三次发出了"吱"的叫声。全班的学生乐坏了,一齐鼓起掌来。

伟莉亚走到思杰跟前,在他的脸颊上轻轻一吻,整班同学齐声喝彩。哈丁博士用双手小心翼翼地捧着小白鼠,其细心的程度不亚于伟莉亚。他笑眯眯地望着思杰和伟莉亚走回各自的座位,神态如同一位慈父。那时,全班同学都不知道,这位动物学家的小孙子即将出世了。

很快,整个初中部都开始热议他们心目中的英雄了,那就是思杰、伟莉亚和有人情味的哈丁博士。下午课间休息的时候,消息传得更远了,连预备学校的小女生都有几个专程跑过来看思杰本人。

下周三,在高博士的诊所复诊的时候,方雅丽提出了这样一个问题:"博士,既然生命如此珍贵,为什么有些生命又如此脆弱,顷刻间就消于无形呢?"她这么说,是在暗示思杰双亲的命运。

"而且思杰今天还阴差阳错地挽救了两条生命。"

"思杰,你是怎么想的?"博士问道。

思杰看看方雅丽,又看看博士,耸了耸肩,然后手指朝天指了两下,一副敬畏的神情。

这回轮到博士迷茫了。她的眼前浮现出许多病人的面孔。他们中间,有些人最终康复了,有些人却彻底失语了。这一切,又有什么逻辑可言呢?

"博士?"方雅丽将博士从沉思中唤醒。

"是的,孩子们,一切都是'大老板'的意志。"做了简单的总结之后,她又止不住长长地叹息一声。

方雅丽提出来的问题,也许需要大学神学系的学生花几堂课的时间做专题讨论。现在,高博士的小病人却用一个简简单单的手势,似乎就一举解决了。

第二十章　音乐俱乐部

卓文聚和霍思杰接下来的周六又造访了"飞镖俱乐部",并与白先生一起制定了今后进一步合作的计划。

白先生将酒吧每周飞镖俱乐部的聚会时间,由原来的周五晚上改到了周六上午,这样一来,卓文聚和思杰就可以有多些时间参加了。由于酒吧周六早晨不提供酒水,可以想见,许多会员对于这项改变颇有怨言。但是,当思杰的飞镖绝技传开了以后,白先生发现,参加聚会的会员不减反增。思杰与白先生拍板合作以后,在接下来的那个周六的上午,当着所有客人的面,又表演了"180分"的满分投射。

思杰从来没有想过要拿自己的飞镖技术与成年人打赌,白先生也无此意。但是这并不等于说,俱乐部的会员之间不会打赌,譬如赌谁输谁赢,或者某人会输给思杰多少分,等等。思杰很快就学会了这个游戏的诸多规则。

目前思杰的出场费是每周四十英镑,这是一笔不小的钱,但是白夏侯觉得物有所值。他现在要考虑的是思杰受欢迎的程度究竟如何。如果他能从其他俱乐部再吸引过来五位会员的话,值不值得给他的出场费再增加二十英镑呢?卓文聚又提出,要是伯明翰以外或者在英国以外的飞镖俱乐部有人来拜访飞镖酒吧的话,他就应该向思杰额外支付二十英镑出场费。双方在这一点上都比较谨慎,达成的一致意见是:三个月以后,合同条款可以视情况协商修改。

白先生如果同意增加出场费,每周可能有八十英镑的支出,对于飞镖酒吧来说,似乎有点不堪重负;对于两个孩子来说,这奖赏似乎也过头了。很快,白先生发现自己的想法是大错而特错了。几周之后,德国、法国和荷兰的同行们就纷纷来函咨询了。

更让他开心的是,他发现俱乐部会员周六的晚上会回到飞镖酒吧,把早上没喝上的酒补喝了。他们边喝边聊,话题漫无边际,但是总要聊聊上午思杰在酒吧的表现。这种聚会人来人往,往往不知不觉就到了午夜。总之一句话,周末的飞镖酒吧人满为患。

两个男孩的第一家"合资企业"相当成功。什么零花钱呀、书杂费呀,卓文聚现在全不放在眼里。这笔生意如此成功,以至他俩把自己上大学以后的课程都选好了:商业学、经济学、会计学。只可惜,接下来发生了一件事,给他们俩的宏伟愿景浇了一盆凉水。

其实,这件事刚开始也相当成功的。当他们从飞镖酒吧赚到一百多英镑以后,就用这笔钱从当地的华人杂货店购买了一批桶装方便面。

星期六,课外活动颇多,思杰和卓文聚就借此机会出售,每桶方便面收费三英镑。在里面加一根芝士棒,就称之为豪华套餐,加收五十便士。结果,他们生意兴隆,方便面供不应求。

董傲凡要不是笨手笨脚地把两桶方便面摔到了地上,他本来也可以成为持股数相同的股东的。现在,他只占有20%的股份。

红红火火的生意做了整整三个星期,挣的钱远远超乎三个人的想象。然而,到第三个星期日,几乎是眨眼之间,生意就彻底黄了。

是葛德海发动的一次搜查行动,搅黄了他们的生意,而他之所以采取行动,是因为收到了裴乐陶大妈的谍报。裴大妈发现,她的老顾客最近两个周末很少光顾她的生意了,心里甚是纳闷。第三周,有两个学生踢完足球后,在一起谈论订餐的事情,让她无意中听到了。其中一个人居然说,思杰的桶式方便面似乎比吃食堂更带劲!

接下来发生的事,颇像一次突击行动。葛德海在食堂员工的协助下,收缴了思杰一伙人做买卖的所有物品。卓文聚在一旁不断地分辩说,他们的生意完全合法,但是葛德海就是不听。在凯博学校,没有人,绝对没有任何人,敢冒犯裴大妈,哪怕只是一丁点的事情。

他们所有的库存——八大箱,每箱十二桶方便面呀!——全部被抄走了。尽管前几周的盈利足以弥补存货损失,但是剩下的就微乎其微了。他们从失败中学到了宝贵的一课,商场如战场!

为了保险起见,卓义聚赶忙给白先生去电,提醒他不要向任何人泄漏他们之间的合作。白先生回答说,作为学生,他们完全有权利挣自己的零花钱。卓文聚的担忧是可以理解的,他家境一般,挣的这点钱虽然不多,却足以帮助补贴家用,所以十分重要。

至于如何处罚卓文聚等人,葛德海提出,只要卓文聚和霍思杰愿意加入他的辩论队,就可以对他们网开一面,既往不咎。卓文聚无奈地同意了,思杰却不置可否。最终,他以顾问的身份加入辩论队,通过撰写演讲稿的形式效力。他从前就读的学校开具的推荐信,葛德海当然读过,所以才那么卖力地要将他作为核心队员招到麾下。至于思杰的其他才能,葛德海按照校长的要求,都没有对外披露。

在资本主义社会,人们总是把自己的个人利益放在第一位,所以,利他主义是没有市场的。葛德海眼下显然面临着一个小小的利益冲突。其结果是,为了将两个顶尖的八年级学生招到自己的辩论队,他把他们应该受到的惩罚一笔勾销了。至于董傲凡为什么没有被招募到辩论队,但也逃过了处罚,这个问题人们问都懒得问了。

音乐俱乐部是校长罗智达两年前创办的,目的是为那些正在接受正统音乐培训的学生提供另一个展示才艺的舞台。会员年龄通常在十三到十五岁之间。再大一点的学生都在为高考做准备,忙得焦头烂额,无暇顾及课外活动。

就是这么一个小社团,内部也很复杂。演唱哪首歌曲、突出何种乐器、接受什么样的风格,这些都是讨论的话题。讨论经常演变为争论,争论则必然形成宗派。于是,在某些聚会上就会出现会员拂袖而去的场面。

有趣的是,谁演唱这个最重要的问题,却从未在社团内部引发过争论。原因很简单,实在没有人能够超越方雅丽。方雅丽的唱功,如果仅仅夸她"唱得好",简直是在贬低她。尤其是在她那个年纪,只有"凤毛麟角"可以形容她。

"思杰,你的学校生活过得怎么样?听说,你已经完全融入凯博这个大家庭了?"周五的下午,在校长办公室,罗智达这样问思杰。

思杰颇为得意地点了点头。

"不过,我也知道,你还没有走进音乐俱乐部,没有和那里的同学一起玩过音乐。他们可是很需要你这样能干的音乐家啊。"

思杰低头不语。当他再次抬头望着罗智达时,脸上已经笼罩着阴霾。

"只听说过有盲人当音乐家,还没听说过有哑巴音乐家。"思杰在纸上写道,内心十分沮丧。

"你还记得高博士的音乐疗法理论吗?加入音乐俱乐部,不是让你独自弹钢琴,与同学互动也许更加有益于你康复。我来给你介绍一下音乐俱乐部的情况吧。

"音乐俱乐部有二十五六个会员。其中,只有十个是常客,而来自八年级的有五六个人——目前他们的学业压力不大,所以他们每周都能来。当他们需要一个好的钢琴师的时候,我就会临时客串一下。

"他们对其他乐器都很擅长,音乐理论知识也很丰富。比如大林一郎吧。他演奏萨克斯的水平相当高,更难得的是,他演奏各种型号的小号都得心应手。他从七岁起就开始对这些乐器着迷。他父亲在东京开了家乐器店,店里随时都有几位资深的音乐家在演奏,又或者高谈阔论,探讨技艺。我们都知道,其实他真正的抱负是作曲和指挥,但是一直苦于找不到正确的途径,所以他把希望寄托在俱乐部上了。

"韩国的鼓手金章修对各种打击乐无所不精。入读凯博学校之前,他在2012年韩国中学生音乐节上还获得过打击乐一等奖呢。他甚至击败了他们国家非常流行的大鼓乐队。"罗智达继续说。

"卓文聚是个吉他手,既能独奏,也能伴奏。他练了三年古典吉他,可惜没有练出来。但是,不管怎么说,他娴熟地掌握了这种乐器的基本技能。"

卓文聚与其说是搞音乐的,还不如说是搞体育的。不过,到了去年下学期方雅丽加入学校音乐俱乐部以后,情况就改变了。从那以后,卓文聚就隔三岔五出现在俱乐部。当他注意到别的男生也紧跟着他的步伐来到俱乐部以后,就跑得更勤了。他觉得情场如球场,他必须防守好自己的位置,而只有在这个位置上他才有可能赢得方雅丽的青睐。你还别说,最近场上的变化还真的越来越有利于他了。

"在我看来,俱乐部急需一个优秀的小提琴手,不是传统的,而是可以用小提琴演奏流行音乐的琴手。我们还需要一个男声与雅丽搭档。"罗智达最后这句无心之言立刻让思杰郁闷了。

"要是再有一个多才多艺的钢琴师,那就再好不过了。大林一郎现在干这个活干得有点三心二意。且不说别的,他弹钢琴的时候,要是又需要人吹萨克斯或者小号,他在这些方面的专长就用不上了。

"大林一郎不在的时候,他们要个弹钢琴的,就只有找我客串了,因为再没有别人了。

"但是我坐不到一会儿便会弹我的爵士音乐了。说实在话,我的爵士乐风格在当今这个时代有些过时。只不过我是校长,没有人敢说罢了。"

对卓文聚而言,罗智达的爵士乐钢琴过时不过时倒无所谓。他烦恼的是,罗智达在场的时候,他就不便跟方雅丽讲悄悄话了。

"思杰,要是你能加入音乐俱乐部,那可真是一桩好事。那样一来,大林一郎就解放出来了,可以去做更有意义的工作,比如编乐,协调和融合所有演奏者的技术啊。大林一郎已经创作了几首曲子,现在还不想拿出来供同学们演奏,但是他答应有一天会表演的。

"还有一件事你可能不知道,方雅丽是凯博学校有史以来最有才华的小歌唱家。去年暑假期间,她曾经师从伦敦一位著名的女声乐家。不过,只过了五分钟,她的老师就得出结论:方雅丽根本就不需要老师。那个假期剩下的时间里,这位老师只是在演唱风格以及哪种歌曲最适合雅丽演唱等方面进行了指导。

"以她的资质和演唱技艺,完全有能力在歌唱大赛上赢得大奖。卓越的音乐家都不是训练出来的,而是天生的,对于这一点,懂音乐的人都心知肚明。才十三岁的年纪,又有那么完美的歌喉,她可以称得上是一颗冉冉升起的新星,绝不是一个花瓶。"

方雅丽的歌唱才能对思杰来说的确还是个新闻,以前只听她提起过她喜欢唱歌。思杰自己在失声以前唱歌也是极有功底的,所以罗智达的话不光驱走了他的自卑情结,还激起了他的好奇心——他要尽快搞清楚,方雅丽唱的歌究竟好到什么程度。

第二十一章　一去不复返的周六

周六,霍思杰在卓文聚陪伴下来到音乐俱乐部,并由卓文聚介绍给了在场的人。

思杰用电子风琴演奏了一曲,它能发出成百上千种合成声,能代替很多种乐器。大家一致认为太棒了。

此前一周,他们排练了莎拉·克劳克兰演唱的歌曲《天使》。方雅丽的演绎美妙至极,给所有的人都留下了深刻的印象。当然,卓文聚是个例外:除了领略音乐之美,他还更深刻地领略到了方雅丽的美。那天的钢琴伴奏是大林一郎,他后来电话求援罗校长了,因为他觉得只有校长的伴奏才配得上方雅丽的歌喉。

罗校长是有求必应。许多人都不知道,罗校长的手机铃声,只有周六和周日,才调到了最大值。他是怕铃声小了,听不到,错过了俱乐部那帮孩子的召唤。要是真没有人召唤,那么到了下午三点,他就会径自前往俱乐部,做个不速之客了。这样,他能将在周末攒下的足够多的快乐元素延续到下一周……

上一周罗校长应邀来到以后,由于有了这位大师的伴奏,方雅丽的歌声惊艳全场。这歌的背景音乐既轻柔又宁静,在歌唱比赛中很少有选手选用,原因很简单:如果没有一副金嗓子,这首歌曲很可能会毁了一个歌手。

当霍思杰拿到了钢琴乐谱以后,俱乐部的其他成员都站立一旁,要看看他用钢琴伴奏流行音乐的水平究竟如何。况且,这歌曲本来就没有小号和吉他之类的乐器。

观众们基本上就是在欣赏一场专业演出。其实,这歌的钢琴伴奏也需要投入丰富的感情,而思杰正是把这些时日经历的悲欢离合都融入到了音乐之中。

他们的表演珠联璧合,二人心中也着实为对方倾倒。在医院之外的环境里,霍思杰还是头一次见到方雅丽。平时,思杰在校园里偶尔遇到她,也隔得老远,可谓惊鸿一瞥。

最后一个音符结束的时候,他们相视而笑,都为对方的表现感到骄傲。围观的成员都被深深地感染了。那一刻他们知道,从此以后,会经常在这个地方聚会了。

对卓文聚而言,这句话就再正确不过了:他必须每次都在场,因为他刚才察觉到了霍思杰及方雅丽之间亲昵的微笑。至少现在他还看不出有什么不大对头的地方,但是必须提高警惕。

此时的思杰,心中却藏着深深的遗憾。要是他能开口发声该有多好!那就可以向所有的人证明,他一点也不比方雅丽逊色。他叫从三岁起就开始唱歌,而且那时人们就说他是个了不起的小艺术家。他学钢琴还是四岁时候的事呢,智达叔叔就不止一次说过,他唱歌可比弹琴弹得好。

和许多被发掘的歌星一样,方雅丽和霍思杰也缺乏一个向公众展示才华的机会。互联网的诞生却改变了这种现状,尤其是对于十几岁的孩子们——他们活跃在互联网上,如鱼得水,比成年人更自由自在。两个著名的例子是贾斯汀·比伯和格雷森·蔡司,他们俩在互联网上首秀的时候,年龄都没有超过十五岁。比伯以一首《与你在一起》一炮走红,而蔡司也因翻唱嘎嘎小姐的《狗仔队》而名满天下。

　　三点整,罗校长出现在音乐俱乐部了。经过了去年一年的争论之后,罗校长规定,小组成员轮流指定演唱的歌曲,除非他自愿放弃这种权利,其他成员就可以挑选。

　　今天金章修就放弃了权利,而卓文聚挑选了一首风靡巴西的歌曲。这首歌由米切尔·特洛演唱,名字叫作"Ai Se Eu Te Pego",翻译过来是《如果我抓住了你》。谱子和歌词都是从网上打印的。轻快而富有韵律的曲调,配上优美的葡萄牙语歌词,每个人听了之后都为之精神一振。卓文聚挑选这首歌,可谓煞费苦心。方雅丽拿到谱子和歌词的时候,也是心中窃喜,因为她自己过去两年攻读西班牙语的工夫应该没有白费。现在,她借着会西班牙语的发音,所以也能大致读懂葡萄牙语歌词的意思。

　　大家一起观看了网站上的视频片段,然后就把分派角色的任务交给了大林一郎。他们商定,所有的人都可以唱这首拉丁金曲。由于霍思杰的电子风琴伴奏对这首歌起到了锦上添花的作用,大家热情高涨,积极参与。方雅丽把歌曲合唱部分的单词教给了大家,每个人都放开了嗓子。

　　从去年下半年开始,罗智达就提示俱乐部的成员在排练时将房间的窗户半掩着,这样方便他收集附近楼里的人对排练的反应。迄今为止,还没有听到负面评价。相反,对音乐爱好者来说,星期六下午的节目已经成为一种免费精神大餐。

　　经过几次排练,这首歌曲已经初现雏形,俱乐部内部和赶来的听众数量都在不断上升。

董傲凡踢完足球以后正在寝室里打瞌睡，轻快的音乐声叫醒了他。千百年以来，音乐和舞蹈就是一对亲兄妹。这不，隔着两栋楼的傲凡急急忙忙地向音乐俱乐部走来，推开门，走进已经相当拥挤的房间。歌声及音乐越来越嘹亮，他观看了几分钟，极想参与其中。

由于没有扬声器，罗智达那可怜的钢琴声几乎被淹没了。不过，他倒是乐在其中，忘情地随着音乐和歌声摇摆着身体。两年前他创办这个俱乐部的时候，想也不敢想象会出现今天这样的盛况。在皇家音乐家协会同侪的眼里，他就是个坏孩子。不过，那又怎样？

连观众都加入合唱中，真是不可思议的景象。那就是一场室内下午音乐会啊！突然，鼓声骤然停顿。原来是金章修过于卖力，把击鼓棒敲断了。那是他第一次敲断击鼓棒，只见他气呼呼地冲出了俱乐部，跑回宿舍去取新的。霍思杰当然注意到了这个变故，他打开了电子风琴的鼓声效果，做出了类似一整个乐队才能发出的声音。

就在这时，董傲凡展示了他那广受膜拜的舞技。拉丁舞对他来说是小菜一碟，只见他走上前去，来一个亮相，就随着音乐翩翩起舞了。周围的同学为他喝彩，镜子里的形象更加调动了他的情绪。他跳舞的时候，身上穿的还是刚才踢球时穿的运动服。那又怎样？不正是由于足球运动员的演唱，这首歌才红遍全球吗？许多球员庆祝破门的时候，都会用他们自创的动作为这首歌伴舞，其中就包括球王罗纳尔多。

董傲凡在人群中找到了自己的老搭档艾米丽，把她拽了出来。看了他们的舞姿，没有人说他们不像巴西人，热情奔放,无忧无虑。卓文聚也想办法请到了方雅丽下场与他共舞,很显然,他俩的舞技差董傲凡那不是一点半点。不过,这可是一个十三岁男孩第一次与自己喜欢的人牵手呀!这是多么惊心动魄的时刻!卓文聚所不知道的是,有同样感受的不光他,还有方雅丽。

卓文聚挤到大林一郎身边,对着他的耳朵嚷道:"哥们,帮个忙。再找一首歌曲,和这首一样好,行不?千万别停下来!"文聚算是找对人了,因为大林一郎被人们称为"一部长着脚的音乐词典"。一眨眼的工夫,他就想到了一首风格近似的曲子,就是卡欧玛乐队演奏的《伦巴达》。在二十世纪八十年代,这首曲子也许比刚才那首更加流行。事实上,这首歌曲开创了一个音乐潮流,同时也开创了以它的名字命名的舞蹈形式,伦巴达舞。大林一郎又冲着霍思杰大喊,告诉他自己要去复印乐谱。

这会儿,乐队的五个成员有四个已经停止演出了。方雅丽和卓文聚正在疯狂热舞,金章修急急忙忙跑出去拿击鼓棒,大林一郎又去复印乐谱。不过,把这么一台节目留给一位钢琴大师和一个电子风琴高手,谁还会担心什么呢?霍思杰跟其他人一样享受着音乐。他看着按钮,又增加了鼓点和打击乐效果。音乐渐渐来到了高潮部分,整个房间都狂热了,欢乐的气氛达到了顶点。

这首曲子持续了十分钟,直到大林一郎带着复印的谱子到了以后才停止。霍思杰调整了曲子的音高,使它跟上一首曲子相配。这样的准备工作花了不到十秒钟。金章修也带着新装备回来了,开始演奏下一首曲子了。随着音乐声起,大厅里爆发出欢呼声。这首流行歌曲每个人都耳熟能详。

伦巴达是巴西的一种舞蹈音乐,糅合了萨尔萨舞曲和卡伦巴舞曲的风格。这种舞步当然难不住董傲凡和艾米丽,只见他们弓着腿,不停地旋转和摇摆,夸张地扭动着臀部。

一个人如果情绪高涨,神采飞扬,脚下自然就能踏出不错的舞步。眼下卓文聚和方雅丽就是有着这种情绪。董傲凡从人群中另外找了一个女生伴舞,让艾米丽把罗校长拽出来做她的舞伴,但校长不一会儿便气喘吁吁,挥汗如雨了。

金章修觉得电子风琴发出的鼓声效果相当不错了,于是他扔掉手里的击鼓棒,抄起了放在他那套西洋鼓旁边的几个巴西鼓。音高不同的多种鼓点节奏,使得人们的心跳加快,大厅里人们摇摆、舞蹈、歌唱,虽然还没有失控,但是几乎到了狂热的程度。

在两层楼下,校长办公室楼下的那间房,一位行政管理人员正在加班处理开学初期累积的一大摞文件,嘴里哼着楼上飘下来的小曲。这时葛德海走了进去,对她说:"孩子们真不错,看来老罗跟他们在一起很开心。"施嘉珍,一位西班牙裔女子,似乎没有听见葛德海的评论,而是直接迈着舞步穿过房间,张开双手向葛德海走去。一个愉快的下午舞会开始了。两人都已经年过半百,但是跳起舞来,风采不减当年。

凯博学校的星期八从此改变了模样。那次俱乐部聚会结束的时候,冰箱里的冷饮被派发一空,罗校长则收到了多份加入俱乐部的申请。

那天,当霍思杰和他的八年级同学一道走进餐厅吃晚饭的时候,他又一次感受到了那种熟悉的冲动,想要说话,尽管他最后并没有说出来。他心中不禁想,高博士强烈建议采用的音乐疗法是不是正在慢慢起作用呢?

第二十二章　八年级万岁!

星期一的上午,学生们拖着沉重的步伐向教室走去。

一周七天,要是让全世界的学生进行优劣排序,那么前三甲估计是周六、周日上午和周五。其他的顺序因人而异,但是有一条肯定会是大家的一致选择:把周一排在最后。

这个学期的周一看起来还不是那么暗无天日,因为上午的最后一堂课是体育。在2012年奥运会的奖牌积分榜上,英国名列第三。从那以后,英国人大大提升了对非传统运动项目的兴趣。大多数学校都在板球、橄榄球、足球和游泳之外的其他运动项目上投入更多了。

听说,学校新来了一位兼职教练,会教给他们一些乒乓球基础知识,希望能激发起学生对这项运动的兴趣。他们排好了队,等待测试。年轻的教练说:"打乒乓球要求运动员的四肢、眼睛和大脑高度协调一致。可以说,这比其他运动要求都更高,因为接发球的时间间隔更短。这是一项快速运动,要求运动员反应敏捷。"

卓文聚和卫辉,一个在板球场上叱咤风云,一个在足球场上经验丰富,但是在乒乓球测试上,表现却差强人意。这位来自瑞典的教练甚是失望,心想已经看过的这十个学生没有一个能加入校队。然后,轮到霍思杰了。

"你是个左撇子。"这个看上去二十七八岁的教练说。

"我刚才已经解释了理论问题，现在请注意我的手和乒乓球。你接球的方式取决于我发球时手的运动方向。不过，第一次测试，我的发球是不带旋转的。开始，看仔细！"

乒乓球落在霍思杰球台的右侧，他一记凶狠的反手将球抽了过去，快如闪电，教练没有接住。

全班的男生都开始起哄——对于一群十三岁左右的男孩子，教练丢脸比这项运动本身可有趣多了。

年轻的教练卓伯庭来自瑞典国家乒乓球队，是一名替补队员。他已经超过二十五岁了，自知赢得国际比赛的机会已经十分渺茫，所以心生退意，打算从事职业教练生涯，英国就是他的首站。说句实在话，他的乒乓球技术虽然不是世界一流的，但做个称职的教练还是完全能胜任的。

仔细打量霍思杰，他这才注意到，霍思杰选用的球拍是圆形的，而且采用的是直拍打法，这更增加了难度。尽管现在中国的职业选手同样重视横拍打法，但是在二十世纪八十年代左右，中国乒坛的世界冠军们很多都采用直拍打法。

卓伯庭打起了十分精神，要检验一下霍思杰的防守技术。这次，他可不想再在全班学生面前出丑了。他发球前提醒霍思杰："小心哦，后旋球！"

球准确地落在了教练预定的位置。霍思杰回击了一个漂亮的弧圈球，只见球带着强烈的上旋，划出一条完美的弧线后落在对方球台上。那头的卓伯庭严阵以待，试图回敬霍思杰一个高难度的反抽球，可惜球不听话，一头撞到了网上。

"抱歉哦，你又输了。万岁！八年级万岁！"大家兴奋地欢呼着。不管什么比赛，输赢都是平常事，尤其是乒乓球比赛,何况其中一方还是个新手。不过,眼下可是教练输了球啊。

"打得不错。再问一次,你叫什么名字?"教练面露窘色,极力让自己镇定下来,"你可以让我再看看你的发球吗?那样我就知道该怎么办了。"

"他叫霍思杰,香港人。他的教练可是中国前世界冠军哦。"卓文聚代替霍思杰回答,为了给教练增加压力,撒了个小谎。

思杰把球放在右手,五指张开,将球上抛,然后等着球回到球拍水平时再给予致命的一击。这些发球技术表明霍思杰对于这项运动的微妙之处知之甚详。他击球前的两秒钟,对于卓伯庭来说,像一个世纪一样漫长。

球落到了球拍水平,又继续下落,这才被奇怪地侧削了一下,然后带着邪恶的侧旋向对方球台扑去。

球在空中划出一条弧线,然后轻轻落在对方的球台上。教练本来看上去一副胸有成竹的样子,这时他突然出现了一刹那的犹豫。也正是这一刹那的犹豫,让他蒙受了更大的羞辱,因为他的回球大失水准,那个白色的小东西挣扎着要弹过去,却又被球网无情地挡了下来。

三个球,大概只花了一分钟,但是对于卓伯庭,好像是漫长的一生。

喧闹声让人想起职业锦标赛决赛现场。年轻的教练强作笑脸,对霍思杰说:"原来这儿藏着一位冠军选手啊。"之前,霍思杰的确经常获得校际乒乓球比赛的冠军。

教练明白,再比下去已经没有意义。在卓文聚眼里,这可能是一个重大的发现。过去一个多月的时间里,他一直努力发掘霍思杰的其他特殊才能,至今一无所获,正感到沮丧呢。现在看来,乒乓球应该是霍思杰的另一特殊才能了,但此刻他琢磨的是如何将其变成赚钱的工具,就像飞镖那样。

教练记录了霍思杰的详细情况,并告诉他,他是校队的不二人选。他现在要做的,就是再找几个水平接近霍思杰的男生。

剩下的同学也一一做了测试,只是水平接近霍思杰的,一个也没有。然后教练就尝试演示乒乓球的基本技能,但几乎没有人听。他们要是想学,也宁愿请霍思杰当老师吧。

男生对这天上午的课非常雀跃。不过,教练却已经下定决心,要尽快解除与凯博学校的合同,他觉得自己已经失信于人了。对他来说,聊可安慰的是,其他学校与他还签有几份合约。

在全班同学返回更衣室之前,卓文聚把憋了很久的问题抛给霍思杰:"你的乒乓球水平究竟怎么样?"

卓文聚没等霍思杰找他的书写纸,先把一张纸递给了他。

霍思杰写道:"现在真的不热爱乒乓球了。还是小的时候喜欢过。"

"你把教练都打趴下了。他现在的水平只有这么高了。"他用两个手指比画了一个大约五厘米的高度。

"没想为难他。烦透比赛了,去年就没参加校队。但校队保留了我。"

卓文聚发出一声长长的叹息。霍思杰居然并没有把乒乓球看成是自己的特长,至少不是什么引以为豪的东西,这叫他太不明白啊!

"他甚至没觉得自己玩得有多好!天哪,我放弃了。"文聚恼怒地想,心里拿定主意,回去就让卫辉加紧调查霍思杰的秘密。

卓文聚和霍思杰两个人都不知道,经过了与教练在全班同学面前简短的遭遇战,霍思杰的自尊心慢慢地得到了恢复。对于大脑是怎样运作的,可能很难描述,但打个形象的比喻,霍思杰的脑子在这件事后就像储钱罐,里面又塞了几枚硬币。

意料之外的事情在下午的体育课上再度发生了。在八年级另外一个班,一个来自中国广州的十三岁女孩张惠敏,用卓伯庭的话来说,以"公主般的球技"把他惊呆了。他可是一直都在寻找跟霍思杰匹配的男生啊。他打算以后就让霍思杰和张惠敏配对混双。

下午,霍思杰又被召到体育馆,并被介绍给张惠敏。打过招呼之后,霍思杰一下子惊呆了,嘴巴张了半分钟都没有合上,弄得姑娘非常难为情。霍思杰立即拿定主意,以后要多花点时间练习乒乓球,把荒疏了的技艺再捡回来,因为他已被张惠敏深深地吸引了。

教练很高兴自己独具慧眼,选择了这对混双选手,而且他的最佳选择也很快得到了验证。张惠敏的横拍打法与霍思杰的直拍打法刚好互相补充,相得益彰。

张惠敏的成熟使教练改变了上午做出的辞职决定。

卓伯庭对她说:"我相信你俩会在校际比赛中大放异彩。遗憾的是,我可能教不到你们了。上午的惨败,让我想辞职了。你知道的,这事学校已经传得沸沸扬扬了。"

张惠敏安慰他道:"教练的作用是指导运动员,帮助他们发挥出潜能。古人云,师不必贤于弟子。我就知道许多教练被弟子打败的事例。"

尽管比起前几年来,现在的霍思杰对乒乓球谈不上热衷,但是能够力压教练,又认识了张惠敏,思杰心情大好,夜里睡觉都踏实了很多,直到……

第二十三章　真相暴露

晚上十点半,卫辉悄悄溜进了卓文聚的房间,把他叫醒后在他耳边轻声说:"我搞到它了!"

卓文聚闻言噌的一下从床上跳了起来,跟着卫辉走出了房间。卫辉在他面前摇晃着三张纸片。

"我想了两个星期才想出来这个办法。"

"你手里拿的是什么?"

"我们那位朋友的履历!"

"你怎么拿到的?"文聚非常兴奋。

"我溜进了计算机的学生档案,拿到了他的推荐信。"

"天啊,如果你做这事儿被人逮住了,警察可能会来找你的啊!"文聚严肃地说道。

"那你还每天缠着我,难道你又不想要这东西了?"

"好吧,这里边写了什么呢?"

"你自己看吧,它有点问题,我没太搞明白。"

文聚一把夺过卫辉手中的打印件,发现这原来是香港汉基国际学校给学生写的推荐信。他记得罗校长曾告诉过他,这所学校是全球顶尖的高中 G20 联会之成员。这所学校的校外考试成绩,通常比得上大多数美国东海岸的那些著名的高中和英国那些声名远播的私校。

那封推荐信上除了有霍思杰的姓名、年龄、地址和其他相关信息,紧接着的就是他在过去两年里的成绩单——每门课程几乎都是满分七分!

再往下描写了霍思杰的课外活动,以及老师对他表现的评语——里面都是类似"优异"这样的形容词,以及对他的领导力和天赋异禀的赞美之词。

但接下来特殊评语栏里的评语,就有些让人看不明白了:

  1)霍思杰对各种数据的测算有着卓越的掌控力,这样的特征在同龄的孩子里是很少见的,在我们学校也是独一无二的。(见附录)

  2)在纸牌游戏里他的娱乐和表演才能都十分卓越,获奖众多。(见附录)

打印件的内容到这里戛然而止。可是,那些附录到底在哪儿呢?

卓文聚把这三页文件翻过来检查,还是什么也没有。他望着卫辉,指着这些文件不耐烦地抱怨道:"后面那几页去哪儿了?"尽管他的声音压得很低,但他的不悦在脸上表露无遗。

"所以我说它有点问题啊。我找了半天都没找见,要么是他们在复印的时候遗漏了后面几页,要么就是他们从来没收到过那几页附录。"

卓文聚望着那几页资料思索了好一会儿。

卫辉精通计算机技术,他这方面的特长甚至让学校的计算机技师和老师都眼红。他从不透露自己是怎么搞到霍思杰档案的,但很明显,那是一种黑客行为。一周前,他拜访了行政办公室,请求施嘉珍女士增加一个移动电话号码,加在他的紧急联系人资料上。至于施女士按键输入的时候,他有没有从旁边偷看过什么,外人就不得而知了。

文聚看出来了,要一劳永逸地破解这个谜团,只有一个办法,就是把霍思杰叫醒直接问他。不过,行动之前,他先和卫辉做了一笔交易。不管最终发现霍思杰拥有什么样的技能,作为霍思杰在凯博学校最要好的朋友,文聚他都要成为这些神秘技能的经纪人。经营所得的20%归卫辉所有,剩余的由卓文聚和霍思杰二人平分。他们当即达成了协议。

他们蹑手蹑脚走回寝室,轻轻推了推霍思杰,没有反应,加大力度推一把,霍思杰这才翻过身来,眯缝着眼睛,吃惊地望着他俩,然后又闭上眼睛。他们俩把他从床上拽起来,直接把他推出房间,连拖鞋都没让他穿。他们不知道,这时董傲凡也醒过来了,正侧着耳朵听他们的动静呢。

室外,霍思杰已经能从脚下的地板感受到秋天的凉意了。当一个人被剥夺了睡眠,尤其是被从睡梦中惊醒,那是他情绪上最脆弱的时候,无法做出合乎逻辑的决定。霍思杰现在就处在这个时刻。

"思杰,拜托,告诉我们,说你有测算能力,这究竟什么意思?"卓文聚压低了声音说。他不知道董傲凡正在室内偷听。

霍思杰脸上露出了厌恶的表情,挥手要赶走他俩——他只想回去继续睡觉。可是他却又被那俩魔王拽了回来。

"纸牌游戏又是怎么回事?你能用纸牌做什么?"情急之下,卓文聚忘了霍思杰只能用纸笔与人交流。

霍思杰显然已经极不高兴了,只见他像个小孩子一样跺着脚,脸上一副恳求的表情,恳求他们放他一马。

卓文聚终于想起了霍思杰不能说话,于是改变了策略。

"好吧,不管你能做什么,都没有关系。你只要答应我,让我再做你的经纪人,我们平分利润,如何？要是同意你就点点头。"

那会儿,为了能回去睡觉,什么条件霍思杰都会答应的。他很不情愿地点了点头。那俩孩子心满意足地护送霍思杰回到室内。思杰倒头便睡,一心想赶紧进入梦乡,继续跟惠敏打乒乓球……

董傲凡突然站起来,轻声对卓文聚和卫辉说:"我也要做他的经纪人。"

卫辉做了个粗鄙的手势作为回答。

"门儿都没有。你又没做过什么贡献。"文聚说。

这俩孩子回到各自的床上,也开始做起了自己的梦,梦见一桩未知的、可能挣大钱的生意……

第二十四章　三个钢球

第二天上午卓文聚无心上课,他的新发现实在太让他激动了。要是霍思杰的飞镖技巧可以为他们带来如此丰厚的收入,那么想想他别的那些才能吧,那些正在被不断发掘的才能!

下午有一节科学课,主题是万有引力。老师讲解了一般原理,也顺带讲了伽利略在比萨斜塔上做的铁球自由落体实验。实验结果证明,亚里士多德的引力理论,即物体下落的速度与其自身的重量成正比,是错误的。

老师带来了几个大小、重量不同的钢球,打算做几个简单的实验。学生要在实验室外面的草坪上搭上长梯,爬上去,从不同的高度做铁球自由落体实验。当卓文聚和霍思杰排队往外走的时候,文聚忍不住提出了过了十二个小时还一直萦绕在他脑海的问题:

"拜托,告诉我,你到底精于哪种测算啊?"

霍思杰盯着文聚看了一秒钟,转过头去,笑了。他的嘴唇和脸上的表情告诉了卓文聚,他要保守这个秘密。

"求你了,咱们是合伙人,不是吗?求你了,告诉我,拜托!"文聚双手抱拳苦苦哀求。

霍思杰走到队伍前面,从一个男孩子手里拿过来三个钢球。一般而言,对于霍思杰的合理要求,同学们通常都会尽量满足他。他把球递给文聚,取出书写纸,然后再从他手里拿回最小的那个钢球,用左手掂了两次,就如同他掷飞镖前掂量飞镖那样。最后,他紧紧盯着钢球看了大约两秒钟。

然后,霍思杰在书写纸上写道:3厘米130克。

他对另外两个钢球重复了上述的操作,他又在书写纸上写道:7厘米1.3千克;11厘米6千克。

卓文聚开始明白霍思杰要做的是什么了。

全班花了大约三十分钟做实验,比预想的要长一些,因为每个人都要爬上长梯去实验一下。他们回到实验室后,老师提出的第一个问题是:"伽利略做这个实验的时候他想要证明的理论,你们现在相信是正确的吗?你们有什么问题?"

"老师,请问那些球的直径和重量?"文聚举手发问。

"我正要告诉你们呢,你们放学后做反思练习的时候是需要这些数据的。"

老师写在黑板上的数据是:

3.1厘米　132克

6.9厘米　1.4千克

11.4厘米　6.1千克

霍思杰得意扬扬地望着卓文聚。卓文聚望望霍思杰,又望望黑板,完全惊呆了。

快下课的时候,卓文聚递给霍思杰一支铅笔、一块橡皮擦,让他再试一次。霍思杰在书写纸上写了两个数字后递给他。

下课后,霍思杰和其他学生离开实验室,去教室上音乐欣赏课。卓文聚则跑到实验室助手那里,求他帮忙,在实验室的电子秤上称一下那两样东西的重量。电子秤的液晶显示屏打出了数字:铅笔重7克,橡皮擦29克——几乎与书写纸上霍思杰写的一模一样!

那天夜里睡觉前,霍思杰从他的衣柜里拿出一个长方形的电子仪器给卓文聚看。卓文聚判断那是某种测量工具。霍思杰证实了,指着仪器背后的一行小字:激光测距仪。那是专业人士或者建筑工人用来准确测量距离的工具。

霍思杰将仪器放在地板上,指了指天花板,又指了指地板,再经过短暂的心算后在书写纸上写下房间的层高:3.8米。他告诉卓文聚按哪个按钮开启测距仪。屏幕上显示房间的层高为3.85米。他们又来到房间外面,测试走廊尽头那面墙离他们的距离。霍思杰估算的值是8米,而测距仪显示的距离为8.27米。这下,卓文聚彻底无语了。

回到房间后,文聚还在不停地抓耳挠腮——那是他思考问题时的招牌动作。"你究竟是怎么做到的?或者我应该问:你究竟是怎么学会这个的?"

霍思杰写道:"天生的。通过训练能提高。"

"思杰能从一数到一百了!"霍思杰还未满三岁的时候,他妈妈骄傲地向亲朋好友宣布。那时,他最大的爱好,就是把周围他能够看到的那些东西的数量告诉爸爸。不管是一堆不规则的物体,比如乐高玩具片,还是跳棋棋盘上的棋子,他张口就能报出数量来,而他爸妈计数之后,通常都证实了他的判断。

这种估算才能很快就扩展到距离、重量乃至体积方面。七岁生日的时候,父亲送给他两件礼物。一件就是这台激光测距仪;另外一件是标准重量箱,里面是一套标有不同重量的钢柱。

这两样东西他总是随身带着,用来训练他在测算方面的天赋。在距离方面,每次他测算之后都会用测距仪来加以核实;而重量方面,他总是在口袋里装上俩较小的钢球,就是55克和110克的,用它们来作为参照重量。

不久,他的收藏品中又多了两样东西,电子秤和天平。于是,他可玩的游戏就大大增加了。比如,他可以估算物体的重量,然后用电子秤来核实,再增加一些物体之后,重新估算新的总重量。

霍思杰快八岁的时候,父亲在他身上发现了另外一项才能,也是天生的,而且与他的测算才能相关。那就是,在那些需要估算速度和距离,而且练习起来不需要消耗大量体力的运动项目上,霍思杰的表现极为突出。

霍爸爸对草地滚球这项运动情有独钟。每次中场休息的时候,队员的孩子们就在草地上四处乱跑。有一次,霍思杰努力把一个偏心球推向较小的白球(也叫目标球)。这个七岁多的小孩只尝试了几次,就让偏心球差不多每次都停留在非常接近目标球的位置。球友们纷纷发出惊叹声,只有孩子的父亲在一旁悠闲地喝着啤酒。人们让霍思杰又试了几次,结果很相似,这让大家都觉得不可思议。

但是,不管父亲和别的叔叔伯伯怎么劝说,霍思杰就是不愿意加入到这项运动中去,因为他觉得这是一项老人运动,不需要太多技术。大人们一时也难以反驳他的观点,因为他的确毫不费力就能做得很好。这项运动需要准确地估算距离、草地的摩擦力,以及球一路滚过去所需要的力度。自然,对霍思杰而言,这些易如反掌。

父亲又让他尝试一项与草地滚球相似的运动——槌球。霍思杰的表现同样令人震惊。同样的,他也认为这是一项老人运动,枯燥乏味。父亲和朋友们玩的时候,他总是躲得远远的。

对于力量型的运动项目,比如高尔夫球和网球,霍思杰并不擅长。总的来说,他不喜欢那些令他大量出汗的室外运动。这也许跟他总是小心翼翼地保护自己的双手,以免受伤会影响他弹钢琴有关吧。

父亲不愿意看到他整天坐在钢琴前,而希望他动静结合,便挖空心思找适合他的运动,最后把乒乓球介绍给了他。霍思杰挺喜欢这项运动,因为它既在室内,跑动也不是很多,又不需要很强的耐力。一个优秀的乒乓球运动员需要对移动速度、距离有良好判断,在接发球时使用切削和旋转技术,这些东西对霍思杰颇有吸引力。

然而,还有一些运动项目是他肯定擅长而别人又从来都没有测试过他的,比如台球和飞镖。这两项都是室内运动,需要对距离有准确的判断,手和眼也要协调一致。

第二十五章 真的是黑桃A！

高博士要用多元的方法来治疗霍思杰。她通过卓文聚去鼓励霍思杰，尽量多做一些他失语之前所做的事情。

"思杰，这套理论说起来特别复杂，但用外行话来解释，就是说你的大脑测不出任何损伤，所以，如果你能够继续做以前曾经做过的事情，大脑里的电路也许就可以恢复正常。"高美燕博士用简单的话解释着，"顺便提醒你一下，接触新事物也能刺激你的大脑，对你有益无害。"

拯救费乐文、古典音乐带来的喜悦、新学的爵士钢琴，还有每周六的治疗，都有可能帮助霍思杰尽快康复。

方雅丽和霍思杰第一次共同去治疗，见到高博士时，博士也提到过宗教信仰的强大力量。

从那以后，霍思杰就用了更多的时间去了解"大老板"，尽管不是按寻常的方式去沟通的。

霍爸爸只是偶尔去教堂做礼拜。他曾告诉思杰和"大老板"交流的方式有很多种。这句话也是他小时候最敬重的牧师说过的。说些悄悄话，为世间一切光明和美丽的事物感恩，鉴赏一幅画，欣赏美妙的乐曲，或者享受人间的大爱，都是交流的方式。

但高博士能想到的最有希望的方法就是音乐疗法了，她坚信这方法一定会对霍思杰起作用。

"何珍妮是我经手的比较突出的案例。她五岁的时候还不会说话。我建议她多听些音乐,后来她的人生真的不一样了。父母给珍妮买了一个芭比娃娃的音乐盒,她顺利地跟着唱起了歌,有时候一天能唱四五个小时。到了七岁,她和其他孩子一样能正常交流了。"高博士给霍思杰描述了这个案例。

近年来有许多相似的病例,心理医生、语言康复医生,还有神经学医生都采用了音乐疗法,效果显著。"我的患者中,有左半脑中风的,也有脑损伤的,他们都能突然展现出美术或是音乐方面的才能,到最后他们的言语表达也有了实质性的进步。"高博士继续鼓励霍思杰,"有种可能是,人的理解力、感知力和音乐演奏能力,还有他们的言语功能都是由大脑里的同一部分控制着的。"高博士的博士论文就是关于音乐疗法的。

一个月后,某个周五的晚上,卓文聚带着霍思杰去桥牌社见金章修和卫辉,他们两个都是很棒的桥牌玩家。这次拜会的主要目的,其实就是为了能让霍思杰展示一下他最后一项特别技艺:纸牌。因为纸牌技艺曾经为他赢得了许多奖项。之前霍思杰曾经说过,如果时机成熟,他会告诉卓文聚他能够做些什么。

霍思杰也明白此行的目的,不过他需要一副自己的纸牌,还得做一些基础的热身训练才能进入状态。他告诉文聚要给他半个小时的时间做准备,理由是玩纸牌的时候必须全力以赴、全神贯注才行。

桥牌社里大部分人都是高年级学生,金章修和卫辉是例外,因为他们玩牌十分机敏,都是好手。

看到一桌桥牌快要结束时,文聚和思杰就挤到了桌前。游戏结束后,四位玩家轻松地讨论着刚才的过程。这时,文聚提议,让思杰展示一下他擅长的纸牌游戏。文聚到此时还在纳闷,思杰擅长的纸牌游戏究竟是什么呢?是跟桥牌相似,还是类似金拉米之类的?他已经问过思杰了,却没有得到答案。

霍思杰拿出他那副纸牌,看上去还是新的。他洗牌、验牌的动作让人难以置信,就像是电视或者是舞台上的魔术师一样。所有人顿时静了下来,看着他。

他用一只手把纸牌搓开,变成了一个完美的半圆形拿在手里。用专业术语说,这叫开扇。接下来霍思杰在绿毛毡面的桌上又一次开扇。要是没有毛毡的话,霍思杰就不会表演这一部分了,普通桌面上的油渍和灰尘会让扇形显得不太对称。

霍思杰把两张大小王放到一旁,抽出黑桃 A 放在最上面,让大家看了看,然后重新洗牌。他的技巧吸引了邻桌的玩家过来观看。他动作快如闪电,毫无瑕疵。稍停顿后,他让文聚将整摞分成两份,他则把下面的那部分放在了上面。至此,完成抽、洗、切牌的完整顺序。霍思杰从牌堆上拿出第一张给房间里的所有人看,居然真的是黑桃 A!

他把黑桃 A 再放回牌堆里,又多洗了几次,然后单手拿着整副牌,把最后一张给所有人看,还是黑桃 A。他又切了两次,然后随意由下往上大约三分之一的位置把它分开,黑桃 A 又出现了。好吧,除了会变这一张牌还会什么呢?

"没劲!"文聚说道,其实他特别羡慕霍思杰灵巧的双手,这样的才能可比其他的好玩多了。

霍思杰接着让卫辉从牌堆里随意抽出来一张,记住牌面,不能让别人看到。卫辉把它放回牌堆中间位置后,霍思杰又切、洗几次,这次的速度比之前几次还快。当霍思杰洗完牌,拿出牌堆最上面的那张的时候,正是刚才卫辉拿的那张红心8。

霍思杰巧妙的手法让在场的所有人折服,纷纷鼓掌。社团主席当即决定,邀请霍思杰定期来表演,增加乐趣,就像他在飞镖酒吧那样。不一样的是没有任何报酬,也不提供任何食品饮料。虽没收入,但文聚作为思杰的经纪人感到十分骄傲。

大家希望思杰继续表演,但他委婉地在纸上写道,很抱歉,贸然打扰大家聚会,过几天再来表演吧。真实的原因是,思杰不想表演太多戏法,因为这需要大量练习才能演好,而他之前几个月都无法练习。思杰十分喜欢纸牌魔术,不过他很清楚他的技术并未达到职业水平。学校比赛的表演和职业魔术师比起来,相差太远了。

父亲曾经说过:"思杰,我知道你想当纸牌魔术师,但我想告诉你,这和你的钢琴天赋,以及唱歌是不一样哦。你没有这方面的天赋。不过,我倒很高兴,比赛里偶尔失误造成的尴尬没有让你气馁,一直坚持下来了。

"我和你一样一直都搞不明白,你在变纸牌魔术的时候为什么不是每根手指都一样灵巧。你呀,玩这个已经有些日子了,也该知道自己的弱点在哪里了。不要期望做什么事都能一帆风顺。"但思杰至今也为自己在纸牌方面取得的成就感到骄傲,毕竟这都是他努力练习的结果。

霍思杰天赋异禀,在很多方面都很优秀,但最让他骄傲的却是纸牌魔术,因为这是他花费大量时间勤学苦练的成果。这一切都源于他看了大卫·科波菲尔一场完美的魔术表演:他将三个骰子从一只手里变到了另外一只手里,不留痕迹。

看完表演,他决定学习魔术,后来才意识到要用很多年才能达到国际水平。之后,他就把精力放在了纸牌上,因为容易携带,练习起来也很方便。霍思杰从八岁开始,用了四年时间才掌握这些戏法。他一直勤学苦练,赢得了好名声,也赢得许多比赛。

霍思杰的纸牌魔术变得特别好,爷爷不愿意和他玩纸牌,因为他知道思杰随时都有办法做到。

文聚和思杰步行回宿舍。一路上文聚都在想怎样让霍思杰的纸牌魔术赚钱这个问题。文聚觉着,或许他还得好好思考一下霍思杰的其他技艺,这样才能更好地做他的经纪人。这些技艺看起来都十分精湛,但是要把这些绝活变成钱,还是件很困难的事。他安慰自己说,好在不是一事无成,至少霍思杰现在愿意变回他出事前的本来样子了。

接下来要做的就是让思杰接触些新事物。"明天就让他跟我学学我擅长的运动吧。看起来击剑要比板球好点,毕竟击剑是一对一的项目,掌握基础技术和规则的时间相对要少得多,而且这还是个室内活动。"在回宿舍的路上文聚思考着。

"你会多少种纸牌魔术?"卓文聚问道。

霍思杰先伸出了两根手指,又伸出了三根手指,这是说一共二十三种。思杰那晚酣然入睡,笑意写满脸上。霍思杰的脑袋里正在发生许多微妙的变化,神经元的信息交换越来越多。当然,他是不会察觉到的。

第二十六章　哪儿受伤了！

周日上午教堂礼拜结束后，卓文聚带着霍思杰、董傲凡、卫辉、金章修和其他同学去看本校队战客队葛德治学院的板球比赛。当天阳光普照，是个美好的深秋上午，观看比赛的学生们都兴致勃勃，尤其看到自己学校的板球队还占着上风。

霍思杰对板球一点儿也提不起兴趣。卫辉本来应该把板球的精妙之处讲给霍思杰听，但是那些术语：界内、界外、跑动和击中柱门等等，对霍思杰受过音乐训练的双耳来说简直就像是嘈杂的噪音。霍思杰走神了，想起了自己两年前在一次钢琴比赛中演奏的德彪西名曲《阿拉伯风格曲》。

观众席上突然一阵欢呼，有板球选手得了一百分，但是，思杰仍沉浸在脑海里的钢琴旋律中，根本不知道是哪方的选手赢了。

昨晚，霍思杰成功地弹奏了这首钢琴曲，这可是一个大进步，因为这首曲子需要一连串复杂精确的指法。在过去的几个月中，霍思杰的右手肌肉还总有拉伤的感觉，无法完成长时间的持续快速动作。在车祸受伤之前，当演奏高难度的钢琴曲目参加钢琴比赛时，评委和老师都常称赞霍思杰出众的双手技巧，但是看来可能再也无法恢复到以前的水平了。

很多钢琴演奏家都不仅在琴键上练习，他们还不时在脑海中弹奏。在秋日的暖阳中,在热闹的板球比赛现场,霍思杰享受着音乐带来的乐趣。他最后在脑海中弹奏了更加应景的钢琴曲《秋叶》,当然是爵士风格的。

在周三做完作业后,卓文聚拉着霍思杰到体育馆尝试击剑这项运动。卓文聚练击剑已经五年了,是这项运动的高手。他练习击剑,比在板球上花的时间还要多。板球比赛是每周一次,但是因为击剑需要的队员人数少,又不受天气的影响,能在室内进行,所以相比起板球来要频繁得多。

文聚向思杰解释了击剑的理论和规则,让思杰从两把较轻的剑中挑一把先试试。教练们通常都会建议初学者从花剑开始,因花剑较轻,只能刺向对手的躯干、脖颈和腹股等部位,但是文聚想让思杰自己来选,以此来激发他对这项运动的兴趣和热情。

文聚倾向于思杰选择佩剑,佩剑进攻速度快,攻击方式相对更加灵活,可以击中对方除双手外腰部以上的任何部位。

正当霍思杰要试试自己手中的佩剑时,卓文聚提出了一个大胆的建议,让他一下子泄了气,几乎都不想再试了。击剑的护具相对较为昂贵,这也是这项运动在学校里不那么普及的原因之一。最近,校方引入了塑料和泡沫材料制成的剑,其优点就是对护具的要求相对较低。

文聚的建议就是让思杰在最初几次先使用塑料和泡沫材料制成的剑,等到学会基础技巧后再用真剑。卓文聚还建议霍思杰先光着脚上场,好好感受一下应该怎么移动双脚,因为步法可是整个击剑运动的核心。卓文聚的教练非常出色,他自己就是这么被他启蒙,从中学会了灵活的步法的。

思杰却不怎么开心,心想:"我来是用真家伙的。你却给我玩具剑,还让我脱了鞋?你不是在逗我玩儿吧?这简直是小孩子的游戏。"他用手势表达了强烈的反对意见,不是手指交叉,而是手臂交叉,威胁文聚自己就要走了。

卓文聚担心霍思杰还没开始就放弃了。他可是受了校长的重托要照顾霍思杰的,但是现在看起来倒是他从思杰那儿沾光不少。在内心深处,文聚真正在乎的是教给思杰一项自己最为擅长而且自豪的技能,在他面前能扳回一局。

文聚劝了又劝,霍思杰终于同意试试这个"玩具剑",但只在前三次课上使用,一次只练习半个小时。

可以用真剑时,文聚帮着思杰穿上性能更好的护具和鞋。在这一运动领域,以前曾经发生过致命的事故。每个热衷于击剑的运动员都知道1982年发生的著名悲剧。当时苏联世界花剑冠军弗拉基米尔·斯米尔诺夫在一场击剑比赛中,被对手的剑身碎片击穿了他的面罩,继而刺入脑部后致死。因此击剑服成为科技含量最高的运动装备之一。文聚还给思杰穿上可以卸掉一部分剑力度的塑料胸部护具。

思杰觉得开始的十五分钟还好,可是击剑服穿上很热,上身还有很重的弹道尼龙布内衬。到第二轮时,思杰已经大汗淋漓。

这时文聚让思杰自由练习,体会一下用什么方式来刺剑。奇怪的是,不管霍思杰怎样快速挪动双脚,怎样出击,剑还是不能刺中文聚要害,还真让思杰感到沮丧。就连思杰引以为自豪的左手,也根本没能为他带来优势。相对于思杰这个新手来说,文聚的水平实在高出太多。虽然与右手相比,思杰的左手可以让佩剑从不同的角度刺向文聚,但每次都被卓文聚挡开了。

"现在,我示范怎么刺剑,你试试能不能用我教的方法挡开这一刺。"

说完,文聚开始了复杂的刺击动作,思杰根本无从防范。如果这是用性命真打实战的话,他早就死好几回了。

文聚警告说:"现在看实战的吧。佩剑动作及攻击很快,且要反应敏捷。让我教你的话,我可以保证你会成为顶级的击剑高手。学会怎么迅速反击还刺。"

"砰!"霍思杰的左胸上先挨了一剑,接着胃上又被刺中一剑。思杰大受打击,因为他以前可是做什么都很出色。但现在不行!虽然这是第一次击剑课,他却已经感到这项运动很可能并不适合自己。正在此时,卓文聚又击出了竞赛水平的一剑,佩剑直刺霍思杰左胸心脏的位置。

思杰这次看起来真的是受到了重创,手中的剑脱落到地上。他两手捂住心脏部位,表情异常痛苦,双膝跪地,蜷作一团。他身体还保持向前栽倒的姿势,幸亏头抵住了,否则整个人都要向前翻滚一周。他侧身倒下,两手还保持着同一个姿势,双眼紧闭,看起来真的是受了重伤。

卓文聚的第一个反应是,糟糕,最坏的情况发生了。

文聚脸如死灰,马上抽回佩剑,查看前端是不是破坏了。要是他再镇定仔细一些,就能记起佩剑尖端是窝起来的,形状像个纽扣,不太可能伤害到穿着正规护具的思杰。但是毕竟以前在击剑场上发生过太多的意外。

文聚的第二个想法就是他出剑太快、太用力,伤到了霍思杰的心脏。说不定霍思杰真的有什么心脏问题……

文聚心乱如麻,他马上跪在思杰身旁,想把他翻过来。体育馆中的另外两个击剑手也赶来帮忙。文聚以前学过的急救措施现在派上了用场。他把思杰放平在地上,因为不知道哪儿出了问题,文聚让那两个击剑手小心地托着思杰的头,文聚双手剧烈地颤抖,一个击剑手上来帮忙,最终把面罩拿了下来。

思杰表情依然极痛苦,双眼紧闭。"能听见吗?说话啊,思杰,你哪儿受伤了?"思杰没有回答,文聚轻轻地拍打他的脸,解开上衣,尝试摸他的脉搏。

就在此时,霍思杰睁开了左眼,右眼还是闭着。他开始狂笑起来,另外两个击剑手也忍不住笑得弯下了腰。霍思杰开始喜欢上击剑了。

文聚受到了这样大的捉弄,非常尴尬,他后退两步,狠狠地踢了思杰屁股一脚,又补了两脚。这几下踢得挺重,思杰一边笑一边倒吸气,这次,他脸上的痛苦表情肯定不是装出来的了。

当时在场的每个人,包括霍思杰自己,都没有注意到一个非常重要的现象。霍思杰在大笑的时候,从他的喉咙里发出了少许声音。

两个男孩子在击剑场上的斗智斗勇成了全校这个月的热门话题。

第二十七章　TheBigBoss@Universe.com

　　周五下午的计算机课最受八年级同学们的喜爱,原因是这课意味着再过不到两个小时就是周末了。在十月份的第三周,天很晚才亮,到了下午四点,天就又已经黑了。对于刚从亚洲来到英国的孩子来说,这种恼人的天气可真使人对白天所有的课都打不起精神。特别是对这个不能说话的孤儿来说。这周,思杰的生理节奏曲线正处于最低点。

　　鲍里尼老师指导全班同学使用"建筑师"软件应用系统来设计自己的理想居所。各种家具都要被放到不同用途的房间里,包括一个装备非常完善的厨房,女孩子们当然都很雀跃了。文聚却注意到思杰精神恍惚。到英国后,思杰很少告诉别人自己的家庭背景。其实他出身于非常富裕的家庭,住在香港最昂贵地区浅水湾的一个大公寓里,价值相当于伦敦高级地段骑士桥地区同样大小的公寓。

　　思杰没有问过爷爷,现在只有用人和司机的家里变成什么样了？家里仅余的两位男士,爷爷和思杰,都不太可能会回到香港了。但是用人和司机都曾为霍家效力多年,所以被安排留了下来,他们可能是全香港最幸福的员工。

　　计算机课上的作业让他想到了自己的遭遇,现在的自己真可说是无家可归了。如果不是罗智达校长诚挚地邀请他住在他家里,这上半学年中期假的住宿都会是个问题。

文聚和同学们交换意见时,鲍里尼老师走近思杰,注意到他正盯着空白的计算机屏幕发呆。将近半个小时了,还没有开始做这个作业。

"我听说你的计算机知识几乎比得上咱们的大师卫辉。你需要什么帮助吗?"

思杰慢慢地在书写纸上写道:"我曾经有过最好的家。现在没有了。我不想再设计另一个。"霍思杰哭了,用手捂住脸。

鲍里尼老师把手放在思杰的背上,试图安慰他。老师们都知道思杰的遭遇,但是这是鲍里尼老师第一次看到他哭泣。文聚和卫辉过来帮忙,其他同学知道了霍思杰写下的话,都同情地望着他。

虽然思杰牢牢记得罗智达校长的话,快乐的环境有时需要有意识地自我创造,但是他的情绪波动仍然比较频繁。要理智地应付伤感谈何容易。"如果课上讨论的题目让我伤心,就像现在一样,我该怎么办呢?怎么控制自己的情绪?"思杰毫无头绪。他现在每天的钢琴练习已多是欢快的大调,而不是悲伤的小调。但是罗智达还是偶尔会听到思杰弹奏情绪多变、节拍缓慢的曲目。不过思杰新近爱上的爵士乐对舒缓他的情绪挺有帮助。

鲍里尼老师允许思杰可以不做这个作业,用这段时间自由上网。思杰擦干眼泪,戴上耳机,打算好好看看哈勃太空望远镜传回的图片。卓文聚却在远处细心地观察着朋友的一举一动,看看他是否需要帮忙。

爸爸妈妈原本答应思杰,到了佛罗里达州的第二天,就带他去参观美国宇航局的肯尼迪航天中心和美国宇航员名人堂。但是这个承诺再也无法实现了。思杰一直都对天文学很感兴趣,盼望着能到这些地方亲自看一看。没想到爸爸的"变幻理论",一语成谶。

思杰开始浏览美国国家宇航局在网上的视频,由卡尔·萨根博士负责解说。萨根是美国著名天文物理学家及宇宙学家,同时致力于自然科学的科普工作。从八岁开始在学校里接触到宇宙知识后,霍思杰就把萨根博士视为偶像。他清楚地记得萨根的一些名言:

"要做出来一个苹果派,你必须首先创造一个宇宙。"

"我经常惊喜地发现,小学生对科学的掌握能力和热情远超过大学生。"

"大脑就像肌肉一样,当我们使用时会感到愉悦。理解是充满欢乐的。"

思杰花了一个小时的时间浏览哈勃太空望远镜传回来的那些美得令人目眩的照片。这些著名的图像叫"超深空"图像,由哈勃望远镜在2003年十一天的时间里累积而成的。

我们所居住的地球只是银河系4000亿个星星中的一个,宇宙的半径据估计有460亿光年,宇宙大爆炸理论,宇宙黑暗时代……看着那些图像,思杰不由自主地让想象力自由地在宇宙飞翔。

思杰的思绪沉浸在宇宙的斑点、旋涡和飓风图像中。数以亿计的星星里,甚至可能还有外层空间文明。在一个十三岁男孩的脑海中,这些景象着实让他迷惑而兴奋。

在快下课时,思杰在计算机上提出了一个问题,虽然他知道可能并不会有答案。

最尊敬的大老板：

我刚刚怀着敬畏的心欣赏完您所创造的宇宙。作为宇宙之尊，您能还给我在出生时您送给我的一切吗？或者至少还给我一部分吧？比如，让我再次出声说话或者让我可以继续好好地弹奏钢琴？

我知道总有一天会和父母重逢，恳请您千万不要安排我现在去您那儿和他们相聚。

您最顺从的子民，霍思杰

他在地址栏上填写了 TheBigBoss@Universe.com，然后按下了"发送"键。很快，邮件就因无法投递而被退回收件箱。但是思杰笑了一下，深信邮件已经发出了。

学生们冲出教室，开始欢度周五腾下的这小半天，外加随后两天的周末时光，这可是辛苦一周之后的报偿。

思杰的精神还是有些萎靡，但是他期盼当晚的钢琴练习能帮助自己调整好情绪。

第二十八章 民族荣辱

英国私立学校的所有住宿生都认为周五的晚餐是最好的,哪怕吃的饭菜并不合自己的口味。

当晚主菜是咖喱牛肉。卓文聚真想喝上一大杯冰镇苹果汁及啤酒。这些在飞镖酒吧里才能品尝得到的极品滋味确实是无与伦比。正当他想入非非的时候,卫韵素冲进了食堂,气急败坏地四处找人。卓文聚感觉她是在找霍思杰和自己。

卓文聚的直觉果真灵验,卫韵素向他跑过来,又兴奋又紧张地说:"白夏侯先生请我告诉你,现在是事关生死与民族荣辱的关键时刻。请你和思杰马上跟我来。"涉及民族荣辱,肯定是件大事!

从周五开始连着的三天,八年级的学生可以离校,但是必须在晚上八点之前返校。文聚看了看表,现在是六点五十分。但不管出了什么事,他都不能拒绝自己的好雇主白夏侯先生的紧急求救。去吧!

卓文聚和霍思杰跟着卫韵素离开学校,上了她停在校外的车。本来步行到飞镖酒吧只需要十分钟,居然也要坐车去,显然是为了争取每一秒的时间。这事真有点"生死攸关"的感觉!

卫韵素是飞镖酒吧的女侍者，父亲是意大利人，母亲是英国人。她深受老板白夏侯和所有顾客的喜爱。有传闻说她是城里一家女子中学的退学生，白夏侯的父亲发现了她的才华，请她到酒吧打工。

卫韵素有别人无法企及的特殊能力。首先，她是个语言天才，能够流利地说六种语言，包括英语、意大利语、德语、西班牙语、法语和俄罗斯语。这还不够，当卫韵素注意到城里的中国学生越来越多，偶尔还会有中国家长和游客光顾飞镖酒吧后，她就开始从中国杂货店老板冯太太那儿学习汉语普通话。

卫韵素也是个难得的倾听者。顾客的心事，她总是能理解和同情，而且常常是恰到好处地微笑、大笑或咯咯地笑。这种魅力，加上她出色的容貌和苗条的身材，让她可以轻而易举地把酒卖给顾客。酒吧的销售额大半都要靠她。

在车里，卫韵素用几分钟时间叙述了飞镖酒吧刚才被德国飞镖俱乐部成员上门砸场子的经过。白夏侯把自己俱乐部里的好手都找来了，但是就算加上五个正好从格洛斯特郡飞镖俱乐部来访的高手，其中一个还曾是伯明翰地区的飞镖冠军，所有在场的英国选手都败下阵来。民族自尊遭受了前所未有的挑战。

上个月，不时有法国和意大利的飞镖手前来挑衅，但白夏侯还对请思杰上场助阵有点犹豫，因还没有和文聚达成协议，叫思杰上场的话，文聚会要求更多的佣金。更加重要的是，这两个男孩只有周六上午才有时间。

到了飞镖酒吧，因为他们还未成年，卫韵素让男孩子们先等在酒吧门口,卫韵素一时没找到白夏侯,但是却听到了里面阵阵德语的巨大欢呼声。大约五分钟后,卫韵素冲了出来,从另一个入口进到楼上白家的住处。又过了几分钟,卫韵素下楼来,吩咐男孩子们先上楼去,自己又急匆匆地回酒吧。

  文聚和思杰来到了白家的住处,看到白夏侯像个搬运工人,正在宽阔的客厅里努力把所有的家具都挪到一边。白夫人就在旁边,看上去很不高兴,一边帮忙,一边嘴里嘟嘟囔囔,所说的话实在不太符合自己作为受过良好教育的酒吧老板娘的身份,尤其是白先生还曾经是著名私立学校的行政管理人员。看到两个男孩,白夫人停止了抱怨。白夏侯如释重负的表情,肯定与鲁滨孙发现英格兰船驶向自己的荒岛时一模一样。至此,白夏侯才有心情用手帕抹抹大汗淋漓的前额和脖子。

  大厅一侧的墙上挂着一个镖盘。只看上一眼,思杰就知道靶心离地板的距离约一米七,对于一个身高一米八的人来说,几乎与视线齐平。这个镖盘看来已经挂在那儿有段时间了。

  白夏侯把两个男孩拉到一旁道:"孩子们,英国的民族尊严就靠你们俩了。这些德国巴伐利亚州人在刚才的一小时里把我们打惨了。"他说得上气不接下气,刚才剧烈的体力劳动把他累得全身都湿透了。

  "卫韵素告诉你们是怎么回事了吧?我知道咱们还没有谈妥你们迎战外国飞镖选手的酬金。但是别担心,我不会亏待你们。没问题吧?"

  "患难见真情。我们事后再谈报酬。"文聚说:"你想要我们做些什么?"

"你们还未成年,不应该进酒吧。为了把这块地方腾空给你们用,我刚刚答应给白太太买一个她一直念叨的55英寸高清智能电视。我现在就把这几个踢场子的人叫上来,还他们点儿颜色看看。"

如果有人认为白夏侯会无视原则,把孩子们偷偷地带进酒吧,那他就大错特错了。虽然新的牌照法允许酒吧老板自行决定是否能带未成年人进入酒吧,但是对于白夏侯来说,他可不会为了面子而破坏自己的原则,即使意味着自己要给太太买一台她唠叨了两年、价格不菲的新电视机也在所不惜。

白夏侯给卫韵素打了个电话,让她把对垒的两军战士都带上楼来。一转念,他又想到自己这一方现在有了思杰这个"神奇小子",再多来些人也无所谓,顶多就是人多了的话可能会把他家里弄乱。

开始听见一些人正在吵吵嚷嚷地上楼梯,最前面的几个人发出很沉重的脚步声。

第二十九章　靶　心

最先进来的是两个巨人。一是雷赫德,德国巴伐利亚州慕尼黑飞镖俱乐部的老板。霍思杰虽然有测量方面的天赋,但也无法准确估计对方的体重是145公斤,还是150公斤。走在雷赫德身后的是看来约六十岁的施约瑟。思杰看他的身高至少有一米九。单是他们的体形就能吓跑对手了。

白夏侯的拍档和德国人鱼贯而入,客厅马上拥挤起来,有人手里还拿着啤酒。思杰马上数出一共来了二十六个人。当德国军团全部到位后,卫韵素悄悄走到白夏侯身旁,把德国人刚才说的嘲笑言语翻译给白夏侯听。

"先生们,我向大家介绍飞镖俱乐部的少年成员卓文聚和霍思杰。他们还是孩子,不应该进酒吧,所以我把你们都请到自己家的客厅里。空间有限,得让大家挤一挤了。非常抱歉!"

"啊,你就是那个少年神奇飞镖手。久仰久仰。"雷赫德走过来要和这个对手握手时,文聚却指了指思杰:"他才是你说的那个人,不是我。我是卓文聚,霍思杰是我的好朋友。"

卫韵素注意到所有的德国人其实英语都很流利,但是为了防止对手了解他们的战术,他们相互之间均用德语沟通。

"我们来这儿就是想要会会他。但是,白先生并没有在电邮中确定他会否在场。我们反正要经过这儿去伯明翰,所以就顺路来看看。那我们现在和思杰比上几盘吧?"

所有六个德国人都想和思杰比上一比。对于学习德语的人来说,这倒是个极好的机会,但学会的可能都是些表达失望、羡慕和大受打击的词语。

在场的人都不断听到呼喊"天哪!""我又没投中"的德语。白夏侯不需要请卫韵素帮忙翻译,从德国人的表情上就知道这些词的意思。思杰很清楚,他今天的表现优于平时的水准。德国对手肯定还偶尔说了几句脏话。

鉴于思杰对于比赛规则还略有些懵懂,那位年长的德国人施约瑟好心地指出霍思杰应该击中镖盘的位置。随着英方开始收复失地,整队的士气也逐渐高涨起来。

大家都非常感谢思杰能来参战。在第一场比赛结束时,每人都对他报以热烈的欢呼和掌声。德国队的两个领头人雷赫德和施约瑟也给了思杰一个大大的熊抱,把他举得双脚离地。"欧洲人看来也挺喜欢拥抱的。"思杰默默地想。

一个小时过去了,文聚几乎喝完了两大杯啤酒。大家都专注于比赛,没人留意到这个未成年人在偷喝啤酒。

文聚的酒开始上头了,但是他还是看出思杰今天飞镖投掷得非常得心应手,有条不紊地击败了一个又一个德国人。

"但今天思杰有点儿不同寻常,怎么回事?"文聚喝得真有点儿多了,无法清晰地思考。

在击剑上,文聚受的训练就是要敏锐地察觉对手的薄弱之处,迅猛进攻。他更加仔细地观察了思杰一会儿后,终于发现了!他走到思杰身旁,低声说:"狡猾的家伙,你藏得真深哪!原来你的右手和左手一样给力!你怎么没告诉我你两个手都能用得这么好?"

思杰正在忙着回击对方无穷无尽的进攻,但是他还是用自己独创的手语回答了文聚的问题。他轻触了一下文聚的嘴唇,然后又做出了自己的招牌手指交叉动作,再指了指自己。文聚明白了,思杰是在说:"你也从来没有问过我啊。"

幼儿园的时候,老师注意到思杰惯用左手,询问他的家长是否要教他用这手写字。霍思杰的妈妈是位较为传统的中国人,决定还是让思杰用右手为佳。但是,除了写字之外,霍思杰可以用左手做任何其他事情。从此,思杰左右手都很灵活,虽然他骨子里是个不折不扣的左撇子。

在啤酒的影响下,文聚马上决定给比赛增添些趣味性。他直接对那两个德国领头人说:"先生们,亲爱的客人们,请大家听我说!你们可能还不知道我是霍思杰的经纪人。他刚告诉我,自己老用右手,感到有点儿累了。现在必须要换左手比赛。我希望你们不要把这举动看作不敬。"

文聚的这番话在房间里引起了不小的骚动。白夏侯看着思杰,马上察觉了这个神奇小子隐藏的天赋。他向自己的队友举了举杯,庆祝大家的好运,一口气喝了半杯啤酒。英国队员都知道这个秘密,均高声叫好,大家快速地干掉了大量的啤酒。

德国队有些不满,觉得文聚的提议是个侮辱。"我们不能接受。我们要的是公平的比赛。我们也不想伤害这个孩子的自尊心。我们……"雷赫德愤怒得说不下去了。

看起来两边就要僵在这儿了,思杰却不等大家吵闹完,就开始用左手投镖,直中靶心。雷赫德还想劝说白夏侯和卓文聚放弃这个荒唐的提议时,听到飞镖击中镖盘的声音,说了一半就停了下来。他不可置信地看着思杰用左手又把第二支镖击中了靶心。

一名德国队成员这时开始用手机给思杰这一奇技录了像。

屋里突然安静下来,静得让人感到心慌。思杰就要出手第三支飞镖了。甚至连德国队都希望思杰能够成功地上演一个"三连中"帽子戏法。这会是十分值得纪念的时刻,大家都停下喝酒,屏住了呼吸。

白夏侯的心里七上八下,他走过去悄悄地关上了镖盘旁边的窗户,德国队员的手机也不经意地录下了这一幕。他明显是心神不宁,对于空气动力学的多余顾虑又来了。这段录像日后肯定会成为朋友取笑他的素材。

思杰用左手把镖掂了两次,感受了它的重量。他看来非常平静,他瞄准一次,瞄准两次,飞镖出手了。白夏侯肯定这一掷是英国飞镖史上最重要的投镖之一。他额头上都是汗,不禁想到了自己第一次和思杰比赛飞镖时的情景,真可惜呀,那时的第三支镖没能成功地创造"三连中"。

"女王万岁!"英国队发出了巨大的吼声,最后一支镖也挤进了靶心的小圆圈中,和另外两支镖会合。在白夏侯眼中,这三支镖就像是二战后英国国王、首相丘吉尔和蒙巴顿将军一起出现在白金汉宫的阳台上那样令人振奋。激动的英国人大声唱起了英国海军军歌《不列颠万岁》。

六个德国人一齐拥到思杰身旁,围着他祝贺,施约瑟艰难地把思杰举起来,以免他被挤至窒息了。对手们简直崇拜这个神奇小子。没人在乎谁代表哪个国家和什么飞镖比赛了。德国人和英国人都彼此庆祝,相互握手、拥抱。雷赫德在卫韵素的脸颊上吻了一下,和她一起跳起舞来。

"真是一群失控的酒徒!"白太太摇头叹息。白夏侯则指示卫韵素下楼去拿几瓶香槟酒来,免费招待客人,纪念这个重要时刻。

当天晚上,白夏侯唯一的遗憾就是酒吧里只有十八个香槟杯子。大家当然都不介意,用啤酒杯子喝香槟还能装得更多呢。最后一共喝光了八瓶香槟。

最终,卓文聚和霍思杰没再费心去问到底哪方赢了。可以肯定的是,霍思杰是当之无愧的英雄。男孩们也肯定,德国人和英国人也都不在乎最后哪边取胜了。在场的人也不知道喝了什么、喝了多少了,这当然包括已经喝至半醉的卓文聚。

施约瑟在比赛后向白夏侯要了两个信封,装了些钱,递给了两个男孩,解释说自己这帮人没有带什么纪念品来,希望他们能接受这个小礼物。卓文聚和霍思杰谢了又谢,收下了信封。

文聚觉得是时候回校了。他看了一眼火炉上面的钟,大事不好了!已经晚上八点二十了,比返校最后的时间晚了二十分钟!

八年级的住宿生是有更大的自由度的,特别是在周末,只要他们在晚八点前返校就行。但是,一旦错过返校时间,就要被惩罚,在两个月内,周末再不能外出。就算是高年级的学生也不会天真到想试试校纪主任严格执法的决心。

"我们死定了,思杰,快跑。"两个孩子都吓坏了。

白夏侯却立刻出了一个好主意,他拿起电话,打给了葛德海。文聚想要阻止他,但没有成功,原因是在喝了近三大杯啤酒之后,行动真有些缓慢。"老葛,我是老夏。你那儿的两个学生,卓文聚和霍思杰,拯救了英国、凯博学校、飞镖酒吧和所有英国人的声誉。详细情况我明天再和你说。"白夏侯太高兴了,都不知道该说些什么好了,"你能放他们一马吗?他们晚了还不到半个小时,但是快返校了。我向你保证,明天你可以有一个小时单独给卫韵素上课。"

电话那头的葛德海肯定同意了白夏侯的提议,白夏侯非常友善地在电话里道了晚安。

葛德海的妻子去世三年后,白夏侯一直在生活上照顾自己最好的朋友。在大多数周末都与葛德海在飞镖酒吧一起度过。他们俩二十八年前于凯博学校开始工作,飞镖酒吧那时还叫"牛熊酒吧"呢。周末在这个酒吧里也记不起度过了多少岁月了。

三年前,葛德海在飞镖酒吧里和卫韵素聊了几次,重拾逝去的年轻感觉。葛德海深深折服于卫韵素的语言天赋,决定教她拉丁语。两个人一个是学者,一个是有天赋的学生,所以他们的交往是不折不扣的学术交流。可惜卫韵素还要招呼其他顾客,无法多与葛德海沟通学习。尽管如此,她想要再学一门外语的决心从来没有动摇过。

临别时,德国人代表慕尼黑飞镖协会邀请白夏侯的飞镖俱乐部成员今后来访。雷赫德和施约瑟还主动提出要为两个男孩支付飞机票和其他费用,请他们到自己的俱乐部去比赛。在两个男孩告别前,白夏侯把卓文聚拉到一边,给了他两张五十英镑。

在最后道别时,霍思杰分别给了雷赫德和施约瑟两张纸,上面是两个问题。给雷赫德的写着"请问能告诉我您的体重吗?",给施约瑟的写着"请问能告诉我您的身高吗?"。

他俩把答案写在了上面:体重147公斤,身高2米。

直到现在,这些德国客人竟然都没有察觉到霍思杰的身体缺陷。当时气氛确实太热烈了,根本没人注意到别人说了些什么。只有施约瑟有些好奇,悄悄地向白夏侯询问思杰的国籍,又问及他在过去的一个多小时里为何没有开口说话。

施约瑟明白后,对思杰说:"再见,思杰,中国真应为你骄傲。"

白夏侯听到了这句话,强烈地抗议道:"他是英国人。"白先生知道,霍思杰也有个英国护照,因为他的妈妈是在英国伦敦出生的。

当晚白夏侯保住了面子,飞镖酒吧也卖出了不少酒,销售量是平常周六的四倍。白夏侯并不知道,德国来的飞镖手开始时仅仅非常有节制地喝了点儿酒,怕影响比赛。这几个德国人因为英国之行错过了慕尼黑啤酒节的最后几天,但他们整天晚上喝下的酒还是要比英国酒吧常客喝的量要多上好几倍。最后白夏侯的收获是,德国人坚持为八瓶打开了的香槟酒埋了单。

卫韵素和白太太跑上跑下楼梯多次,拿了不知多少大大小小的啤酒,两人都累坏了。白夏侯的人际关系处理能力也着实高超,他让飞镖俱乐部的副主席去找白太太,说听到风声,白家马上就要添置一台最新型的电视,并请求在电视安装后,自己也能来开开眼。白太太虽然没有回答,但是脸上笑容一直没断,随后就任劳任怨地给客人们上了一晚上的啤酒。

至于卫韵素,白夏侯采取了另外的安抚策略,抱歉说自己很不好意思让卫韵素干了这么多的活,从下周一开始她可以休上三天的带薪假,但是要明天先上完葛德海的拉丁课才行。卫韵素兴奋地用拉丁语欢呼着,白夏侯也略猜到这句拉丁语是感谢的意思。

卫韵素开车把男孩子们送回学校,霍思杰要费很大的劲,才能让文聚走路的时候保持直线。十三岁的卓文聚在人生的第一次畅饮中就连喝三大杯啤酒,实是太过分了。

到校门口的时候,保安不知到哪儿去了。葛德海当晚也突然拜访了罗智达校长,一直聊到晚上十点才离开。他的安排,巧妙地放了霍思杰及卓文聚一马。这次对思杰开恩,减轻了他上次在拉丁课上搞得思杰第一次崩溃大哭的内疚感。更令他歉疚的是,从那次以后,思杰在校得了个"爱哭鬼"的绰号。

对思杰说来,周五的下午还是很难熬的,到了这会儿,他却成了大家眼里的英雄。爸爸的"变幻理论"再次应验了,不过这次是皆大欢喜的收场。

在文聚坠入梦乡之前,他含混地问思杰说:"你为什么用了右手?"霍思杰在书写纸上写道:"不想老是赢。右手大概是左手功力的90%。但你向德国人的提议,让我迫不得已开始用左手。"他刚要把书写纸递给文聚,发现室友已经昏睡过去了。

当天晚上唯一的烦人事件,就是这个喝醉的室友吐了三次才消停。

思杰睡前,打开了德国人给自己的信封,里面有两张五十英镑的票子。卓文聚的信封里应该也是这个数目吧。

"德国人真是富有又友善。文聚明早起来看到这笔财富,肯定高兴得跳起来。"加上白夏侯给的一百英镑酬金,这晚两人共收入三百英镑,一人能分得一百五十英镑。

第三十章　手　语

整个周一晚上,大多数学生在食堂吃晚饭时都感慨自己熬过了一周中最难挨的一天。

八年级的学生正热烈地讨论十一月初学校每年都组织一次、历时一周的海外旅行。过去几年,目的地都是克罗地亚或土耳其的偏僻村庄。有的同学希望这次能去更远及更神秘的亚洲。高年级的同学们都去过了,应该很快轮到他们吧。

但是校方决定,八年级今年还是去土耳其。行程的主要目的是为贫穷村庄里的学校建一所图书馆。像以往一样,同学们要设计一个主题,帮助他们增加宝贵的人生体验。

组织旅行的机构当天早上告诉大家,村里的老人和孩子们最看重的是同学们的心意,因为双方的语言障碍使沟通尤为困难。学生代表们迅速达成了一致意见,打算第二天在课堂里告诉其他同学。

"谢谢您,真的太感激您了。"

思杰正在食堂和文聚一起吃晚饭的时候,感到有手指在捅他的背,又听到身后传来微细的声音。他们转过头,看到了个子小小的费乐文,旁边还有一个差不多年龄的男孩子,看起来也有些害羞。

和哥哥费乐俊一样，费乐文拥抱了思杰，不断在说"谢谢，太感激您了"。但是他个头太小，无法把胳膊环绕思杰身体一周。思杰还清楚地记得几周前费乐俊用同样的方式表达了感激之情，但差点没把他勒死。他喜欢弟弟费乐文的拥抱，轻柔而且一片赤诚。思杰在费乐文背上轻轻地拍了一下，示意他离开，因为这会儿，已经有越来越多的人开始注目这里。

"我在医院里待了三天做检查。现在已经好了。他们说我又能活蹦乱跳了，但我不太相信他们的话。"费乐文努力挤出了一个笑容。

思杰取出自己的书写纸，举起两根手指，写下"我在医院待了两个月。现在没事了，你也会复原的"。这几句话可能是对这个六岁孩子最好的安慰，但费乐文真是无法理解为什么除了可憎的哮喘病，自己现在又添上了这种叫作癫痫的神秘疾病。

"这是我最好的朋友杜德瑞。他想见见你，送你一件礼物。"旁边的六岁男孩小心地从藏在身后的文件夹中拿出了一张画纸，脸上带着羞涩的笑容，递给了思杰。

文聚和思杰看到上面画了一架钢琴。如果这幅图是这个男孩的作品，那他长大后肯定会成为一个出色的画家。

"他画得很好，不管什么都能画得像。这幅画送给你。听说你钢琴弹得很好，是不是？"

思杰和杜德瑞握了握手。思杰发现他画的可不是简单的钢琴，而是一架演出用的大钢琴，细节也画得惟妙惟肖。

思杰指了指杜德瑞和这幅画，又做出了一个写字的动作。

"他想请你签上名。德瑞，你来签吧。"费乐文解释道。小男孩犹豫了一下，不安地看着费乐文。

"我来帮你。把你的笔给我。"费乐文说。

两个大男孩不明白为什么签个名这么简单的事情也让杜德瑞为难。只见杜德瑞飞快地从包里拿出笔,递给了费乐文。费乐文握着杜德瑞的手,帮助他把名字签在画上。

"杜德瑞还不怎么会读写,但是他很会画。你们应该看看他其他的画,他看到什么都能逼真地表达出来。只有他才能做到。"费乐文试图掩饰朋友的缺陷。

两个小男孩高兴地走了。小杜德瑞回头看向霍思杰,注意到霍思杰还在欣赏他的画。思杰从不同的角度反复看着,明显地对这个"艺术作品"十分欣赏。杜德瑞高兴地笑了。霍思杰当然是在夸张他的面部表情,他知道小男孩正在看着他。

"我想起来了。我听说一年级有个小男孩拼写老是不行,阅读也成问题,还总是左右不分。本来他该去特殊教育学校的,但是家长想让他先试试在正常学校里的生活。"文聚把自己道听途说来的消息告诉思杰。

思杰想到这两个孩子,又想到自己。他们都算是同类人。虽然接触的时间颇短,却让他产生了同病相怜的感情。

"我们三个都不算是正常人,真不知哪种疾病最令人难受呢?虽说我现在是哑巴,但是却总不会突然倒地死掉。可是我也几乎失去了所有的一切……"思杰想到这些时,心情沉重,也没有胃口了。

这次海外之行的组织机构告诉八年级的一百二十名学生,安纳托利亚东南部差不多是土耳其最贫穷的地区。但这地区包括小亚细亚,是人类最古老的文明摇篮之一。

学生们观看了位于亚普拉克勒镇那个偏远村庄的DVD。一目了然,这肯定不是一个鱼米之乡。老师们还说,虽然英语是土耳其人除母语外的主要外语,但是村子里的人英语程度很差,沟通可能会是个大问题。

"别沮丧。当地的历史遗迹真值得一看,而且你们会意识到能够帮助村民们做的事情有很多。这个地区的历史可以追溯到铜器时代,古代七大世界奇迹中有两个都位于附近。

"我多加一句,你们可能不知道,十六世纪的奥斯曼帝国是当时世界上最强大的国家之一,在伊斯坦布尔的博物馆里,你们能看到人类史上最瑰丽的珠宝收藏。"很可惜葛德海的这番话并没有激发起大多数学生的热情。

一个小时的行前介绍反而让同学们更加失去了兴趣,有些人宁可待在学校里正常上课也不想参加这次海外旅行了。

"我昨天说了,除了建立校图书馆小楼和教当地学校孩子英语,你们还要提出一个今年旅行的主题。"

"老师,我们从来没有盖过房子,房顶要怎么弄?"一个学生问道。

"我也没盖过房子。但是附近的土耳其驻军会在现场帮忙。电线和管道安装都可交给他们。大家不用担心,他们知道怎么把活干完。"领队说。

"老师,我们八年级学生委员会提议,在下午教学生英语和做其他事情时,大家都说英语。但是在上午,我们则用手语、眼神和表情来跟他们交流。他们反正也听不大懂英语。就像您昨天说的,关键是我们的真心和所做的事情,希望能让他们感受到我们的友谊。"一位八年级的学生干部说。

卓文聚作为八年级公认的领头人,也发言说:"老师,我们建议不要让当地人看到我们的iPad。虽说学校里的孩子们肯定会很好奇地摆弄这些电子产品,但是他们的生活中没有这样的东西,心里会感到不舒服的。如果我们需要画点儿什么让对方了解,我们可以用纸笔。"

一位参与这次海外旅行的专家提问道:"这是个有趣的想法。但是你们怎么会想要不说话,而用手语?"

"沟通有很多种方式。我们想要帮助别人的意愿是通过行动来实现的,而不是语言。我们想体验那些弱势群体是如何生存的,比如穷人、病患者或老人。"

"说得好。还有什么建议吗?"葛德海特意不往霍思杰的方向看。但是,一部分同学都转过头来看着霍思杰,虽然他也不介意。

"老师,我们昨天都觉得应该请思杰做上午活动的顾问。他也立刻同意了。"卓文聚露出了得意扬扬的表情,大声地宣布。大家都笑了起来,霍思杰也站起来,幽默地鞠了一躬,表示赞同。

这时一个同学出乎意料地举手示意要发言。竟然是董傲凡。大家都不记得上次是什么时候看到他站起来表达意见了。董傲凡也清楚,自己的口头表达能力跟他的动手能力一样,糟糕透顶。

但董傲凡站起来时表现出令人吃惊的自信。他说:"同学们,我第一次见到霍思杰的时候,就体验到了手语的力量。我想他不介意我重做一遍他当时的手势吧。他慷慨地送给我们一些方便面,并示范给我们怎么泡。"董傲凡重复了一遍霍思杰当时的手部动作,在说到需要开水来泡面时,自豪地把手指向上移动。

"最难理解的那部分就是他当时把手指向上移动……"

大家都大叫起来:"热水呀,这么简单!""幸亏只有你一个人这么迟钝。"

大家七嘴八舌地讨论着。董傲凡想,这可能是他学校生涯中最后一次站起来发言了。

"请安静。如果没有别的提议,那我们就把'手语'作为今年海外旅行的主题。我想提个建议,不遵守规矩的同学要受到惩罚,这样才更有意思。怎么样?老师们当然就是监督执法人员了。"

"记着回来后还要对这次的主题做一个总结。"葛德海最后说。

安纳托利亚素以土耳其地毯的精湛工艺而闻名。几天前,几个先行到达目的地的老师纷纷都买了地毯。

学生们下午到达,随即就被带到一个土耳其家庭,看到老中青三代女性正在娴熟地编织一张极高质量的地毯,手艺精湛。学生们很喜欢地毯上复杂的图案,那精美的织物叫作"丝上加丝",真可说得上是一种艺术品。他们也发现,一块质量尤为优异的双环结地毯需要数个娴熟的女织工一起工作好几个月才能完成。

孩子们还知道了土耳其地毯也叫安纳托利亚地毯。两个女同学被邀请试试打结的工作,当然,她们只在棉布地毯练手,而不是昂贵的羊毛或丝绸地毯。主人家的热情让气氛活跃起来,每个人都很开心,做好准备,迎接即将到来的艰苦工作。

第三十一章　土耳其的喜悦

虽说这个土耳其村庄不富裕,学校却很大,附近的草地足够让凯博学校的整个旅行团舒适地安营扎寨了。第一天的上午,大家干了不少重活,不只是平整工作,还将沙子、石子及水泥搅拌成混凝土。

除了霍思杰和他的密友,其他的学生都发现只用手语交流确实不是件容易的事情。一开口说话就要交三十便士的罚款——这倒不是个问题,这些学生还负担得起,最大的沮丧在于不能有效地让对方明白自己的意思。

不难猜到,女孩子们是最先受罚的。伟莉亚这个学校里的"暴走女高音",看到蜜蜂飞到身边,不自觉地就大声尖叫起来。

"你不能说话的。"旁边的朋友提醒她。

"我没有说话!我只是想赶走那只蜜蜂。啊!它又来了……"伟莉亚的尖叫声响彻云霄,简直可以把附近所有的昆虫都吓跑。葛德海就站在她们身边,马上记下两人需交罚款共六十便士,贡献给班级基金。

"哈,我早就知道伟莉亚会是第一个受罚的!"一向是她宿敌的男孩,傲慢地说。不过这下他当然也要受罚了。这些滑稽的场景把与同学们一起劳动的年轻的土耳其士兵弄得乐不可支。

真正的挑战倒不是这些无心之失。女孩子们还比较有耐心用手沟通,而男孩子们总是急着要把事情干完,想说的话经常脱口而出。第一天早上的协调就以彻底失败告终。老师们也加入帮忙,但也是徒劳。

一个凯博学校的男同学费了半天劲,也没有从他的土耳其搭档那儿得到尺寸适合的砖,他忍不住向对方大喊起来,大家吵作一团。

"你们这些人实在是笨!"这句话很有些伤人,甚至不用翻译,那个较年轻的土耳其男孩就哭了起来。

旁边的老师举起了一根手指。

"对不起。"凯博学校的同学向对方道歉,老师举起了两个手指。

"我真是非常抱歉。我不是这个意思。我帮你找尺寸合适的砖吧。"两个孩子又恢复了友谊,而老师共伸出了三根手指。足足花了九十便士才解决了这件事情。

毫无疑问,同学里最忙的就是霍思杰了。他在两边都是最受欢迎的人。每个人在有翻译困难的时候都来找他帮忙,他不得不四处奔走支援。土耳其那边出奇地有很多女学生要找霍思杰解答问题,张惠敏却鼓着双腮,忙着把她们逐一尽快遣走。

第一天上午结束后,大家都大松了一口气。到了午餐时间,有人明智地提出一个好主意,让霍思杰的所有好朋友都分散在各个区域内当"翻译员"。这下方雅丽、张惠敏、卓文聚、董傲凡、卫辉和金章修突然成了不可缺少的中心人物。张惠敏当然还要常回到霍思杰身旁,做那恼人的工作,把那些围着他打转的讨厌的土耳其女孩赶快打发走。

第一天晚饭时,八年级另外一个班的三个女同学出奇地过来找霍思杰问道:"为什么大家都能轻易地明白你的手语呢?"

"如果我能清楚地表达自己,日子会更加好过,我也能保住自尊心,否则,我就是一个普通的哑巴。所以我总是在观察、提高自己手语表达的能力。"霍思杰在书写纸上没有用任何的缩略语,因为他想认真地回答女同学们。

"我们知道你不能说话,有时还有同学会取笑你和你用的手语。但是今天上午,我们体会到了你的生活是多么……多么艰难。"其中一个感情丰富的女同学这时眼里蓄满了眼泪。

"难以想象你是怎么坚强地面对这一切的……我真心希望你能尽快讲话。"这个女孩拥抱了霍思杰。

"赚到了啊!老兄,真有你的!"卓文聚抗议道。

后面几天就顺畅多了。图书馆是个平房,不需要钢板桩和地基,土耳其军方的工程师自信地说,现在有两百多个学生一起在工地上忙碌,一定能够按时完成任务。

从孩子们上传到网上的照片中,每个人都能看出,仅仅依靠微笑、真诚的工作和手势,其实就足够让不同国籍但不能用语言沟通的孩子们建立起友谊。

第二天的晚餐是烤羊肉串和用微微发酵的葡萄汁制作的不含酒精的饮料。吃完饭后,大家都急急忙忙地赶去参加伊兹尼克陶瓷技艺课和学习在瓷砖上绘画。这两种家庭手工艺在土耳其是非常有趣的玩意儿,甚至男孩子们也兴奋地等着自己亲手试试。有两个非常秀丽的土耳其女孩在做陶艺展示,排在她们面前的队尤其长,排队的学生开始有明显的推搡,老师不得不上前来维持秩序。

这两个少女是双胞胎,发现这一秘密的凯博学校男孩子们更加兴奋了。八年级的女孩子对老师解释说,所有的男孩子脑海里想的都是电影《人鬼情未了》里一对恋人亲密地共做陶器的画面。葛德海看到有必要让一些排队的人先去瓷砖绘画那边。解决方法很简单,葛德海决定把人数限量,又准许老师参加这些活动并且占排队人数的一半。葛德海好不容易才选到了几个男同学先去做瓷砖绘画。但是,有些年轻的男老师和组织者还是热情不减,仍执着地站在长长的陶艺队伍中等着。在思杰也尝试这一玩意儿时,那对土耳其双胞胎特意让他坐在中间,且时间够了也不让他离开。

每晚聚会结束时都会有土耳其民间舞蹈表演,动人优美的哈拉伊舞以及表现英雄人物性格的巴尔舞的舞蹈者穿插在人群中。舞蹈者身着多彩的服装,不断地跳着,手部转动,还会胳膊环着胳膊一起舞蹈,让远道而来的客人们看得兴奋投入。两个学校的学生们还一起跳。在众多的学校旅行中,这几个夜晚一定是最为难忘的了。

到了大人们开始喝茴香酒的时候,气氛被推到了最高潮。卫辉勇敢地和一个秀丽的当地姑娘共舞,出色的舞技为他重新赢回了自尊。大家都笑啊闹啊,他们之间也变得更加亲密。

"那些说过这次旅行肯定会没劲的人应该找个地方把自己埋起来。"卓文聚对方雅丽说。方雅丽却不太高兴,在她看来文聚有点儿兴奋过头了。

在最后一个晚上,学校食堂里的笑闹声震耳欲聋,大家都不得不使劲扯着嗓子说话。葛德海花了好几分钟才让大家安静下来。他简单说了几句表示感谢的话,但是最后几句话却吊起了大家的好奇心。

"同学们,人生充满各种意想不到的惊喜。我想提醒大家,永远不要以为每件事都是理所当然的。我就说到这儿,下面有请安天雷教授。"

"什么?谁?"凯博的同学们一片茫然,而老师们却微笑起来,享受着谜底揭开前的悬念。

这时,村里的一位叫卡赫特的长者缓慢地站了起来,他就是这所学校的校长。

"来自英格兰的尊贵客人们,我的全名是卡赫特·安天雷……"他的英语口音纯正,有着尊贵的英语腔调。凯博学校同学们都惊呆了,忍不住交头接耳起来。在他们眼里,卡赫特老是笑眯眯的,非常乐于提供各种方便,是一位非常和善的当地村民,但他说的话只有本地人才能听得懂。

"我曾是英国帝国学院的人类学教授,在任教多年后,我决定回到自己的家乡,致力于发掘及记录安纳托利亚众多的历史遗迹和宝藏。大家应该知道,这些珍贵的遗迹和文物源于十一世纪。当然,如果时间允许,我还是会不时回到伦敦教学的。"

凯博的同学们都无心听他下面的致辞了,大家都在想,为什么一位任职于英国著名大学及受人尊敬的学者会愿意回到这样一个贫穷的村庄生活,虽说安天雷教授对古建筑很感兴趣,但是也没有必要做出这么大的牺牲呀。

安天雷教授随后看向一直负责旅程所有后勤事务的一位优雅女士说:"请允许我向大家介绍我太太,柯娜赞博士。"

"大家晚上好。我的专业是纺织技术,曾在美国芝加哥接受教育。我在伦敦认识了我先生。因为一直都非常热爱土耳其历史悠久的地毯编织艺术,我和我先生一起回到了家乡。我负责管理附近的一所地毯编织学校,女士们不论年龄大小,都可以和我们一起学习,共同发扬我们深感自豪的工艺。"到了这会儿,没有人再吃惊柯娜赞博士的标准美语口音了。

"最后,在开始下一项活动前,我家的其他成员也想向大家问个好。"

下面的一幕甚至让凯博学校的老师们和葛德海都感到意外了。前几天晚上负责陶艺制造展示的双胞胎少女站了起来,脸上带着甜美的笑容。众多的凯博学校的男孩子简直想就近钻到什么东西的下面把自己藏起来。

有时,能够用语言表达自己的人常会屏蔽掉一些东西。像霍思杰那样无法开口的人,反而能够更加细致地观察,谨慎行事。而正常人则常会不经思索地随意开口。

"不会吧!她们肯定会说英语。惨了,我在两天前排队时,就当着她们的面,说了太多的蠢话!"卓文聚尴尬得脸都皱成了一团。

"也不算蠢话吧。我们只是说了说她们的鼻子和眼睛有多漂亮。"卫辉说道。

"你闭嘴!"卓文聚冲着卫辉大叫。

"你当时真是不该说,要是你能亲一下她们的脸颊,那该多美好啊。"大林一郎打断了他们。

"你也闭嘴!"卓文聚吼向大林一郎。

"你还好意思大喊大叫,你简直是活该!"方雅丽说。她一直都觉得男孩子们在晚上过于得意忘形了。

在过去的几天,霍思杰也一直欣赏着这对双胞胎姐妹的美丽容颜,但他当时就注意到有些古怪。自从不能开口说话后,思杰反而能够更加敏锐地观察周围的人物、事情和场景。他早就注意到,每当男孩子们在这对姐妹花面前说蠢话时,不论是赞美的、淘气的还是厚颜无耻的话,这两个姐妹都会悄悄地看向彼此,默契地一笑。

相比于自己的同学,霍思杰更能理解表达自己的方式不仅仅限于话语。他发现手势、表情和行动所能传达的内容远胜于语言,他也越来越享受这个升华的过程,这对他来说算是一种补偿吧。

姐妹花的姐姐首先开口:"大家好。我是苏娜。欢迎你们来到土耳其及安纳托利亚。我们也是从英国来的,希望和爸爸妈妈一起向你们展示土耳其的生活和文化。"

"大家好。我是蕾拉,是妹妹。我们在慕芳女校上学,离你们的学校不远。"另一个女孩也做了自我介绍。

人群中传出阵阵声音"哇""天哪""原来是这样!",有人充满希望和期待,男孩子们很多可能都有些后悔自己前几天的表现。

"我们非常享受这次……"这会儿,凯博学校所有的女老师和女同学都开始取笑自己的男同胞们,没人再去听这对双胞胎姐妹后面的话了。毫无疑问,这个晚上将会成为全校历史上最被广泛谈论的事件之一。有些男孩子更燃起了新的希望,因为慕芳女校离凯博学校只有一小时的路。

现在开始了告别演出,食堂里又充满了欢乐的气氛。这对双胞胎姐妹花周围开始拥挤着很多的男孩子。

八年级的同学们开始演唱《活在当下》,这是英国"酷玩乐队"在全球最为畅销的歌曲。凯博学校捐赠了一台移动式电子风琴,由霍思杰给大家伴奏。

凯博学校这边有一百多个学生,土耳其的同学们也加入了合唱。当天下午才教给当地的孩子们的英文歌词,他们居然唱得颇不错。在食堂大厅里满满的都是人,每个人都感受到友谊的光芒。教授正阅读这首歌的歌词,发现这首歌是叙述了一位君主被流放后的感慨。而大家所在的土地上正巧也曾发生过很多战争,涉及多个古代著名的战争及统治者。

演唱结束后,土耳其同学们意犹未尽,请凯博学校的同学们再表演一个节目。大家伴随着节奏欢快的《朴茨茅斯》舞曲跳起了爱尔兰舞蹈,由卫辉领舞。卫辉一扫前几周被取笑时的狼狈,用出色的舞技征服了每个人。

最后,两边的孩子们需要选出这周最值得纪念的两个事件。

土耳其同学们选出的第一个事件翻译过来是:"比起杀虫剂,尖叫能够更加有效地赶跑虫了。伟莉亚同学对环境保护的贡献为大家所铭记。不用杀虫剂,虫子也不用被杀死。"大家都哄笑起来,伟莉亚也笑了,又尖叫一声,引起在场的女同学们也都大声地尖叫相和。

第二个最为难忘的事件是:"第一天的工作最为重要,霍思杰发挥了积极的作用,他用最富创意的手语帮助每个人,真是最酷的事情。"

"这也太明显了吧!"凯博学校的某些男同学都很不满霍思杰出了这么大的风头,可是所有的土耳其女同学都选了这个事件。有些土耳其女孩子还向他送来飞吻,让霍思杰尴尬得低下了头。

在英国这边，绝大多数的男同胞们首先都选了陶艺展示。一位老师故意问为什么选这个作为最难忘的事件。大家同时举手，指向那两个美丽的土耳其双胞胎姐妹花，同时伴以大声的口哨声。又有男孩子们向她们飞吻，让她俩也害羞地低下头。

继续宣读第二件最为难忘的事件："凯博信息技术老师醉倒在地。"食堂里哄笑声又起，大家都用英语大喊"罚他！"。在前一天，这位老师本来已经喝多了当地的茴香酒，然后又被劝着试了试一位老村民的传统长颈土耳其水烟。猛吸了几口之后，他直接昏了过去，不得不被抬回去。几个同学开始恶搞模仿当时这位老师失去知觉的样子。

听到自己的糗事被选中，这位老师毅然来到食堂中间，做了三十个无懈可击的俯卧撑。大家都大声给他鼓掌，他的这一篇算是翻过去了。

最后一天就是四处观光，两个学校的女孩子们都手拉着手。不仅仅是女孩子们才这样表达友谊，有些男孩子新交到了女朋友，也手拉手走在一起。他们很快就要在随后的几个月里体验人生中第一次写情书了。凯博的数个情窦初开的男同学竟决定下一个暑假再来土耳其度假。道别时，每个凯博的同学均获赠一包含有甜枣、坚果、橙皮的精致软糖。这些被翻译为"土耳其喜悦"的糖果，实在甜得开心、带劲！同学们放在口里，甜甜的味道也许能减少离别的伤感，也可说是对这次文明古国难忘之旅的一个甜甜蜜蜜的总结，真是不枉此行。

在登上旅行大巴之前，有几位土耳其女同学给心仪的凯博学校男孩子送上了自己在妈妈和姐姐的帮助下编织的小片棉线地毯。霍思杰和卓文聚都收到了这样的礼物。卓文聚的那张上面有一个心形的图案。霍思杰收到的则还多了一个心形图案和几个英文单词"快些开口讲话"。张惠敏可不怎么高兴,因为这是双胞胎姐妹花送给霍思杰的。

第三十二章　橄榄球队长

费乐俊已经是第三次在周六早上到城里的中国商品杂货店去买东西了。自从他去年在与爱普森学院的橄榄球决赛中右肩脱臼,那里就老是隐隐作痛,昨晚又没睡好。这种痛像针扎一样,经常在夜里把他弄醒。杂货店里有一种中国产的膏药,真是不错,贴上就好了不少,但是一旦忘了贴,疼痛就又会卷土重来。

老板娘冯太太来自中国,她似乎知道中国产的每一种食物、零食或药物。她在城里极受大家喜欢,学生们不论是不是亚洲小孩,都十分喜欢她。

自从卓文聚和霍思杰的方便面生意解体后,冯太太卖的方便面生意日益兴隆,比以前增长了好多倍。学生们发现冯太太卖给他们的杯面还不到两英镑,比卓文聚和霍思杰的三英镑便宜很多。

费乐俊在十点左右走进这商店,看上去好像还有些没睡醒,他一进门就嚷着要买同样的膏药贴。冯太太问他:"过去的两个月里买了三次了。还是那儿疼吗?想不想试试针灸?对你疗伤有好处哦。"

费乐俊问:"针灸是怎么回事?疼不疼?"

"针灸在中国有几千年的历史了,放心,中国的奥运会选手都接受针灸。去年我还被召到伦敦,当时他们的针灸师不够,要我帮助中国奥运选手做针灸呢。我可是英国最棒的针灸专家。试试总没坏处。"冯太太在杂货店旁边还开了一家另类医疗诊所,给病人开一些中草药,还颇有几个老客户,尤其是城里那些有风湿病的老年人。

费乐俊被说服了,躺在病床上接受了半个小时的针灸。冯太太要扎第一针的时候,他看起来被吓坏了。冯太太问他关节哪里受了伤,但是还没等他开口,就一针扎了下去。其实冯太太知道要扎哪儿,只是想转移一下费乐俊的注意力。病人通常最害怕的是第一针,这时的恐惧会达到极限,随后就会好些。

费乐俊一直都害怕打针,这次接受针灸实在是无奈之举。紧接着冯太太在他肩膀上又扎了六针,在头上扎了两针,费乐俊慢慢放松下来,开始和冯太太聊天,问她是怎么学会扎针灸的。

"我今年四十八岁。在十八岁时,我就在中国解放军的医疗队中接受专业训练。不是每个人都能学针灸。好的针灸师需要有灵活的手指,手和手腕都要有力。我在医院培训十五年,非常艰苦,你能想象吗?我可是唯一一个在班里完成针灸培训,获得认证的女孩了。男同学们都还留在中国,我是唯一出国到英国来的,跟着我先生一起开了这家杂货店。"

针灸效果真的很好,起到了舒缓放松的功效。费乐俊暗想,这可能是"以针攻针",用针解除了针扎般的痛楚。那天上午,冯太太又有了一个满意的病人。

在随后的两个月里,费乐俊几乎每周都去针灸,他感到疼痛大都消失了。在最后一次治疗后,他抱了抱冯太太,鉴于他的右肩已经恢复了力量,这一抱差点没把冯太太压扁了。

在第二次治疗时,费乐俊问冯太太为什么揉碎的青草能够治好弟弟的急性癫痫发作。当时费乐俊还以为冯太太没有听说过这件事。

"很多农民和乡下人都知道这个方法,但是城里人就未必听说过了。我知道你们学校一位美国华裔男孩刚用过这个方法救了个小孩子,还听说他在父母死于车祸后就不能再张口说话了,是吗?"冯太太叙述从自己的小道消息中得到的最新八卦。

费乐俊回答说:"是。他得的这种病叫创伤后应激障碍症。不能说话真是太不幸了。他善于弹钢琴,周六的演出很受欢迎。很多同学每周六都去看他们的音乐表演呢。"

"创伤后什么?不管叫什么,你告诉这个男孩来找我一趟,行吗?"冯太太做完了这次治疗后嘱咐道。

在中国,针灸广泛应用于脑子某些部位运转失灵所引发的疾病上,例如自闭症、阿尔兹海默病、痴呆和创伤后应激障碍。但是针灸也不是每次都能发挥作用,也有很多不尽如人意的结果。

当天晚上,费乐俊在食堂遇到霍思杰,对他说:"杂货店的冯太太想请你去找她。她有些好东西要给你。"

"但愿不是方便面。爷爷已经把各种最好吃的杯面都寄给我了。好,我下周去找她。"思杰也很好奇,他在书写纸上写道。

按照惯例,十二月的第二个周末是凯博学校和卓敬男校的校际橄榄球比赛。凯博连着三年都输掉了。费乐俊在上一年被任命为橄榄球队队长,可惜他并没有带领全队赢得比赛。教练有些遗憾他选择的新队长没能力挽狂澜,更糟糕的是,费乐俊还在上个赛季结束时受了伤。教练委婉地暗示说,如果这季赛果还是没有什么起色,他这个队长就要被换掉。捍卫凯博学校的名誉至为重要,连续输上四年真是谁也受不了。

这场比赛正好是两所学校间的第一百场比赛,凯博的全校师生都接到通知,到体育馆为自己的校队加油助威。一开始,现场只有两百名凯博学校的观众,到了中场,凯博这边的助威团已迅速增加到五百多人,是历来主场比赛中观众人数最多的一次。原因很简单,在最近几年里,凯博学校还是第一次和卓敬男校在中场时比分接近,旗鼓相当。这场比赛如果赢了的话,凯博就能在老对手面前找回自尊,重新获得一整年的吹牛权利,这是学校生活中非常重要的一面。

队长费乐俊是否领导有方,大家并不清楚。但是现在场上的比分咬得很紧,每个人都紧张得屏住呼吸。每次凯博校队拿到球,全校观众都大喊助威,为场上的运动员加油。

卓敬男校的后卫们跑动得很快,但是苦于得不到球。凯博校队的前锋实力很强,在并列争球和界外球上都占着上风,确保自己这边能够拿到球并且长时间不丢球。这些优势让凯博校队能够为球员们腾出空间,后卫们可以及时突破对手的防线,一次又一次地快速跑向球门线。这需要全队在队长的指挥下密切配合。

在快要结束时,费乐俊的个人表演把比赛带向了高潮。费乐俊拿到球,从己方的二十二米线之外开始冲刺,在近八十米的劲跑中干净利落地避开了对方球员的拦截。眼看他就要在球门线前被擒抱倒地时,只见他一个拧身,突然改变方向,横跳躲闪了三个对方的球员。这三人均收势不及,纷纷摔倒在地。费乐俊则伸出右臂完美地持球触地得分,在比赛的最后几秒钟上演的这个精彩的冲刺,使凯博校队起死回生!费乐俊不负众望地把球射进内球门横杆上方得分,让自己的球队又进账了宝贵的两分,在最后时刻刚好反败为胜。正是这种戏剧性的逆转成就了很多比赛场上不朽的英雄。

两边啦啦队的女同学们都看呆了。掌声和欢呼声持续了近两分钟,这时费乐俊想的是,"我真要去感谢冯师傅和冯太太。"

卓敬男校的队长颇有风度地恭喜了费乐俊,和全体队员都握了握手,完满结束了这场旗鼓相当的比赛。费乐俊振奋地回到赛场中央,球队也紧随其后。

费乐俊在当天的完美表现为自己赢得了"羚羊"的绰号。大家在乎的不是得分多少,而是这场胜利终于为凯博学校连输三年的颓势画上了句号。球队花了很长时间才回到更衣室,每个人都拥上来和他们握手,甚至包括卓敬男校助威团的成员。

霍思杰、卓文聚和八年级的同学们也都在观众席上,欢呼雀跃,共享这荣耀的一刻。在队员们走过观众席时,离得近的观众都冲上来和他们击掌,看到费乐俊看向自己,霍思杰也做了个大拇指朝上的赞许手势。

"谢谢,老弟。"费乐俊微笑了一下,摸了摸霍思杰的头发。

这声"老弟"叫得非常亲切,到这会儿,他们俩已经是好哥们了。

第三十三章　太　极　班

　　裴乐陶大妈知道了球队胜利的好消息后,马上让食堂员工换上新的晚饭菜单,从冰箱里拿出牛排和鸭肉,她决定亲自来做苹果及蛋黄派,这是费乐俊最喜欢的甜点。虽然时间很紧,但是今天可是个大喜日子。

　　校长也特别准许了橄榄球队员到飞镖酒吧去庆祝胜利。葛德海坚持亲自送队员们去酒吧,并且点餐、点酒,这样不到十八岁的年轻队员也能合法地享用啤酒了。他也答应把他们接回来,当然最重要的任务是要保证学生们不会饮酒过度。

　　但这场庆功会从中途起就不那么完美了。队长请了三位特别嘉宾,但是他们不久就因喝了几杯啤酒醉了。最先倒下的是广受尊敬的冯师傅,他在费乐俊的劝酒下连喝了五大杯的啤酒,然后还坚持要站起来打一遍太极拳。如果几百年前创建太极拳的武林大师还活着的话,看到他打成这样,肯定要气死了。大家开玩笑地再奖励冯师傅一大杯啤酒,但是他还没喝完就颓然趴到桌子上了。

　　冯太太拿着一把叉子,用作联排针灸针,想把冯师傅叫醒。费乐俊及时拦住了她,礼貌地说她可能有些醉了,这会儿针灸太危险了。冯太太很不高兴,认为这是对自己针灸水平的侮辱,但是她实在是太醉了,也就不再坚持,一会儿就趴在丈夫的身边睡着了。

第三位特邀嘉宾是裴大妈。费乐俊很感谢她总在橄榄球比赛前后给他打牙祭。可怜的裴大妈，在众人"喝、喝、喝"的助威声中，豪迈地大口大口灌下啤酒，很快也就醉倒了，不过还是要比冯师傅和冯太太坚持的时间长一些。裴大妈应该为自己感到骄傲了。

球队最终也尽职尽责地把三位嘉宾都安全地送回家了。

这会儿早就过了每晚的回校时间了，但是队员们还是昂首阔步，浩浩荡荡地走回学校。毕竟这样的胜利不是每天都有的，更不容易的是学校的教导主任还陪着他们，那还有什么可担心的呢？

这次的经验证明，体形越大，越能喝酒的说法完全不靠谱，因为有半个球队的高大队员们都喝得找不到自己的宿舍了。

在校门口，葛德海向费乐俊提出了一个合理的要求：请费乐俊把喝醉了的自己安全地带到校长家去。费乐俊和副队长几乎是架着他一路走到校长的家门口。没多久他便舒舒服服地在客房里睡着了。

两次针灸治疗之后，费乐俊就意识到冯太太的疗法很有效，自己总是疼痛的右肩好多了。受伤后的右肩常常给他带来很多不便，晚上的痛楚更是长期的折磨。从上次针灸以后，冯太太开始在费乐俊的背上也施针，他的背疼明显有所好转，但是最重要的还是要把曾经脱臼过的右肩膀彻底治好。

在最后的两个疗程中，冯太太重点在费乐俊的大腿和小腿上施针。费乐俊并没有告诉别人中国传统疗法在自己身上实现的奇迹。他正在等待一个适当的时机,在重要的比赛中出其不意地展露自己重新获得的力量。他还推荐了自己的队友何帕克也到冯太太这儿来治疗受伤的膝盖。在和卓敬男校队的比赛中,何帕克作为侧翼球员也展示了惊人的爆发力。他成了仅次于费乐俊的第二个大英雄,对此冯太太同样功不可没。不用多说,在凯博学校的校史上当然浓墨重彩地记录了这两位队员在那场比赛的英雄史了。

在一次治疗中,费乐俊躺在治疗床上问:"冯太太,你知道那么多有关中国的事情,我想请教你,几周前,我弟弟骗我说霍思杰欺负他。我就去找霍思杰为弟弟报仇,本来想抓住他,让他尝尝被人欺负的滋味。

"我以为凭着自己的橄榄球功底,肯定一把就把他抓住。但是他动作很快,很有技巧地躲开了。我注意到,他其实没用什么力气,可我就是抓不住他,这是不是什么中国功夫啊?"

费乐俊一边问,一边模仿了霍思杰那天的动作,用手画了一个圆圈。

"看起来像是太极拳,也可能是咏春拳。冯师傅会知道的。你绝不能欺负那个可怜的孩子,知道吗?"冯太太非常严厉地说。

"我不会欺负他啦。后来我知道,是弟弟骗了我。而且弟弟急性癫痫发作了,是霍思杰救了他的。谁要是敢欺负霍思杰,我就会要他好看。我能找冯师傅问问吗?"

费乐俊去找冯师傅的时候,冯师傅正在隔壁卖杂货,他对费乐俊说:"年轻人,让我先招呼完顾客再跟你解释。你挡住门了,请先到外面去等一会儿。"

费乐俊没注意到,他这么大的块头站在店里哪儿都挡着路,他赶快道歉,耐心地到店外面去等。

冯师傅闲下来,看了费乐俊演示霍思杰那天的躲闪动作后,简单地说:"是咏春拳,一种很有名的中国功夫。但是我并不擅长咏春拳。太极拳也不错,你想跟我学吗?"

"太极拳对我的橄榄球技术有帮助吗?"

"我不知道什么橄榄树或橄榄球。太极拳会帮你懂得更好地平衡。对身心都有益。我在三十分钟后要上一节太极拳课,你自己来看吧。"

这个大块头的年轻人对冯师傅的太极拳产生了浓厚的兴趣。班上的六名学生大多是老年人,有老太太也有老先生。他们的动作很缓慢但很优雅,这种功夫看起来赏心悦目,但是费乐俊有些怀疑,这些动作能够用在攻击和防卫上吗?

"冯师傅,谢谢您让我观看。但我想太极拳不太适合我,动作太慢了,橄榄球需要的是速度和力量。太极拳可能更适合老年人,我太年轻了。"

"过来,小伙子。"冯师傅用威严的语气说,"你来抓我试试,就像你那天抓霍思杰那样。"

费乐俊也非常好奇冯师傅的实力究竟如何,尤其是现在两方都准备好了,他慢慢地走向冯师傅,在离他半米远的地方站住,微笑着鞠了一躬,表示尊敬。

突然,费乐俊双手发出了电光石火般的一击,动作如此之快,大家都觉得冯师傅肯定躲不过去,要被费乐俊打中后退了。

可是其他学生还来不及发出任何吃惊的声音时,冯师傅已经巧妙地转身到费乐俊巨大身体的侧面,橄榄球队队长失去了平衡,向前冲去。冯师傅的防卫看起来是如此简单有效。

更加令人吃惊的还在后面,冯师傅不知用了什么力量,竟然让费乐俊巨大的身体旋转起来,就像是在功夫电影里看到的那样。费乐俊跟跄了几步,好不容易才重新稳住了重心。

"小伙子,我没受伤,你也没丢脸。"冯师傅平静地说,这时大家都鼓起掌来。

"冯师傅,我能跟您学习这些招式吗?能跟您学功夫吗?"费乐俊站直身体后礼貌地问。

"可以学,但是不能打架。你个子大,会让对方受很重的伤。学太极拳是为了获得身体和意念的平和。"

"谢谢您。但是您认为我的体重和个子适合练太极拳吗?"

"你看起来粗壮,但是你可练习细心的观察。"

没人知道从那天起费乐俊上了多少太极拳课,每天又苦练了多长时间。但是大家都能看出来,在随后几个月的橄榄球比赛中,他动作更加轻盈、迅速,能够更加灵活地躲避拦截。

很少有人知道每个周六费乐俊都要和霍思杰一起去中国杂货店。霍思杰是找冯太太做治疗,而费乐俊则先跟着冯师傅上太极拳课,然后再找冯太太做针灸。当然了,在上课时,费乐俊只能待在后排,要是他在前排的话,后面的同学就看不见老师的动作了。

在第三周的课上,霍思杰也过来观看,他很意外地看到,费乐俊虽然笨重,但是四肢运动起来却很有韵律感,犹如一只鹳鸟,动作优雅。简直难以置信这只是他的第三次课。

"要花很长时间才能完全掌握太极拳的。但是我们可先学转身。你看到这个画圈动作了吗?对了,就像这样。好,继续……"冯师傅明显也很享受这个教学过程。霍思杰总觉得这个场面似曾相识,但是想不起来为什么会有这种熟悉感。

一次太极拳课大约一个小时,霍思杰和费乐俊回校后就各忙各的去了。

每个周六下午都是音乐俱乐部活动的时间。这星期霍思杰在第一首歌曲的中间就开始走神了,不知不觉停下演奏,他在书写纸上写下几个字,甚至没有意识到整个乐队都跟着停下来等着他。

方雅丽走到思杰旁边,看到"功夫熊猫"这几个字,问他是什么意思,思杰没有回答。

"难怪,费乐俊就像是电影里那只大熊猫,虽然体形庞大,但是动作轻盈。"霍思杰遵守了承诺,没有把费乐俊学太极拳的秘密说出去。

在随后的周末,费乐俊又安排了五个橄榄球队的队友也来跟冯师傅学太极拳。

在一次针灸治疗中,冯太太对费乐俊说:"冯师傅很满意你的进度。他说你虽然看着笨重,但是动作轻盈;个子虽高,但是很快。班上其他的学生也更加努力了,你成了他们的榜样。冯师傅还说你的脾气比以前更好了,如果继续练习,将来心情和意念也会更平静。"

第三十四章　中医能治好吗？

在费乐俊拉上自己做伴之前,霍思杰因为方便面的生意特别好,都有两个半月没有去中国杂货店了。

思杰从来没见过冯太太,他几次过去买东西的时候,都赶上她回家做晚饭。凯博学校的其他学生都和冯太太很熟,如果买得多或者是老顾客,她总会招待学生们一罐免费可乐。

在费乐俊把冯太太的口信转告霍思杰后,霍思杰叫上卓文聚,在周六上午一起去中国杂货店,之后才去飞镖俱乐部。

"啊,你就是那个从香港来的孩子吧?我听说了,你上次救了那个小男孩,干得真不错。你到隔壁来,你的朋友要跟着吗?"冯太太友善地说。

他们一起到了隔壁诊所。冯太太坐在思杰对面,叫他伸出右手。

"请卷起袖子。"冯太太伸手帮霍思杰卷好袖子,开始给他号脉。所有的中医都用这种方式开始诊断的,差不多十秒钟,冯太太都直直地盯着霍思杰,弄得他不得不微微偏转自己的目光。

"让我看看你的眼睛。向左看,好,向右看,现在向上看,再向下。"冯太太边说边用手指指着这些方向。

霍思杰对中医并不是一无所知。妈妈虽说在西方长大,但是却非常相信中医。这时冯太太让霍思杰吐出舌头来看舌苔的情况,这也是中医问诊中的常见步骤。几秒钟后,冯太太叫思杰尝试开口用中文说"谢谢",霍思杰张了张嘴,想发出这两个音,但是却办不到。冯太太还让霍思杰清清喉咙,霍思杰也照做了,可是还是没发出什么声音。

冯太太又给霍思杰号了十秒钟左右的脉,这次冯太太没有看霍思杰,而是偏着头。检查不久就结束了。"我听说你还伤了手,在哪儿啊?"霍思杰示意在手肘部位,这时冯太太做了个奇怪的动作,她不断地用大拇指揉霍思杰手肘处的肌肉,最后集中在几个部位,用力按压,同时问霍思杰疼不疼。霍思杰每次都点了头。

她随后权威地说"这里很简单",边说边指着思杰的手肘。她说的是普通话,也不管霍思杰是不是听得懂。

她然后指着霍思杰的头和嘴,还是用普通话说:"这里较为麻烦。"

冯太太继续说:"你让我来治。有些疼,但是几次就能好。"

还有什么比他内心的创伤和身体的疾病更加不能忍受的痛苦呢,霍思杰马上点头表示同意。

卓文聚一直坐在旁边看着整个过程,在他眼里,这就像是非洲部族的什么治痛仪式,但是中国有五千多年的文化,肯定有一定道理。

冯太太又用力地按摩霍思杰手肘的前部,过了几分钟后,告诉他下面的操作会有些疼。然后冯太太把食指和中指蜷起来,做成钳子的形状,开始向上拉拽这个部位的肌肉。这种明显的拉拽效果非常疼,霍思杰疼得紧紧地闭着眼睛。冯太太又重复了四到五次同样的动作,思杰简直疼得不能忍受。

如果只有霍思杰自己,他可能就会直接哭出来了。"不能哭,我愿意忍受任何痛苦,只要能像以前那样重新弹奏钢琴。"这时冯太太快速地按摩这个部位的肌肉。"天啊,太及时了。"思杰不敢想,按摩居然暂时缓解了疼痛。

冯太太重复了同样的步骤,一共进行了四个周期。奇怪的是,在第二次的拉拽中,那个部位出现了红色的伤痕,在第三次拉拽中,还又出现了黑色的痕迹。霍思杰把全身的力气都用来忍受痛苦,眼里含着泪花。最后的第五次拉拽后出现了丑陋的花生形状的暗紫色血块,摸起来硬硬的,看着让人心惊。

冯太太用的是中医的一种治疗手法,不过她没有使用任何工具。有的中医会用圆圆的厚玻璃拔罐来完成抽吸步骤,拔罐中间点上火,形成真空,然后迅速放到治疗部位,待上几秒钟或者一分钟左右再取下来。从理论上说,这与冯太太所做的是一样的。

抽吸后会在皮肤表层产生深红或者黑色的瘀斑。拔罐可以用来治疗不同的疾病。这两种方法的唯一区别就是抽吸的力度不同,拔罐就好比普通真空吸尘器,全凭手劲的操作就像是重型工业用吸尘器。

"冯太太,你到底在做什么啊?你把他的血管都弄破了,会造成内出血的!"卓文聚着急了。

"你不知道就别说了。没有内出血。这对他有好处,别打扰我。我一会儿解释给你听。"冯太太说完,就在霍思杰身上试验起来。

她卷起霍思杰的左手衣袖,做了同样的拉拽动作,皮肤变红了,但是没有出现伤痕或暗色的瘀斑。而且霍思杰也感到不像刚才右手那么疼。两个男孩都有些不敢相信自己的眼睛。

"很简单的理论。比如一条小河沟,水流动的时候没问题,如果叶子堵住了,水就不能再流动。几天后,开始产生异味,几周后,异味就更大了。身体里的血脉也是如此,瘀伤的地方变得越来越硬,压迫肌肉和神经,很快就觉得疼了。把它们吸出来,反而就没事了。这道理听起来简单吧?"

冯太太再次检查霍思杰的右手,又找出四个需要重点治疗的部位。最后,霍思杰疼得都冒汗了。

冯太太示意霍思杰躺在费乐俊不久前躺过的一张治疗床上,开始进行针灸疗法。她在没有瘀痕的部位扎了五根针,告诉霍思杰躺上二十分钟再起来。

卓文聚摸了摸霍思杰手肘处花生形状的瘀黑小包,摸起来硬得像花生一样。

"下周再来,我开始治疗头部。"霍思杰以为冯太太还要在自己的头上又拉又拽,猛烈地摇头表示反对。冯太太不得不加上一句"不疼的,只用针灸"。"那还好。"思杰想道。

思杰曾经和妈妈一道去看过几次有名的中医,对于这种治疗方法有所了解。还有一种手法不用真空拔罐,而是用一个钝钝的梳子状的板子反复刮病患部位,过上一段时间,也会出现相似的瘀痕。有次霍思杰感冒了,就用这种方法治疗的,疗效颇佳。

两个男孩子走出冯太太的诊所。霍思杰动了动右手的手指,感觉轻盈、敏捷了。它们又成了右手的一部分,不像以前那样麻木得没有正常的知觉。

他们走向飞镖酒吧,去赚每周六的外快。冯太太一直看着他们走远,用普通话对站在杂货店门口的丈夫说:"那个男孩子很坚强,疼了也没有叫,只是咬着嘴唇。大块头费乐俊反而像是个爱哭鬼。"费乐俊在治疗时疼得大喊大叫,甚至眼泪都流了出来。

"再有两次治疗,他的右手就可以完全恢复了。但是,我说不好他能不能恢复自己的语言能力。情况很复杂,就像是严重的自闭症。我要给在北京的前辈打电话咨询一下。"

"喂,站住!"学校保安阿力在第二次例行巡视校园时,看到一个男孩向着校长的家门口飞奔,他大声喊道,想问问是怎么回事。

男孩又跑了几步,最后还是停了下来。他也不敢不这么做,因为教导主任会根据阿力的口头汇报来决定学生违反校规的程度。阿力向男孩紧走了几步,认出了霍思杰。

他跟霍思杰很熟悉,因为思杰比起其他学生来要更加频繁地出入学校。阿力当然也知道背后的原因。霍思杰是个有礼貌的少年,每次和阿力打招呼时都报以真诚的笑容。

思杰指了指校长家,阿力当即明白他要去那儿。全校所有的教职员工,包括阿力,都很清楚霍思杰和校长罗智达的关系。霍思杰像平时一样对阿力敬了个礼,阿力也还了礼,这是他俩每次见面打招呼的方式。

霍思杰跑远了,阿力却有些困惑,霍思杰看起来心情很好,但又有些紧张,他剧烈地喘气,但阿力觉得这不是跑步造成的。

二十秒之后,霍思杰到了校长家门前。他使劲地急促敲门,看来肯定有什么重要的事情要急着告诉校长。几乎没有学生敢在工作时间之外跑到校长家来,但是罗智达校长是霍思杰的监护人和干爹,所以算是个例外吧。

看到没人应门,思杰不耐烦地更加使劲敲。罗太太打开门,看到霍思杰夜晚来访明显吃了一惊。她抱了抱霍思杰,但是他用力挣脱了,又指了指房里面,很明显是来找校长的。

罗太太感觉到事情肯定很紧急,便马上把思杰带到客厅。思杰看到校长在电视机前打盹儿刚醒。电视里传出的笑声非常大,干爹居然在这样吵闹的环境中也能睡着。

思杰焦急地走向校长,他还在大口喘气,也没有想过为自己的唐突到访而道歉。就像是小孩一样,他拉了拉校长的袖子。又用右手拇指向后指了指,露出了不耐烦的表情。

校长也感到事态紧急,忙问道:"怎么了,思杰,是不是有谁受伤了?"作为校长,罗智达在紧急情况下最关心的就是有没有学生受伤,但是霍思杰猛烈地摇头。

罗太太递给思杰一张纸和一支笔,但是他却没有接,只是着急地看着罗智达,继续大口地喘气。罗校长看了看妻子,俩人都不知道霍思杰这是怎么了,不过罗校长还是起身准备出发。

他匆匆来到前门,穿上鞋和大衣,罗太太紧随其后,拿着一件厚羊皮外衣。其实现在也不算很冷,但是罗校长还是穿上了。

霍思杰已经跑到门外了,罗校长快步跟上。

他们一边走,霍思杰一边指向行政楼方向,看来是要到那儿去。还好,从校长居所走过去只要三分钟。

霍思杰独自跑上三楼,冲进了音乐室。灯仍亮着,琴盖仍开着,很明显他刚才弹奏了钢琴。

罗校长赶到琴房时,霍思杰已经坐在琴凳上,看起来平静凝重,就像是要在音乐会上进行演奏的钢琴家。停了一会儿之后,霍思杰慢慢地举起左手,先摸了摸右手上戴的钻石戒指,然后有力地按下了相距八度的两个升G音。

罗校长马上就明白了,霍思杰肯定是在重拾钢琴技巧的过程中出现了重大突破。

霍思杰左手先弹奏了八秒钟,然后右手按下琴键,肖邦的《幻想即兴曲》的优美旋律响了起来,如行云流水,精准无碍。

罗校长是自负甚高的专业乐评人,但他也真心觉得这已经是音乐会的演奏水平了。霍思杰真是一个罕见的钢琴天才。罗校长沉浸在乐曲中,不仅仅是因为其优雅的旋律,更加重要的是,因为看到思杰在音乐上获得了重生。在乐曲进入较为缓慢的阶段时,罗校长满心欣慰之情,不由自主地微笑着。

再到"激动的快板"那部分,罗校长才回过神来。以前思杰弹到这儿,因为右手不给力会有困难。但此刻,结尾部分处理得尤其出色,万物归于沉寂,听着颇有种神秘的感觉。最后一个升C大调滚音和弦轻轻逝去,余音慢慢消散,几乎没有任何痕迹,尽显曲中之韵味。

罗校长深信,就是在自己的全盛时期,他也没有这个男孩弹奏得好,更别说他现在已经五十七岁,就要走向生命的尽头了。他的心里充满了喜悦,他们俩对视了几秒,然后紧紧地抱在一起。

霍思杰想让罗叔叔看到自己已经完全恢复了琴技。他从罗叔叔的怀里挣脱出来,又在钢琴上弹奏起了约一分钟的拉赫玛尼诺夫的《G小调前奏曲》。通常只有琴技高超的钢琴演奏家才敢挑战这极难的前奏曲。

霍思杰弹奏的这两个曲子都是巨匠的作品,但是风格迥异。特别是拉赫玛尼诺夫的这支曲子,演奏家有时称之为"女巫变奏曲"。

一老一少两个钢琴家走出音乐室,霍思杰步履轻快地走回格林宿舍楼,期待今晚能睡个好觉。一出门,罗校长就感到初冬的寒意,但他也脚步轻松地向家里走去。

当天晚上,罗校长和霍思杰都心满意足,在某种程度上舒缓了各自的病况。

罗太太开门时,一眼就看到罗校长脸上欣慰的笑容,肯定是有什么好事。他最近实在很少这么开心。

"一个任务刚完成,就差一个便大功告成了。"

说完这两句话后,罗校长才意识到妻子的迷茫表情,便把刚才的事情简单地说了。

他回到卧室,开始在日记本上做记录。这本日记的内容开始越来越多了。

罗校长看着挂在墙上的英国板球手金古驰的板球。"如果我能亲手把这个板球给卓文聚就好了。"他脑海里不禁响起了《假如我还有时间》这首旧曲的旋律。罗校长太累了,倒头便睡。罗太太轻轻走过来,给他盖上一张厚毯子。

思杰当晚睡觉前,又写了一封电子邮件,内容是:

我最尊敬的大老板:

　　谢谢您这么快就满足了我上封邮件里的愿望。是不是您让冯太太来为我治病的?治疗的过程真是非常痛苦,但是我没有退缩,我能忍受的。

您最顺从的子民,霍思杰

顺便问一声,我盼望着能够尽快亲口向您表达谢意,恳请您快点儿让我恢复讲话吧。

霍思杰在地址栏中键入 TheBigBoss@Universe.com,按下了发送键。

第三十五章　年终聚餐

每年,校长都会邀请两拨学生到自己家吃饭。高年级那拨通常是十三年级的学长以及各学科和体育拔尖的学生。第二拨通常是其他年级学习排名靠前的学生、各个课外活动俱乐部的优秀成员和竞赛的获胜者。

今年,校长宴请了音乐俱乐部的忠实支持者和三位特别嘉宾,分别是教导主任葛德海、飞镖俱乐部老板白夏侯和高美燕博士。

罗校长在十二年前就职校长后就开始了这项传统。首次获得邀请的低年级同学总是先请教高年级学长参加校长年度晚宴需要注意的礼仪和规矩。

这么多年来,参加校长晚宴的小客人们都要记住同样的注意事项。

"首先,认真地聆听六个B的故事,假装你对此非常感兴趣。介绍只花二十分钟,但是如果有人提问,可能就需要多一倍的时间才能介绍完。

"不要走近罗校长的三角钢琴,而且不洗手就弹琴是罪不可赦的。

"不要过于赞美罗校长的两道最有名的菜,特别是他亲手做的派。

"如果想要晚宴气氛和谐,就一定要多多赞赏校长太太做的菜。

"最后,不要吃到撑。你很容易吃得过饱,特别是罗校长那两道特色菜。"

学长们通常点到即止,不会再回答进一步的问题,所有首次被邀请的客人都需要自己在晚宴上灵活处理各种问题。

通常罗校长的年度晚宴,会在十二月的第一个星期。这次方雅丽、霍思杰、卓文聚、大林一郎、金章修和一个九年级的男同学在六点半准时来到罗校长家。

霍思杰来过罗校长家很多次了,他非常清楚罗校长的规矩,不过关于宴会菜肴的说法倒是头次听闻。

小客人们向罗校长、罗太太和其他成年人打了招呼,他们都听说过高美燕博士的大名,因为学校里的学生都知道方雅丽和霍思杰每周都要去高博士处就诊。

罗校长和太太非常热情地欢迎了小客人,随后送上了热巧克力和苹果汁。大人们坐在饭厅聊天,而孩子们则被带着去看客厅墙上挂着的六个B:古典音乐家巴赫、贝多芬、勃拉姆斯以及当代乐队披头士乐队、沙滩乐队和比吉斯乐队。他们的名字都是以"B"开头,所以罗校长简称他们为六个B。

在远离壁炉的墙上,挂着六幅装帧精良的艺术品。右边的明显是曲谱,相框很大,每个相框里至少有二页。

另一边的相框要小得多,里面分别是三个色彩丰富的唱片封面。大多数孩子们生长在音乐光盘及互联网时代,从来都没有见过三十三又三分之一转速的黑胶盘片。

罗校长按照他们出生的时间依次介绍巴赫、贝多芬和勃拉姆斯,以及这三位音乐巨匠创作的钢琴乐谱手稿。这些手稿还保留了原稿上修改过的地方。罗校长解释说,修改后的部分为整个乐谱增色不少。其中两份原稿是在佳士得拍卖行买下的。在这三份手稿中,最宝贵的显然是贝多芬的作品原稿,市面上很少见,上面标出了练习、音阶、琶音和不同琴键范围内的乐节,包括C大调、C小调、G大调、G小调和F小调。在乐谱的左下方是贝多芬的签名。罗校长知道孩子们可能对这些珍贵文物没什么兴趣,便领着他们走到另外一边去看当代音乐的代表作。

说是当代,其实也已有相当长的历史了。唱片封套分别来自披头士乐队、沙滩男孩和比吉斯兄弟乐队。音乐俱乐部的成员对他们当然不陌生。这些乐队在二十世纪六十年代的歌曲,创造了西方当代乐坛的经典,比吉斯兄弟乐队甚至在新世纪还一直活跃在舞台上。每个唱片封套上都有全体成员的签名。当然,最珍贵的就是披头士乐队的那张《让它去吧》专辑的封套,上面有全部四个成员的签名。

这些乐队的成员都经历了变迁,有些已经去世。罗校长告诉小客人们,除了那张比吉斯兄弟的专辑,另外两张唱片都是他在二十世纪八十年代刚开始工作时买的,当时的价钱也并不贵。

对当代音乐有所了解的人都知道,这三支乐队主宰了二十世纪六十年代到八十年代的青年流行乐市场。有的乐队在近期重组复出,换掉了一些成员或者起用了当年成员的后代,但是也无法恢复过去的光辉了。对于战后出生的那一代人来说,这些乐队是陪伴他们成长的美好回忆,现在那一代人也大多已经退休或是将要退休了。

罗校长作为音乐俱乐部的创办人,觉得自己有义务更加详细地向成员们介绍这些音乐名人,不知不觉就花了半个小时的时间。所有的小客人都津津有味地听着校长讲解,特别是大林一郎。但是大家暗示他不要再提问了,要不罗校长肯定会滔滔不绝地继续讲下去。

霍思杰已经多次看过罗校长的这些收藏,但是他还是全神贯注地听完全程。在平时,他接触的多是三个音乐大师的钢琴曲。

但是,皇家音乐家协会的成员发现罗智达竟然把当代流行乐队的作品和音乐巨匠的原稿并排放在一起,还是会经常取笑他。

这场介绍下来,也快到晚饭时间了。葛德海和白夏侯都等着吃饭的时候看男女两位主人"斗法",他们来过多次了,知道这是保留节目,受惠的当然是客人们了。

罗校长和太太平时很少吵架,但是在准备年度宴会的过程中,却一定会激烈地吵起来,差不多每年都不例外。

十二年前罗校长第一次请学生来家里吃饭,那简直是一场灾难。从那以后,每年客人和主人都拿当年的事情来开玩笑。每年校长做的都是两道同样的菜,但是这两道菜成了经典,客人们吃的时候赞赏不已,过后还反复回味。初次上门的宾客们都盼望着能吃上这两道菜,而常来的也很高兴又能够尝到这样的美味了。

而罗太太擅长很多菜肴,她最喜欢的消遣就是去市镇大厅当厨艺课的导师。罗校长第一次宴请学生们来家时,罗太太就已是一本最畅销菜谱的作者,所以她理所当然地认为自己是家里烹饪的权威。

当时罗校长夫妇俩都各自忙于日常工作,没有事先商量好谁来做哪个菜,所以第一次家宴还没开始就注定是一场灾难。

两人说好,每人负责两个拿手菜。罗太太在厨房开始忙活时,看到冰箱里的面团和鸡肉,她简直要昏过去,看起来罗校长是要做鸡肉派,而她打算做的是鸡肉酥盒,这两个主菜可说是火星撞地球了。

夫人质问丈夫为什么不告诉自己也要用鸡肉做菜,但是很快两人就意识到,现在不是互相指责的时候,因为还有三个小时客人就要上门了,重要的是谁的菜先上桌,谁就可以先拔头筹。

既然第一道菜是罗太太做的汤了,公平起见,第二道菜就应该是罗校长做的鸡肉派,然后再上罗太太做的鸡肉酥盒。但是客人们吃了馅料十足的鸡肉派后就可能没什么胃口再吃鸡肉酥盒了。两人为这件事又吵了起来,而且越吵越凶。

最后罗校长让了步,风波就此平息。但是客人们对他做的鸡肉派赞不绝口,这下主人夫妇的气氛又紧张起来。罗太太率先发难,说罗校长是照着别人的菜谱做的,要不他根本不可能做得这么好。客人们感受到了这股火药味,都显得有些尴尬。

大家纷纷转换话题,开始赞美罗太太做的牛尾汤简直是难得一见的佳肴,而罗校长做的甜点烤苹果更是为这场家宴画上了完美的句号。结果当然是主人夫妇重归于好,宾主尽欢。

在随后的校长家宴中,两道主菜的上菜顺序保持不变,罗太太做的先上桌,随后是罗校长做的鸡肉派及甜点。罗太太也承认,罗校长的主菜是珍品,但是她每次都不忘反复提醒客人,这道菜的做法不是罗校长自创的,他不过是照着别人的菜谱"比葫芦画瓢"罢了。

这会儿第一道菜已经上桌了,葛德海和白夏侯是罗校长夫妇的老朋友了,看到又是罗太太做的可媲美米其林三星水准的牛尾汤,两人都很高兴。每个客人,包括学生们,都在汤里加上了一点罗校长买来的上佳雪利酒。

在等第二道菜上桌时,葛德海就猜说这菜肯定是罗太太做的拿手菜。菜端上来了,经常参加校长家宴的葛德海和白夏侯都大吃一惊,居然同时上了罗校长和罗太太各自做的主菜。自从混乱的第一次宴客后,以后的十多年里,从没有出现这样的情况。

两个大厨都骄傲地介绍了自己的杰作。更令客人感到惊奇的是,罗太太这次又做了鸡肉酥盒,加上罗校长声名远播的鸡肉派,这个安排和第一次家宴一模一样。

主人夫妇甚至还在微笑!高博士和孩子们不知道十二年前的情况,他们只是感到两个主菜都是用鸡肉做的,实在不寻常。最想知道内情的是霍思杰,他看着鸡肉派,又看了看罗校长,又再转头望向鸡肉派。

"没错,你试试就知道了。不管闻起来还是吃起来都完全一样。思杰,就是这个味!在这些年里,我可是做了很多次才到达这个境界。就是那个 9:3:3:2 配方。"罗校长的这番话大家都听不明白,就像是在说一种只有霍思杰才明白的秘密术语。

客人们当然可以自由选择自己喜欢的主菜。不出所料,大多数都选择了鸡肉派。令人意外的是,这次罗太太看起来毫不在意丈夫抢了自己的风头。当罗校长提议大家共同举杯祝愿来年都有个好身体时,霍思杰却只顾忙着吃,没有响应。他也顾不上什么就餐礼仪了,直接选择更快的方式,用铲车装货方法平举起满满一大块放进嘴里。真的就是这个味道,妈妈拿手的鸡肉派,烘焙得恰到好处,外皮脆香,应该是面粉、黄油、玛琪琳和糖霜按照9∶3∶3∶2的比例配在一起的。

好几年了,罗校长在家做的鸡肉派比起思杰妈妈做的来老是差点儿味道。在十二年前,他终于知道了秘密配方,面团和好后要先在冰箱里放上一夜,让面团充分地发酵。在第一年家宴上,罗校长在做鸡肉派时用上了这个小窍门,结果大受欢迎,成就了一个传奇。这也解释了霍思杰开头的疑问。他虽然每年都到罗校长家小住,却从来没有在干爹的家中吃过这道菜,这是因为每次妈妈都陪着霍思杰一起,罗校长不好意思班门弄斧了。

霍思杰太想念这个味道了,本来还以为自己再也无法吃到了呢,而且这个派的味道和样子都和妈妈做的一模一样。罗智达说烤了两个,他简直高兴坏了。而葛德海和白夏侯却有点儿不敢相信自己的眼睛,因为他们看到罗太太竟然笑眯眯地端出第二个鸡肉派,还说桌上自己的鸡肉酥盒还未吃完,一定是味道比较逊色了。

"思杰,我的鸡肉派果真没露怯吧,以前还有男学生在我家吃得太撑,导致严重的消化不良。这几个学生不仅吃了三大块,还喝了汤,吃了罗太太的主菜和我做的烤苹果。唯一的区别是,有一次我在你家也是连吃三大块,我还没离开你家就撑到吐,而那几个学生……"

"喂，还让不让人吃饭了？"罗太太笑着大声打断丈夫。罗校长和霍思杰都大笑起来。罗校长看到美食就不要命，上次的尴尬在亲近的朋友圈里不是什么秘密。霍思杰笑得连咳带喘，也幸亏他及时拿了块餐巾，但是他还是停不下来，仍然一边大笑一边咳嗽。

霍思杰只好用手示意自己要离席，冲到了校长夫妇卧室里的主卫。思杰很熟悉罗校长家的布局，这个卫生间离餐厅最近。高博士也起身陪着他。大家暗想，霍思杰一个人不就行了，怎么这点儿小事还用大人陪呢？

霍思杰在卫生间里重新收拾了一番，大家在外面还是能听见他的咳嗽声。高博士回到座位上，看起来表情郑重，不像其他客人那么愉快放松。她从包里拿出一个笔记本，开始记录，还特别看了看表，写下了当时的时间。霍思杰回来时，高博士脸上还带着若有所思的表情。

霍思杰坐下时还有点儿尴尬，他悄悄地看了看罗智达和同学们，脸上还带着忍不住的笑容。

霍思杰找了个没人注意的时候把自己的书写纸递给方雅丽，上面写着："等着客卫有人用的时候，去主卫看看药和急救呼吸设备。"

看到高博士离席去了客卫，方雅丽随后也站起身来，脸上带着焦急的表情，向罗太太问道自己能不能用下主卫，罗太太带她去了。等了一会儿，方雅丽心事重重地回到座位上。

甜点就像大家盼望的那样好吃，所有的孩子都在热烈地聊天，甚至连葛德海在喝了几杯法国佳酿后也不再像平时那样严肃古板了。

饭后不久,孩子们就告辞了,而大人们则端着咖啡和波特酒到客厅里继续聊。

在回宿舍的路上,卓文聚想要牵上方雅丽的手,但是方雅丽礼貌地拒绝了。霍思杰跟在他俩身后,正好看到了这一幕。当然卓文聚若留意到思杰跟在后面,就不会这么大胆地表达好感了。此时的方雅丽正处在自己生理节奏曲线图的低谷。她还在琢磨在校长家的主卫看到的药品,没有心情和卓文聚甜蜜地牵手。

霍思杰和方雅丽都看见在校长卧室里的主卫洗手台上放着六瓶药,要不是还看到了急救呼吸器,霍思杰也不会起疑心,他用自己的手机拍下了药瓶,方雅丽也同样拍了照。

宿舍楼就在前面了,这时卓文聚紧走几步,把手向后伸去,意图很明显,还是处心积虑要牵着方雅丽的手。这次方雅丽却没有拒绝。卓文聚回头看到方雅丽向自己伸手过来,不禁咧开嘴笑了。

就在这一刹那,只听方雅丽疼得轻呼一声,她正好在此时跌倒了,微微伤到脚踝。卓文聚急忙转过身去,抓住了她的两只手,把她拉起来。虽然这没有像卓文聚所预想的那么浪漫,更是个突发事件,但是不管怎样,他可是同时握上了女朋友的双手。

方雅丽懊恼自己怎么这么笨手笨脚,这已经是本周内她第三次莫名其妙地跌倒了,真令人恼火。当然,此时的方雅丽完全没有意识到更大的麻烦还在后面。

卓文聚拉起了雅丽,两人热切地看向对方时,却听到了霍思杰在后面沙哑的大笑声。霍思杰看到了卓文聚两次试图和女朋友牵手未遂的全过程,笑得不能自抑,甚至捂着肚子倒在了地上。

"你这个冷酷的家伙,怎么一点儿同情心也没有啊?你知道你很吵吗?都这么晚了,你还让不让大家睡觉了!"卓文聚喊起来,感到自己的运气真是糟透了。

方雅丽的双手还被男朋友抓在手中,只能用嘴"嘘"了一声,示意卓文聚安静。方雅丽大声说:"思杰,你注意到自己刚才发出了很多声音吗?"

霍思杰马上不笑了,突然而来的寂静有些诡异。他站起身,拍掉衣服上的土。方雅丽惊喜地看着他,马上拿出手机来打给高美燕博士。两个男孩子面面相觑,不知道该做些什么。

方雅丽先和高博士说了几句,然后把手机递给霍思杰,按下了扬声键。高博士的声音传来:"思杰,你在校长家宴上也大声地喘气、咳嗽了,和刚才是不是很像?这可是好转的迹象!我相信你离完全恢复又近了一大步。晚安,做个好梦。"

在校长家就餐时,因笑声和咳嗽是如此平常,除了高美燕博士,在座的其他客人都没有留意到霍思杰曾发出过声音。高博士挂断电话后,脸上不禁露出了微笑,在自己的笔记本上记下了更多的内容。

霍思杰把手机还给方雅丽,听了高博士的话,心里挺高兴的。卓文聚在好朋友的肩上拍了拍,以示鼓励,另外一只手还是紧紧地握着方雅丽。三个好朋友刚才都有些心神激荡,当然原因各不相同。

温暖的客厅壁炉前,葛德海和白夏侯在聊上次霍思杰怎么在飞镖比赛上击败了来踢馆的德国人,以及正在跟葛德海学习拉丁语的卫韵素。

罗智达清了清喉咙,打断了他们的对话,告诉他们自己的胰腺癌已经到了晚期。听到这个突如其来的坏消息,葛德海和白夏侯都惊呆了。这下他们都明白了,平常老是互不服气的两个大厨怎么会在今晚反常地相互捧场,因这很可能是最后一次校长家宴了。

罗校长说自己家里几代人都是因为癌症而去世,没想到自己也无法逃过家族基因的魔咒,不过能够活到快六十岁,自己已经很满足了,唯一的遗憾就是不能看着霍思杰和方雅丽完全康复。

接着罗校长请大家说说霍思杰这周的表现,边听边记录在日记本上。罗太太则为客人们准备更多的咖啡、白兰地和烈酒。

这学期刚开始的时候,罗校长就和卓文聚说好,请他多多照顾霍思杰,有问题随时向自己汇报。卓文聚不知道的是,罗校长还同时拜托了葛德海、白夏侯和高博士,每周都要和他联系,了解霍思杰的近况。这也是罗校长的日记页数快速增长的原因。他故意在众人面前远离霍思杰,因为作为一校之长,他不能把过多的时间花在一个学生身上。罗校长想出的解决办法,就是每周抽出几分钟时间和自己的两个老朋友以及高博士聊聊,以便全面地了解霍思杰的情况。今晚,他再次郑重地感谢了大家的帮助。

谁也没有想到,罗校长随后要进行繁复的化疗,让他几乎抽不出什么时间来关注霍思杰的情况了。

看到罗校长现在的精神还不错,葛德海、白夏侯和高博士分别说了说思杰这周的表现。葛德海给大家展示了思杰上周写的一篇作文,他觉得整体不错,内容立意都很好,就是用了过多平时沟通时的缩略语和俚语。高博士还提起了晚餐时霍思杰发出的咳喘声,还有方雅丽刚才打电话汇报的情况。她强调,那是她首次听到思杰的喉咙里能发出那么大的声音。

简单地说,这一现象意味着霍思杰的大脑似乎开始正常运转,并可能是向着全面康复迈出了重要的一步。

罗校长此时还没有在日记中提及冯太太的治疗。通过霍思杰,罗校长将来也会成为冯太太的病人。

第三十六章　大　丰　收

每年的十二月,凯博学校的学生们都忙得不可开交,在寒假前的几周内各种节日庆祝活动安排得满满当当。霍思杰更是都忙不过来了。每周三他都要和方雅丽一起去高美燕博士的诊所复诊,幸亏有方雅丽家的车来接送,否则这一趟路上也要花上很长时间。除此之外,两个小病人还要不时到伯明翰全科医院去做脑部情况监控。

思杰非常享受每晚的钢琴练习,同时每周有四个下午他还要学击剑和练习乒乓球。思杰的击剑技术进展不错,但是他更希望花多些时间练习乒乓球,倒不是因为他有多爱这项运动,而是因为他非常喜欢和自己的双打搭档张惠敏在一起,和她一起训练时间总是过得特别快。

现在,方雅丽更多的时间和卓文聚在一起,但是他俩还是要比普通朋友更加亲密,在每周的复诊路上和复诊过程中,他们会和对方分享自己从没有告诉过别人的秘密。方雅丽已经对霍思杰吐露了少女的心事:"两个月前的一个周六,在咱们音乐俱乐部跳舞的那次,我开始对卓文聚有了心动的感觉。但这么长时间了,虽然我俩相互喜欢,却只拉过一次手,上个月的那次不算,那是我突然跌倒了,他拉着我起来的。"

虽然音乐俱乐部的主席罗校长同意大家的请求,在十一月份又办了一次拉丁音乐舞会,但是他们却始终没能再次牵手。还需要适当的催化剂出现,这对年轻男女的感情才会更上一层楼吧。

方雅丽还在后悔在第二次舞会上,要是没有拒绝和卓文聚跳第二支舞就好了。第三次舞会被无限期推迟了,因为罗校长有些担心同学们过于兴奋,而且他也没有想好应该怎么控制旁观者的人数。音乐俱乐部办的舞会非常受欢迎,参加的人数众多,甚至连舞蹈俱乐部的成员们也赞不绝口,让作为主席的姬俐思女士有些不满。

方雅丽讲出了少女心思,这对霍思杰帮助很大,他也想了解女孩们都在想什么、遇到事情会怎么做。他老是找不准时机,还一次也没牵过张惠敏的手呢。他不知道的是,张惠敏这个中国女孩其实很着急,男生为什么不主动些啊。

初恋的滋味真是酸酸甜甜,深陷其中的少男少女各有一番心事。

霍思杰每周六要去冯太太的诊所做一次针灸治疗,之后还要到飞镖酒吧去挣外快,这么多事情,他真的是很忙。

卓文聚和霍思杰每周都去飞镖酒吧打工。到了第三个月,明显能看出两个新趋势。周六上午来酒吧一决雌雄的人越来越少了。不论是凯博本地的,还是附近镇上的,大家都知道不可能在霍思杰手上讨到什么便宜,也就没有什么动力在周六早起了。

另一个趋势是,周六和周日晚上都挤满了其他国家来的飞镖爱好者。自从几周前霍思杰大战德国飞镖手的传奇故事散播出去后,有很多德国和奥地利的飞镖爱好者慕名而来。

在十一月底,十三名五六十岁的日本好手也拥进飞镖酒吧,亲眼看到了霍思杰的精彩表演。和思杰比赛的德国人施约瑟把自己拍摄的录像放到了网上与大家分享,引起了全球飞镖爱好者的关注。现在来酒吧的客人增长很快,哪个国家的都有,就连卫韵素这样的语言天才也感到有些吃力,即便她懂六种语言,也感觉不够用了。

还好,白夏侯注意到卫韵素依靠全球通用的身体语言和愉快的笑声还是能像以前一样高效地与顾客沟通。外国顾客通常晚上来酒吧,卓文聚和霍思杰就得周六下午到白夏侯这儿来。因为他们还未成年,白夏侯不能让他们进酒吧,只得把后面的储藏室打扫出来,这样就算是严格遵守了相关的法律精神了。当然,白夏侯也想到了自家的客厅,可是这一用就是长期的,要说服白太太,只靠一台新电视肯定是行不通的了。

卓文聚和霍思杰晚八点以前必须返校,而其他顾客通常会待到酒吧打烊才会离开。卫韵素可真是飞镖酒吧的招财猫,度假的顾客相比本地居民消费起来通常更加大方,在卫韵素当值的时候,各种饮品的销售量更是比平常高出一倍还不止。再加上精明的白夏侯不断提醒常客们周六晚上来看霍思杰表演飞镖,于是周末的酒吧消费量更是可观。

卓文聚和霍思杰也着实高兴,慕名前来的海外顾客通常不会带什么纪念品,而是直接给他们现金作为礼物。结果两个孩子小赚一笔,到了十二月,卓文聚每个月已经可以给妹妹更多的零花钱了。

虽然海外顾客多了,酒吧的生意也不错,但是白夏侯作为飞镖俱乐部的主席,看到周六上午本地飞镖爱好者越来越少,还是心有遗憾。卓文聚和霍思杰也察觉到了。本来大家在周六中午喝酒的意愿就不是很强烈,同时霍思杰还总赢,来的人自然就越来越少。对此,两个年轻的生意伙伴看在眼里急在心里。

在十一月底一个周五的晚上,卓文聚和霍思杰冥思苦想,终于想出了一个绝妙的点子。

"我一直都在琢磨怎么用你的其他天赋来挣钱。"卓文聚说。

两人讨论来讨论去,都认为多面出击才能提高顾客的兴趣。成年人都喜欢赌博,但是有时会用些高雅的词语来掩饰,比如把赌马称之为"王者的运动",把赌场赌博称之为"博彩"等。

"你看这样行吗?在飞镖比赛之间,你可以露一手你的'度量衡本领',顾客们自己选一件物品,比赛猜这个东西有多重或者有多长。"霍思杰想了想,觉得这个主意可行。

"我们可以建议白老板买一个高质量的电子秤,能够精确地测量小件东西的重量。但这得花上一笔钱,我们怎么说服白老板同意进行前期投资呢?"卓文聚一边说,一边挠着头想。

"如果竞猜的一方三局两负,就必须捐出两英镑给慈善机构,比如'儿童癌症基金会',另外,还必须在酒吧消费十英镑以上的金额。我想大多数人都会在游戏前后多买酒或饮料。白老板说过,这些是酒吧里利润率最高的商品。我们或许可以争取和白老板共享利润呢。"卓文聚提出了很有逻辑性的建议。

他们随后找白先生好好地谈了谈,白夏侯爽快地同意投资。他不知道霍思杰还有精确估量的能力,他先和思杰比试了一番,在猜长度上连输六局,又是吃惊又是高兴。

卓文聚向白夏侯保证,霍思杰在猜长度、重量和容积上都有一手。一台电子秤大约要二百六十英镑,白夏侯同意出资百分之八十,剩下的百分之二十由卓文聚和霍思杰负责解决。如果酒吧的消费额增长超过百分之三十,两人还会每周分得三十英镑的提成。

霍思杰还慷慨地买一送一,答应会花十五分钟向白夏侯的顾客展示自己的另一个拿手好戏,扑克牌魔术。在向白先生展示之前,霍思杰先打了预防针,说自己的水平还远远达不到专业水准。可是白夏侯还是看得目瞪口呆,一句傻话脱口而出,让他马上就后悔死了:"怪不得你无法说话,因为你的脑子里有太多稀奇古怪的东西了。啊……不对,我……我是说,有趣的东西,也不对,应该是不可思议的好东西。抱歉。"

霍思杰马上低下了头,看上去很受伤,强忍着让自己不要哭出来。

白夏侯满心愧疚,狠狠地打了一下自己几乎完全秃掉的脑袋,继续道歉:"真是对不起,我……要不这样吧,你既然有这么棒的建议,电子秤那百分之二十也由我来付吧,你们就不用管了。我……我觉得这样才公平。"

霍思杰情绪平静下来,他咬着下唇,神情看起来还是有些黯然。

卫韵素前来救场了,她走过来说已经有飞镖俱乐部的成员上门了。白夏侯和男孩子们握了握手,逃也似的走了。

霍思杰对卓文聚眨了眨右眼,他俩默契地笑了起来——白老板上当了。霍思杰得意扬扬,觉得自己反应很快,不费吹灰之力就省下了五十多英镑,甚至都不用挤出眼泪来。他们跟上白夏侯,开始今天的工作。

第二个星期,霍思杰的新技能获得了空前的成功。看过这个神奇小子的首场演出后,顾客纷纷掏出手机呼朋引伴,招来了更多的人。最新款的电子秤计量精确,大家拿出各种私人物品来赌。开始大家都输了,但是卓文聚和霍思杰已经和白夏侯说好,霍思杰要偶尔"输"上一次,保持大伙儿对这个游戏的兴趣。

按照游戏规则,大家通过扔硬币的方式来决定哪方先猜,然后再用电子秤称出精确重量。另外,还有一个规矩,用来竞猜的不能是参赛者的个人物品。

杯子、香肠、炸薯片、眼镜、各种硬币组合、钥匙,甚至照片那么轻的东西都拿出来赌重量。如他们所料,顾客们在游戏前后买了很多酒,而且不介意捐钱作慈善用途,结果整个计划最受益的是"儿童癌症基金会"。

两个小时很快过去了,霍思杰又花了二十分钟表演了一个扑克牌魔术。大家都看得心花怒放,责怪白夏侯这么长时间都不告诉他们霍思杰还有这一手。越来越多的人听说了这个度量衡游戏,到了下周,本地常客和海外顾客都要求与霍思杰一较高下。白夏侯和年轻的小伙子这对拍档的预测灵验了:来酒吧的人多数会喝几杯,尤其是跟霍思杰在比赛前后进行激烈及愉快的讨论时更需要一杯在手。酒吧的生意也因此越来越好。

飞镖酒吧不再仅仅是个酒吧,年轻人也开始加入进来。白夏侯对白太太说:"为什么爸爸当初没有买下一个更大的酒吧呢?我需要更大的地方!"而白太太已经开始畅想明年买一辆新车了。

在霍思杰眼里，追求物质与精神的满足同样重要，两者必须兼顾。毕竟，大老板在看着呢，尤其在自己许下的愿望还没有实现的时候。

在国际文凭大学预科课程中，老师会鼓励学生们多多参加慈善活动和社会工作。八年级和九年级学生通常会受到本地老年人和儿童病人的热烈欢迎，因为这个年龄段的孩子沟通能力一般都很好。

圣诞节假期前的周四和周五是八年级和九年级学生的"社会责任日"。同学们要到敬老院或儿童医院给老人和小病人们送温暖。以前同学们不外是唱圣诞颂歌、赞美诗、流行歌曲或者和老人孩子们一起做游戏。作为八年级社会责任活动的学生负责人，卓文聚提议让霍思杰充分展示自己的才艺。他们从白老板那儿借来了电子秤和几副扑克随身带着。

这些游戏非常受欢迎，第一轮大多数都是霍思杰赢了，吸引了观众兴趣，大家意犹未尽，纷纷要求再来一轮。敬老院的老人们和儿童医院的小病人们都排着队，轮流去猜这个东西有多重、有多长或者容量有多大。当然，从第二轮开始，霍思杰要不动声色地让对手赢上几局。

在慕芳城敬老院，九十六岁的罗森老先生和九十三岁的太太眉开眼笑，他们在三次游戏中赢了两次，分别猜的是纸巾、助听器和眼镜的重量。现场的护士和医生也为他们感到高兴。老人家赢了两包薯片，没有人煞风景出声提醒他们。从几年前开始，两位老人家就只能吃流食。他们视这两包战利品为珍宝，一直都带在身上。

罗森老先生对霍思杰说："我们很喜欢你。你叫什么名字,小伙子? 明年再来,行吗? 我们还得在这儿待上几年,等着女王的来信呢。"

"他叫霍思杰,先生。我们是凯博学校的学生。"方雅丽替霍思杰回答。

其实方雅丽不回答也没关系,罗森老先生的听力已经完全不行了,就算戴上助听器也没用。孩子们和罗森老夫妇说了再见,又去其他房间里为更多的爷爷奶奶做表演。孩子们完全没有想到,自己简单的节目表演会给老人们带来这么多的欢乐和笑声。

在去圣贾尔斯儿童医院的路上,霍思杰拿出了书写纸,问卓文聚:"女王来信,什么意思?"卓文聚说:"每个人瑞老人在一百周岁生日那天都会收到女王发来的贺函。罗森老人是说他们老夫妇会活到一百岁。"

五岁的薄妮一边大叫"三磅重",一边使劲把大大的泰迪熊放到电子秤上,她可能因生病,力气不够大,看起来有些着急。霍思杰示意她停下,比画着告诉小姑娘自己要先猜,然后再称重,看看谁猜的更准确。他快速掂了掂大熊,在本上写下八磅。旁边的女医生帮着把泰迪熊放到秤上,液晶屏上显示的数字是四磅两盎司。霍思杰错得离谱,屋子里的小朋友们都嘻嘻笑了起来。小姑娘赢了,兴奋地大叫。

旁边的护士从输液架上拿下一袋子薄妮待会要输的液体,让她再试一次。"一磅!"霍思杰在本上写下了两磅。小姑娘把这袋液体放到电子秤上,看到显示的数字正是一磅,她又高举双手大叫起来。霍思杰又错了,小姑娘再胜一局。

方雅丽提议说,最后一局猜猜输液袋中的药物容量。薄妮勉强明白是什么意思,说"100 毫升"。霍思杰仔细地看了又看,写下了240毫升。薄妮又要往电子秤上放,护士小姐解释说,容量不是这么测量的,她可以在标签上查到具体数字。上面写着"甲氨蝶呤500毫升,溶于250毫升盐水",这是用来治疗急性淋巴细胞性白血病的静脉滴注药物。

薄妮连赢两局就已经很满意了。房间里笑声不断,她赢了一个熊猫毛绒玩具。这是思杰从冯太太的商店里买的,冯太太说什么也不收霍思杰的诊费,他就从店里买了五十个毛绒玩具。这两天这些玩具都被他作为奖品发给小朋友们。

医院的小病人们都把自己的玩具放在秤上。为了让小朋友开心,霍思杰当然输多赢少,但是他偶尔赢上一把时都猜得异常精确。

可以想象,霍思杰的扑克牌魔术也大受欢迎。霍思杰感到大老板肯定看到了他做的这些善事。在周五睡觉前,霍思杰又写了一封电子邮件:

我最尊敬的大老板:

很感谢您引导我给需要的人带来欢乐。我不敢向您索要什么奖励了,但是如果您满意我的表现,能不能帮助我和张惠敏成为更加亲密的好朋友呢?如果能从牵手开始我就太高兴了。

还是您最顺从的子民
快乐的霍思杰

周五的圣诞音乐会是学校放寒假前的最后一项活动。表演者一向都是学校里的各个合唱团和各年级的音乐爱好者。在场的观众们都兴致高昂。两个节目获得了最多的掌声:一个是学前班小朋友的合唱,另一个是方雅丽和十一年级一位女生的女声二重唱。

方雅丽她们选的是《花之二重唱》,是一首经典的女高音二重唱,出自德利布的歌剧《拉克美》。

上点儿年纪的老师和学校的员工都很熟悉这首歌曲,在二十世纪八十和九十年代,英国航空公司把这首名曲用在广告中,反复播放了很长一段时间。

观众们都沉浸在两个少女优美的和声中,卓文聚更是听得如痴如醉。方雅丽的声音犹如天籁,这是他有生以来听过的最美的声音。方雅丽在音乐俱乐部唱流行歌曲,演唱的技术含量不及古典曲目,但是她的嗓音之优美已经初现峥嵘。卓文聚也受过音乐训练,能够分清这首歌曲中的女高音和女次高,但是他满耳听到的都是自己的天使方雅丽的歌声。

演出礼堂里,有四位女士却不约而同地露出焦急的表情,原因各异。高年级音乐老师柏丽雅是这首女声二重唱的指导老师,她听出方雅丽唱错了几处法语歌词。法语老师米爱燕也在观众席上,她也听出来了。

两位少女演唱者当然也知道有歌词唱错了,在上周排练时,方雅丽也偶尔会唱错词。方雅丽的法语和西班牙语成绩在班上拔尖,她本来绝不会在法语歌词上出问题,可是在最近两周中,她经常先是剧烈头疼,然后就无法清晰地咬字发音,而且这种现象发生得越来越频繁。

在热烈的掌声中,方雅丽想,该和高美燕博士说说最近的问题了。

圣诞假期到了,两个英国本地室友回了家,金章修、大林一郎和卫辉也分别飞回自己的家乡和家人团聚。

霍思杰看到朋友们一个又一个地离校回家,情绪非常低落。张惠敏也回家了,霍思杰一直把她送到学校门口,他这时的心情简直糟透了。

还没到罗智达家里时,站在门外的思杰就听到房间里非常喧闹,还夹着他不熟识的声音。罗校长的小儿子罗格霖开了门,他抱了抱霍思杰,开心地接过他手中的行李。

客厅里满满的都是人,其中还有霍思杰以前从来没有见过的两位年轻女士。霍思杰先向罗校长和罗太太问好,大家都微笑地看着他。两个女士中个子更高、容貌也更出众的那位先介绍自己叫庄爱丽,是罗格霖的未婚妻。霍思杰慢慢转过头吃惊地看了看罗格霖,他从来都没听说过他订婚的消息。霍思杰礼貌地对庄爱丽笑了笑,热情地握了她的手表达恭贺。去年夏天,罗格霖和罗校长去了佛罗里达州后并没有一起回来,原来他在一个餐馆里邂逅了庄爱丽,待到现在才返回英格兰。

罗格霖和庄爱丽去年正好都在休假,就一起在各个主题公园里玩儿了一个星期,感情迅速升温。很快,罗格霖就求婚了,庄爱丽也高兴地答应了。庄爱丽刚刚从利哈伊大学的海洋生物系毕业。罗格霖本来是伦敦盖伊医院的病理学家,和庄爱丽坠入爱河后,就在佛罗里达全科医院谋得了职位,打算长期生活在美国。

考虑到父亲的身体每况愈下,罗格霖带着未婚妻一起回英国,和家人分享自己订婚的喜悦。

罗校长的大儿子罗学霖也带来了自己的女朋友何乐思。她从事艺术鉴赏工作,而罗学霖则是一所大拍卖行的现代艺术经理,两人在一次预展中认识,也算是志同道合、一见钟情。

这两对情侣都非常清楚罗校长和霍思杰的病情,在圣诞节前夜负责调节气氛,让每个人都欢欢喜喜地过个节。庄爱丽和何乐思对霍思杰的扑克牌魔术和神奇的度量衡能力大为震撼,唯一的尴尬就是罗校长的两个儿子非要让霍思杰猜猜两位姑娘的体重不可。还好,大家都喝了很多酒,没人当真。罗校长坚持开启了几瓶珍藏多年的佳酿,趁着这次机会,好好地和家人共同享受一番。

今年的冬天倒是一直都不冷,年底的几天尤其安静祥和、温暖舒适。罗校长和霍思杰都期待着来年自身的健康能够有所好转。虽然罗校长知道自己已经时日无多,但他尽量要使自己的两大任务圆满完成。另一方面,霍思杰却盼望着大老板能够尽快回复电邮,满足自己的愿望,让他也心想事成。

第三十七章　比　赛

寒假结束后,天气反而更加寒冷。在新学期里,霍思杰的第一项活动并不顺利。

方雅丽和卓文聚一起陪着霍思杰到伦敦参加了青少年魔术比赛。他的前两个扑克魔术"黑红分明"和"拼字大赛"表演得很好,因为它们是霍思杰最喜欢的两个魔术。但是第三个"于加尔德的手掌"就出了些纰漏,掉了一张牌。评委们还是鼓励了这个最年轻的参赛选手,称赞他前两个魔术表演得不错。

霍思杰想到了魔术老师彭伟栋在离别时告诉他的话,魔术比赛是残酷的。彭伟栋是马来西亚人,霍思杰的扑克魔术就是从他那儿学来的。音乐或体育比赛中,选手犯了错误还有机会弥补,而魔术则不一样,评委和观众都不会容忍表演出现一丝一毫的差错。卓文聚安慰好朋友,是因为天气太冷了,霍思杰手指冻僵了,这才掉牌。还好,霍思杰的情绪没有受到很大的打击,他知道自己的魔术水平还很业余。

孩子们向学校事先请了假,可以晚些返校。他们在伦敦中心的莱斯特广场及皮卡迪利广场流连,吃了冰淇淋,情绪迅速高涨起来。

在伦敦市镇大厅的羽毛球场上正在进行校际乒乓球比

赛。这个比赛有上百名学生参加，初赛不设观众席位，只有在决赛阶段观众席位才会开放。现在已经进入决赛阶段，决赛选手正在球场中央的球桌上对垒，观众席位也座无虚席。

霍思杰进入了男子单打四强，心情有些紧张。张惠敏知道他的下一个对手也是华裔，而且水平很高，提醒霍思杰不要掉以轻心。

裁判宣布比赛开始，霍思杰的对手庄宁森，手握横拍开始发球。

霍思杰镇定地挥拍，但是没打过去，这个侧旋球对他来说太难了。庄宁森的第二个发球也很不好接，比分现在是2比0。霍思杰在连失两球后赢回了一球，不过，周围的观众都觉得他用这么大的气力扣杀球，冒的风险太大。不过从结果看，霍思杰运气不错。

霍思杰和教练卓伯庭共同设计的杀手锏发球也没有起到什么作用，首轮比赛最终以11比5的成绩而结束。

霍思杰想了很多办法，但是就是接不好对手的发球。第二局也输了，虽然比分稍微好看一些，11比7。

庄宁森连赢两局获胜。霍思杰和他握了手，心情倒是放松下来，反正也输了。卓伯庭和卓文聚赶过来，告诉他："庄宁森是乒乓球前世界冠军庄则栋的亲戚。难怪打得这么好。"

乒乓球爱好者都知道，庄则栋在1960年三次获得了乒乓球世界冠军，庄宁森师出名门，而且在来英国上学之前，接受过中国国家乒乓球队数个前教练的亲手栽培。

"保持斗志。输了的比赛不要再想。你和张惠敏在男女混合双打上还有很大的机会夺标。惠敏要注意保护思杰的右翼,记住要用我们练习的杀手锏发球,每个发球都用上,你们肯定能赢。"教练卓伯庭鼓励小队员。

男女混合双打几轮过后,卓伯庭教练的预言完全实现了,张惠敏和霍思杰进入了决赛,两人的配合天衣无缝,一个右手横拍,另一个是左手直拍,正手击球威力大,接球覆盖面广,这种混合双打让对手毫无反击之力。

卓伯庭教练一直指导他俩练一种独特的发球技术——顶级欧洲打法和中国传统强项融合。现在也终于发挥了作用。霍思杰和张惠敏的发球总是落在对手想象不到的位置,还伴有旋转、推送、回旋、猛扣等动作,灵活多变,让对方手忙脚乱、应接不暇。

毫无意外,在双打队中,庄宁森和女搭档也打入决赛中。凯博学校的三个人吃惊地发现,他的女搭档是个英国少女,比庄宁森几乎要高出一头。打乒乓球时,速度最为关键,所以双打搭档一定要有十足的默契,这是双打组合成功的根本。而两者如果身高相差太多,就会在快速换位中妨碍对方,让对手有机可乘。

第一局开局后,思杰和惠敏发球时已被对方连赢两分。接着是庄宁森发球,球剧烈下旋,速度倒是不快,霍思杰没有接起来,球从网上弹回来,掉到了张惠敏那一侧的地上。霍思杰和张惠敏同时弯腰去捡球。

这本来是双打比赛中很常见的现象。张惠敏要更快一点儿,比霍思杰先拿到了球。霍思杰来不及收手,右手直接放到了张惠敏的左手上。当时两人都有些尴尬,张惠敏快速抬头看了霍思杰一眼,发现他正望着自己,同样不知所措。

大概出于本能，霍思杰没有松开手。张惠敏看了看两人叠在一起的手，又抬头看了看霍思杰，轻快地向他笑了一下。张惠敏孩子气的举动把霍思杰搞糊涂了，这个笑容背后有什么隐藏的含义吗？是表示友谊、鼓励，还是亲密？

这一幕只持续了几秒钟，两个人的手很快分开了。但是少男少女的心都因此而怦怦乱跳，没想到第一次手与手接触是在乒乓球台下面。

现在轮到张惠敏接庄宁森的发球了，她回了一个下旋球。庄宁森的搭档用同样的推法把球打回来，球速有些慢，落到了霍思杰那一侧，霍思杰早就准备好了，大家都想到了他会扣球，但是没想到他会用上那么大的力量。霍思杰因为刚才的浪漫接触感到浑身是劲，所以使尽了全身的力气去扣这个球，让人感觉他恨不得连自己和球一起砸到对手球桌上。

庄宁森看到霍思杰的发力，向后退了几步，等着接球，但是这个扣杀力量太大了，球速非常快，当然他没有救着球。"3比1"，裁判叫道。

张惠敏赞许地对霍思杰笑了笑，她还不了解，对于初恋中的少男少女来说，爱情的力量能让他们感到自己无所不能。

心理学家的研究表明，让人们坠入爱河的爱情荷尔蒙55%来自身体语言，45%来自说话的语调、速度和内容。霍思杰无法开口说话，对于他和张惠敏这对小小恋人来说，身体语言就发挥了更加重要的作用，尤其在两人之间的好感已经酝酿了几个月之后。

在剩下的比赛中，他俩更是不断对视，传递给对方无数温馨的信息。轮到他们这边发球时，一个会向另一个露出默契的灿烂笑容。

霍思杰和张惠敏以11比7的成绩赢了第一局,两个人都在比赛中找到了心意相通的感觉,是输是赢反而不是那么重要了。

第二局,庄宁森和搭档以11比8扳回一局。卓伯庭教练和凯博学校的啦啦队都感到非常紧张,但是霍思杰和张惠敏心下暗暗高兴还可以多打一场。他们都沉浸在刚刚感受到的甜蜜而青涩的爱意中,这种初恋的感觉真是又纯真又美好。在双人舞比赛或者其他需要双方配合的竞技项目中,夫妻组合或者恋人组合通常都更具优势,因为他们几乎仅靠直觉就能知道对方下一步的行动。

第三局决胜局双方打得都很艰苦,一方严肃比赛严阵以待,另一方却尽情享受和小恋人并肩作战的时光。在观众席上,卓文聚和方雅丽很羡慕地看着霍思杰和张惠敏,完全能够明白他们的激动,只有可怜的卓伯庭教练万分紧张。

方雅丽在第一局就发现他们之间的眼神交流,她感叹着自己不久前才用同样的眼神看过卓文聚,非常熟悉这种目光,但是卓文聚看起来一无所知;而在卓文聚看向自己时,方雅丽却有些害羞,还不好意思有所表示。看起来他们这一对,可能需要更多的时间培养彼此间的感情。

最终霍思杰和张惠敏以11比9的成绩拿下了决胜局,赢得了男女混双比赛的冠军。霍思杰和张惠敏的配合天衣无缝,让对方可以充分发挥优势进攻,赢得比赛是实至名归。这可是学校的第一个乒乓球冠军。卓伯庭教练高兴坏了,打算把这次比赛的录像保留下来。

这个月太忙了,霍思杰都忘了自己曾经向大老板许过愿,希望有机会和张惠敏牵手。现在愿望实现了,竟还懵然不知。

纽约茱莉亚音乐学院的康纳德教授正在等着全英格兰学校钢琴大赛的第五位琴手出场。他快速地浏览了一遍选手霍思杰的介绍,看到他曾在香港获得过多个钢琴奖项。他知道,亚洲学生普遍都很刻苦,在钢琴领域中人才辈出。全球著名钢琴品牌施坦威也非常注重亚洲市场,在2007年曾推出了以中国青年钢琴家郎朗命名的新产品系列。

在中国,据估计大约有四千万儿童在学习钢琴,这可是个天文数字。青年钢琴家李云迪和郎朗的成功明显起到了示范激励的作用。

在霍思杰的琴手介绍上列出了他在过去三年中获得的钢琴奖项和荣誉。这些介绍内容,占了整整一页篇幅。在"特别注释"一栏中,康纳德教授注意到霍思杰于六个月前在一场严重的车祸中右手骨折。"真是不幸的遭遇,但是评委们只能按照现场表现评分。"康纳德教授心想。

少年走上舞台,鞠了一躬,看起来很自信。毕竟从琴手介绍上看,他也是经常参加钢琴比赛的一名老选手了。

"他还这么年轻,能演奏好俄国作曲家拉赫玛尼诺夫的曲目吗?"康教授和另外两个评委,包卡曼博士和辛梅婷女士不约而同地想。三个评委都看到了"特别注释"一栏中的内容。

上一个琴手是个高个子的十六岁少年,所以霍思杰在演奏前先镇静地调整了琴凳的高度,再抬头望向屋顶,深深地吸了口气,同时很快地活动了一下双手。他最后的一个准备动作是轻触了右手上戴的钻石戒指。

他演奏的是拉赫玛尼诺夫的《G小调前奏曲》,作曲家本人于1903年在莫斯科首演。这首钢琴作品以难度著称,三分钟过去了,霍思杰还在埋头演绎这首异常复杂的经典曲目。

康纳德教授轻轻地摇晃着脑袋,感受着这位俄罗斯作曲家的激情。这首曲子广受钢琴爱好者喜爱,但是过高的技术难度使很多人望而却步。"这个男孩子的右手确实在六个月前骨折过?"康纳德教授又看了眼琴手介绍,不断地点头赞许霍思杰的高超琴技。

他偏头看向包卡曼博士,博士是一位自视甚高的钢琴理论学者,但在过去十年中从未进行过公开演出。他的标准严苛,经常会措辞尖刻地批评琴手的演奏。康纳德教授和包卡曼博士曾在数个国际钢琴大赛中搭档做评委,但他从来都不喜欢这个同行。今天可奇怪了,包卡曼博士看起来也非常欣赏这个男孩子的演奏,而另一位评委辛梅婷女士则正忙着做笔记。

霍思杰演奏完毕,观众掌声如雷,还有叫好声从观众席上传来。坐在音乐厅中间的学生们看来是霍思杰的校友,他们非常卖力地鼓掌、叫好、狂吹口哨。

三个评委也极满意霍思杰的表现。不过,还在后台候场的六位参赛者听到霍思杰的演奏后都有些气馁,心想这个对手太强大了,他们肯定获奖无望了。

康纳德教授写下评语:完美演绎,风格独特。他又加上了一行小字:"他真的是在六个月前折断过右手吗?"

在教授看来,霍思杰肯定是一等奖获得者了。其余两个评委也表示赞同霍思杰是当之无愧的第一名,除非在随后上场的六位琴手中有类似俄罗斯钢琴天才叶甫根尼·基辛这样的人物。

剩下的参赛者表演用了大约一个小时左右。在等候宣布获奖的前三名琴手时,霍思杰和罗智达校长都非常平静,迥异于其他琴手和陪同的家长。两人都知道,其他青少年琴手的水平和表现远逊于霍思杰的精彩演奏。

众望所归,霍思杰获得了第一名。康纳德教授介绍了获奖原因,在点评了霍思杰的演奏技巧后,康纳德教授又重复了一遍自己刚听完演奏时的评价——"完美演绎,风格独特"。

霍思杰走上台去领奖,心情异常激动。他从来没有在获得钢琴比赛奖项后这么兴奋过。

霍思杰本来想说"谢谢你们",但是只完成了一个字就停下了。他一旦意识到自己在开口说话了,大脑就立即阻止了他。

高美燕博士说过,霍思杰康复的关键在于"适当的刺激"。罗校长和霍思杰都意识到他说出了一个词,罗校长当下便给高博士打了电话汇报。而观众们却都以为他是因为过于兴奋才语不成句的。

很多参赛的琴手和老师们也纷纷恭喜霍思杰获奖。霍思杰只是不停地微笑,大大地拥抱了方雅丽和张惠敏。在拥抱张惠敏时,思杰明显更加用力,持续的时间也更长。

康纳德教授走过来,想看看霍思杰骨折过的右手。罗校长却把他拉到一旁,同他解释,康纳德教授听完整个故事后也不禁动容。

第三十八章　还给护士的药

总起来说，霍思杰一月份都很顺利，但是在月末却发生了一件完全意想不到的事情。

一月份最后一周是七年级和八年级的越野长跑。全英国每所学校的学生们都痛恨这项活动，但是没办法，凯博学校的两百多名孩子只好硬着头皮参与。但最聪明和最懒惰的同学总能知道从哪儿可以抄近路，节省大量的时间和体力。

卓文聚、霍思杰、董傲凡、金章修和卫辉跑在队伍的最后。卓文聚告诉他们，在通过农场时有一条小路，能够减少一半的路程。但在穿过马路时，一辆卡车开了过来，几个人暂时分开了。

卓文聚带着朋友们往右边跑，跳过了一个养羊场的小门，躲在一棵大树下休息。而等着卡车过去后在追同伴的霍思杰被落在了后面。

"思杰怎么没跟上？"金章修注意到霍思杰没在这儿。

"他被卡车挡在后面了，现在正在追我们吧。"卫辉上气不接下气地说。

又等了半分钟，还是没有霍思杰的踪影。按理说思杰不会错过他们的，因为这个小门正对着大部队的必经之路。

卓文聚和董傲凡决定找找霍思杰，想着他是不是还在后面休息呢。他俩沿着大路往回跑,差点就错过了霍思杰。思杰半个身子隐藏在一棵树后,双手紧紧地抓着树干,浑身剧烈颤抖,满脸都是眼泪。注意到霍思杰一直看着大约九米远的地方,卓文聚和董傲凡也看过去,只见一只色彩斑斓的野鸡倒在马路上,它的同伴不住地围在它身边哀鸣。他们跑过马路到霍思杰身边,卓文聚边走边喊:"爱哭鬼,又怎么啦?"

卓文聚走近后发现霍思杰的情绪已经接近崩溃的边缘,他看起来非常痛苦,身体不停地发抖,脸上露出极其伤痛的表情。看到同伴走来,他用颤抖的手指指着那只受伤的野鸡。他的精神看来受到了很大的冲击,开始用头不停地撞树。

卓文聚从来没有见到好朋友这个样子,他从霍思杰的口袋里掏出笔和书写纸,递过去,霍思杰根本就不想接,还是在不停地啜泣,指着那只倒在地上一动不动的野鸡。

卓文聚也多少猜出是怎么回事了,那辆卡车肯定是轧着了那只野鸡。他和董傲凡一起想把霍思杰拉走,但是霍思杰紧紧地抱着树干,这两个小伙子根本就拉不动他。卓文聚只好站在霍思杰面前,挡住他的视线。

又过了大约五分钟,霍思杰慢慢地坐下,一边呜咽一边抽搐着喘气,身体还在颤抖。其他男孩也找了过来。卓文聚让他们都不要出声,看着思杰不停地在抽泣,卓文聚最后决定请教高博士。

"先别让思杰再看见它。如果它已经死了,就好好地把它埋了,然后你们再回学校。"高博士说。

高博士又提出了两点建议。首先,在这两天里,室友们要密切地观察思杰;其次,她认为最好不要让思杰马上就到她的诊所去复诊,以免他联想到这个事件,或许会阻碍康复进程。

高博士挂了电话后陷入了沉思。刚才的事件对于创伤后应激障碍患者来说真是太糟糕了,那只濒死的野鸡让思杰想到了奥兰多的致命车祸,这件事会对霍思杰的心理造成颇大的创伤。

卓文聚让金章修和卫辉过去看看那只野鸡,卫辉在远处用手指在脖子上横着比画了一下,示意它已经死了。卓文聚快速跑到他们身边,他们花了颇长的时间挖了一个坑,把野鸡埋了起来,还用两根树枝搭建了一个十字架放在这个简易坟墓上。在整个过程中,它的同伴,一直停在附近沉默地看着。

思杰的情况似乎有些许好转,卓文聚和卫辉拉着他慢慢走开,但是他还是不停地回头看着野鸡的坟墓,眼泪又开始流淌下来。大家最终慢慢地跑回了终点。霍思杰爸爸常挂在口边的"变幻理论"又一次应验了,虽然他们走了近路,但是却成为最后返回的队伍。

霍思杰没有心情吃午饭,直接和董傲凡回到了宿舍。卓文聚和方雅丽草草吃完饭,赶到校长办公室和高博士一起电话讨论刚才发生的事情。大家提议应该让霍思杰参加更多的音乐和体育活动,转移他的注意力。

下午的数学课和科学课是霍思杰最喜欢的课程,这也能分散他的注意力。大家还建议张惠敏放学后多陪思杰,多多安抚他。

霍思杰晚饭也没有吃,但却终于答应张惠敏和她一起去散步。他们来到了足球场,坐在场边的椅子上。张惠敏同情地看着霍思杰,小心翼翼地说:"我不会玩乐器,不喜欢唱歌,也不会玩飞镖,更不玩扑克。我只喜欢乒乓球。和你比起来,我实在是太过普通了。但大家要我负责让你振作起来。所以请你告诉我该怎么办吧。"

霍思杰拿出书写纸,慢慢地写下:"为什么是你呢?"

"你知道为什么。"张惠敏说。

当天下午的演练看来开始奏效了。高美燕博士觉得音乐在这种紧急情况下作用有限,建议张惠敏大胆地把霍思杰从不稳定的灰暗情绪中拽出来,让他感到自己的爱意和倾慕,越明确越好。张惠敏虽觉得极难为情,但是还是同意了。

卓文聚说:"如果你在这个时候表达爱意,我敢肯定你俩以后会更加甜蜜。每个人都知道你俩是一对,而且……"

张惠敏的脸涨得通红,方雅丽也不满卓文聚油腔滑调的说法,大声吼他:"你闭嘴。我们在谈严肃的事情。"

老实说,对于羞涩少女来说,这个任务实在是有点强人所难。

但从实际情况来看,这个计策奏效了,霍思杰开始转而思考人生中更加重要的事情。

"为何是你?"霍思杰又写了一遍同样的问题,他还故意盯着张惠敏,脸上露出了恶作剧的笑容。如果高博士在现场的话,肯定会很满意。

张惠敏皱了皱眉,转向霍思杰,却看到了他望着自己的眼神。她犹豫了一下,低声含糊地说:"我不告诉你……反正……反正……大家就是选了我……"

虽然这不是什么正面的回答,也足以让霍思杰感到兴奋幸福。

霍思杰正在心里偷笑,但张惠敏却突然站起来,准备离开。霍思杰马上后悔起来,想要抓住张惠敏的手,但是没牵上。焦急之下,霍思杰喊出一声"嗨",他本来想说的是:"嗨!我和你开玩笑的。我知道为什么……"

当然他没有能够说出整个句子,但是这声嗨,声音很大,足以让张惠敏急转回头。

"你说话了,思杰!"她立即回到刚才的座位上,用手指了指霍思杰的嘴巴,提醒他刚才说出了一个单词。和霍思杰的其他好朋友一样,张惠敏要尽快向高美燕博士汇报刚才的情况。

她已经不再尴尬了,但是霍思杰却有些失望。他恨自己不能开口表达爱意,把这么一个重要的时刻糟蹋了。

如果卓文聚在场,就肯定会对张惠敏说:"你怎么临阵退缩了啊,胆小鬼!"

霍思杰没有再问什么问题了,他又陷入愁苦中。两人又坐了大约半小时,不时地望望彼此。在互望的时候,霍思杰恢复了面无表情的状态,不再表露自己的情绪。

但霍思杰注意到张惠敏竟然在这么冷的天气里光着脚穿着凉鞋。他指了指她的脚,明显是在询问她。

"我一直等着卓文聚打电话告诉我你肯不肯和我一起散步。等他终于打过来时,我急着冲出宿舍赶过来,只顾着拿了外衣,忘了换鞋。"

霍思杰带着歉意看着她,心里想着她肯定是冻坏了。他慢慢地脱下自己的鞋和袜子,蹲在张惠敏面前,把袜子笨拙地穿在她脚上。张惠敏很感动:"谢谢。你快穿上鞋吧。天太冷了。"霍思杰满怀爱意地看了她一眼。

两人又在寒风中坐了几分钟。最后,张惠敏实在是冷得受不了,开始发起抖来。霍思杰注意到了,他脱下外衣,披到了女孩身上,张惠敏冲他感激地灿烂一笑。

爱情荷尔蒙终于在霍思杰身上再次施法成功。霍思杰偏过头,脸上是他拿手的可怜小狗表情,他看起来真是可怜极了。可能是因为自己没能完成高博士交代的任务,或者更可能因为张惠敏本来就很喜欢霍思杰,她把自己的手轻轻地放在霍思杰手上。虽然严冬的天气很冷,但是从两人相触的肌肤处传来阵阵温暖,笑容又重新回到霍思杰脸上。他们彼此不断凝视,有着少年初恋的甜蜜。

从张惠敏把手放在霍思杰手上开始,他俩就不断地互相望着傻笑。如果高美燕博士在场,她肯定会说这场危机至少部分解决了。用医疗术语来说,不管病名是什么,霍思杰的急性抑郁性精神病或急性焦虑症,已经有所缓解。

这对年轻的恋人牵着手,紧挨在一起走回宿舍。霍思杰颇有绅士风度,先把张惠敏送回女生宿舍。

卓文聚看到霍思杰回来时已经恢复了正常,心里很高兴。在附近的行政楼上,校长办公室的帘子也慢慢地放下了。在过去的这一个小时中,罗校长一直从办公室的窗户一角默默地看着这两个孩子。松了口气之后,罗校长拿出了十二颗颜色各异的药片,服下当晚的剂量,疲惫地倒在椅子里。

罗智达身上的所谓癌症爆发性疼痛越来越剧烈,他拿起电话打给太太,问家里是否还有足够多的高效止疼药来缓解癌症带来的痛苦。而罗太太也代替精疲力竭的丈夫给高美燕博士打了电话,汇报了霍思杰这边的情况。

高博士决定让驻校护士何姐从保险箱里拿出标有霍思杰

名字的封口塑料袋,这是两天量的苯二氮平类药物。这种药物有镇定催眠的作用。高博士经过慎重的考虑,觉得还是有药物干预的必要。

驻校护士通常会保存患病学生的必需药物,但医生通常不会给孩子们开镇静剂类的药物。霍思杰的药盒中备有这种安神药,只是为了应急。

护士给了罗校长八颗这种镇静药物——地西泮片。罗校长又在下午的讨论中转交给了卓文聚,嘱咐他在紧急情况下让霍思杰吃上一颗,平复他的情绪,减缓焦虑。如果需要,卓文聚可以根据当时的情况灵活处理,比如偷偷地在霍思杰的水杯里放上一颗。但这些镇静药结果却没有派上用场,在一周后又还给了护士。

第三十九章　突然昏倒

听到救护车尖锐的声音,学生们都站在宿舍的窗前向外看。救护车直接开到了行政楼前,那儿的人越聚越多。两个医护人员用担架抬出了一个女孩子,她在输液,脸上戴着氧气面罩,看不清楚她是谁。

罗校长也跟着上了救护车。还有一个男孩子在跟医护人员协商同意后也上了车。门关上了,救护车驶向校门口,速度并不快,因为还有学生正向这儿跑来,想要看看到底出了什么事。

站在行政楼门口的几个学生看起来非常担心。"叫辆出租车,快!"其中一个人说。

在路上,护理人员已把病人的初步数据发了过来。当救护车停在凯博中心医院的门口,两个护士和一个医生已经在那里等候了。罗校长和男孩子赶到前台办理住院登记。

"卓文聚,你不该说自己是雅丽的哥哥。"罗校长说。

"罗校长,如果我不撒这个谎,他们是不会让我上救护车的。您觉得雅丽是怎么了?"卓文聚问道,"她晕倒在我身上之前的十分钟心情还很好。救护车护理人员也弄不清楚是怎么回事,我希望雅丽仅仅是因为贫血才晕倒的。"

"我们等医生看看再说吧。校办的工作人员施嘉珍应该已经把雅丽的病历发到医院了。"罗校长对前台人员说:"病人的父母都在伦敦,我已经给他们打了电话,他们正往这儿赶。"

"你是方雅丽的哥哥?"护士问。

听到这个问题,卓文聚做出非常抱歉的样子说:"不是,我是她的好朋友。因为护理人员不让我跟上车,我只好撒了个谎。对不起。"护士有些不满地看着罗校长,他只好再次表达歉意。

两人随后到急诊室外面等候,这时又跑进来四个学生,霍思杰在最前面,后面跟着金章修、大林一郎和董傲凡。他们焦急地坐在那里等待。看到方雅丽被推了出来,眼睛半睁着,大家都大松了一口气。医生向他们说明情况,而两个护士则继续推着方雅丽往电梯方向走去,看来要去其他楼层。卓文聚跟上方雅丽的移动病床,一直握着她的手。方雅丽微笑了一下,但是看起来非常疲惫,没有说话。

"病人是自己醒过来的,看起来情况稳定。我们怀疑她昏倒是因为脑肿瘤的快速扩散。在查明真正的原因前,我们给了她少许镇静剂,现在得让她去做个核磁共振成像检查。"医生解释说。

"罗校长,你在救护车上说,方雅丽是在跳舞时晕倒的。是跳舞课吗?还是舞会?当时的音乐声音大吗?我看了她的病历,她的脑肿瘤生长很快,我已经请伯明翰中心医院的脑部神经科医生准备会诊。"

"嗯,当时是校内音乐俱乐部每周一次的排练,大家都在跳舞。方雅丽正和这个男孩子一起跳她自创的拉丁舞。"他指了指远处的卓文聚,心里后悔不应该第三次办舞会。

当天下午,每个人都在狂欢的气氛中,罗校长不得不承认,这次的舞会和前两次一样疯狂。成立音乐俱乐部的部分目的是让成员们可以较为放松地欣赏音乐,不用像在古典音乐会上那么正襟危坐。可是现在这么热闹是不是又走向另一个极端了?

在一周前,八年级的学生们在综合知识课上听到了各种公理、原理和理论,他们学到了阿基米德的固体排水原理,达尔文的进化论和毕达哥拉斯的等腰三角形定理。学生们还认识到了类似墨菲定律这种较为抽象的哲学命题。"凡事只要有可能出错,那就一定会出错。"大家纷纷对此提问,热烈地讨论。其中有些同学很快就要亲身经历墨菲定律在生活中的实际运作了。

罗校长对医生说的是简单的背景,但是他并不是从事件一开始就在场,而是和平时一样,在下午三点左右才到音乐俱乐部来的。

而最关键的事件发生在罗校长到来之前。学生们在两点左右开始陆续进入琴房,参加音乐俱乐部的活动。

除了卓文聚和金章修,平时常来的同学都到齐了。因为吉他手和鼓手没来,大家也就没有开始正常的排练,或是在调整乐器,或是打开计算机随意浏览。方雅丽觉得有些无聊,就向霍思杰走去。

"我一直都想继续学好钢琴,但是现在才开始加劲是不是太晚了?我只到钢琴四级就没有再练了。这个电子琴能很好地替代钢琴吗?是不是我只要弹奏主要的旋律就行了,剩下的电子琴就替我做了?"方雅丽问道。

"你可以先从简单的曲子开始练习。这个曲子不错,旋律优美,也比较好弹。"大林一郎拿着曲谱走过来,递给方雅丽,是日本著名钢琴家西村由纪江创作的钢琴曲 *Objet*。这是当天的第一个错误。

霍思杰示意方雅丽和自己一起坐在琴凳上。这是第二个错误。方雅丽开始弹奏简单的旋律,而霍思杰纠正了她的几处失误。方雅丽又试了一次,这次流畅多了,这歌曲也确实很动人。在她弹第三遍前,霍思杰打开了弦乐按钮,加上了小提琴和乐队伴奏的效果,还有其他打击乐音效。霍思杰用左手,而方雅丽则用右手共同弹奏。

就像魔术一样,简单的旋律变成了整个管弦乐队的合奏。一曲结束,大林一郎和霍思杰都拍起手来,觉得很有意思。

大林一郎到计算机上查这支歌曲有没有互联网视频。霍思杰和方雅丽还坐在钢琴前合奏,这次加入其他音效,效果更好了。就在这个时候,卓文聚冲了进来,他迟到了半个小时。当时霍思杰和方雅丽都专注在双方的首次合作中,开心地笑着,还不时看向彼此。

此时卓文聚如果心情很好,眼前一幕实在是再平常不过的。但是,今天他先是输了板球比赛,然后到校长办公室例行汇报霍思杰近况时也迟到了,这些都让他很失落。他满身肮脏,站在门口,两手按在胯骨上,愤怒地望着霍思杰和方雅丽愉快地弹着钢琴。在合奏快结束时,大林一郎首先注意到卓文聚脸上的愤怒表情。

霍思杰在最后两段加上了更多的音效,让曲调更加明快。

他们在优美的演奏中浑然忘我,方雅丽忍不住向霍思杰送了一个飞吻,让两人都笑了起来,在看到卓文聚后笑声也没有停止,这成了引爆卓文聚情绪的最后一根稻草。

"嗨,你怎么来晚了?"方雅丽问道,脸上还带着笑。

卓文聚用从来没有看到过的阴沉的表情,看向方雅丽和霍思杰,方雅丽闻到空气里的火药味了。

"在你们俩正在一起开心玩的时候,我正向罗校长介绍你这周的情况!"卓文聚讽刺地对着霍思杰说,重重地强调了"正在一起"这四个字,根本没理方雅丽。

通常女孩子们在感情问题上比男孩子们要敏感得多,但是最近,八年级的同学们都在传霍思杰和张惠敏的新恋情,这也刺激了卓文聚。他觉得在和方雅丽的关系中,自己可能只是单相思。说不定方雅丽其实在暗恋霍思杰,他们每周都结伴到高博士的诊所去,日久生情也不出奇。眼前的一幕似乎证实了他的怀疑。

墨菲定律在毫无阻碍地继续发挥它的威力。

金章修也赶到了,后面跟着文雪诺。三个男孩马上兴奋起来,连情绪低落的卓文聚也打起了精神。十年级的文雪诺个子高挑,是个巴西姑娘,十分漂亮。金章修这个韩国少年平时非常害羞,现在却和她聊着大走了进来。文雪诺可是校园名人,走到哪儿都有一大群高年级的仰慕者围绕她。

"这是文雪诺,她想加入音乐俱乐部。我们一直都想要一个小提琴手,文雪诺拉得很好,还会拉电子小提琴,加入后的音效肯定会特别棒。"金章修的介绍中微微有种骄傲。

霍思杰在电子琴下面竖起两个大拇指,看向大林一郎,大林一郎也点头示意。但两个男孩表示赞许的是文雪诺的美貌还是欢迎小提琴手的加入,就不得而知了。卓文聚刚向霍思杰和方雅丽发了通脾气,现在表现得比较矜持,也不像刚才那么生气了。他对着文雪诺微笑,拉出一把椅子,请她坐下。

如果当时有儿童心理学家在场,就能从方雅丽的表情中看出她心情的骤变。她沉着脸不再笑了,眼睛像鹰一样盯着文雪诺,只有她的脸上没有欢迎新人的笑容。

除了方雅丽之外,所有的人都围着文雪诺,卓文聚忙着和她说话,问她的小提琴加上扩音效果后音色怎么样,她最喜欢哪种类型的音乐。可以想象,这些问题对方雅丽来说真是火上浇油。

方雅丽等了又等,大林一郎才想起来俱乐部会员还要排练音乐。

"你们可别忘了,我们到这儿来的目的。"方雅丽愤愤不平地嘀咕。

"雅丽,这是你要找的里安·奥斯汀的曲谱,这首歌可不好唱。我知道你已经把歌词都记下来了,这次霍思杰要用电子琴从头到尾进行伴奏,希望文雪诺的小提琴会带来非常不同的音效。"俱乐部的指挥大林一郎不识趣地说。

"我完全同意,加进电子小提琴的声音肯定更好听。"卓文聚故意这么说,让方雅丽也尝尝嫉妒的滋味。

"我不唱这首了。"方雅丽扔掉了手上的曲谱,开始在计算机上查找。大家都等着她选歌,卓文聚则利用这个机会继续和文雪诺聊天。方雅丽背朝着大家,如果能看到正面的话,人们就会发现她的表情与卓文聚几分钟前发火的样子简直没分别。

方雅丽打印出新的曲谱,交给了大林一郎,霍思杰和金章修一人一份,但是却没给卓文聚和文雪诺。

霍思杰看了眼新选的歌曲,倒吸了一口凉气。他的眼神和表情都意味着后面还有更多的麻烦。这是英国著名歌手杰西卡·艾勒姆的一首歌曲,名字是《希望你能伴着我》。

"我要改几句歌词。"方雅丽说完,就拿笔改了起来,这下整首歌曲的意思全变了,她把唯一改过的曲谱递给了霍思杰,霍思杰边看边露出了同样尴尬的表情。

大林一郎试图缓和一下屋内紧张的气氛,走过去看方雅丽所做的修改,说了句不合时宜的话:"歌词挺有意思,但是我们需要先排练一下伴奏音乐。"

"不用,很简单,我们可以马上开始。思杰,请帮我个忙,好不好?"到了这会儿,方雅丽的脸上满是怒火。就连旁观者都觉得这次卓文聚做得太过分了。

霍思杰叹了口气,开始弹前奏部分,这首歌曾经登上过欧洲流行歌曲排行榜,节奏很容易上口。

卓文聚还装作若无其事的样子。他把古他调到了贝斯挡上,加上了几个不错的节拍,眼睛还是不时地看向巴西美女。方雅丽开始演唱了,但是她完全知道卓文聚细微的动作。

"不分昼夜,你都在我身旁;你常缠着我,希望是我心仪的对象;在我脆弱的心里,你从来都不占一席之地,多想你别缠着我,别再带给我悲伤;我多想你消失,走到我看不见的地方……"方雅丽把歌词一改,整个歌曲都是负面的基调,大家都听出了是针对卓文聚的。

霍思杰在电子琴上按下了摇滚吉他键,在适当的地方加重音效。如果当时气氛不是那么针锋相对,这首歌曲应能给观众带来很好的享受。方雅丽唱完了,在感谢了霍思杰后,她将曲谱扔到地上愤怒地冲出了琴房。卓文聚看着大家,露出了得意的傻笑。

霍思杰拿出书写纸,写下:"你最好快去追她。她真喜欢你的。"

卓文聚大声说:"她才不会呢。她从来没有说过喜欢我,离开了我也不在乎。我反正要和她分手。"

"你这个傻瓜,这两周她告诉过我两次了,自己有多么喜欢你。赶快去追她吧。"

卓文聚还在为自己辩护:"你撒谎。我倒是觉得她更喜欢你。"

"她是不想你有个病恹恹的女朋友。她的病情正在恶化。快去追啊,笨蛋!"霍思杰着急了,用力推卓文聚。卓文聚看着霍思杰,小声问道:"你说的是真的吗?"

霍思杰的表情似乎在说"这还用问!"。这下卓文聚飞快地跑出琴房,去追方雅丽了。他走了之后,霍思杰在电子琴上弹下了著名英文歌曲《她走了就不再有阳光》的头一小节。大家都和着节拍,跟着哼哼这首非常应景的歌曲,只有文雪诺觉得手足无措,她第一次参加音乐俱乐部的活动就无意中卷入恋人间的争吵中,真是太倒霉了。

第四十章　不　要　动！

卓文聚站在女生宿舍楼前,高喊方雅丽的名字。卓文聚看到灯光下的身影,知道她就在宿舍里,但没人回应他。卓文聚脱下一只球鞋,扔向位于二楼的房间。这家伙毕竟是少年组板球队的队长和击剑冠军,球鞋"砰"的一声打到了半开的窗户玻璃上,但是仍然没有方雅丽的踪影。卓文聚拾起了球鞋,换个角度又扔了一次。如果教练在场的话,肯定会大声叫好,只见这只鞋准确地从半开的窗户缝中飞进房间里,里面即刻传来了女孩子的尖叫声。

"雅丽,对不起,我人傻,惹你生气了。请下来我们好好谈谈,行吗?"卓文聚开始讨饶。如果不是校规规定,进入女生宿舍的男生一律会被开除的话,他就会冒险冲上楼了。现在他站在楼下道歉哀求了好一阵,但是始终没见方雅丽的踪影。

"雅丽,如果你还不下来,我就跪在这儿不起来。"他正要下跪时,方雅丽也使劲挣脱了拦着她的两个室友,冲到窗户边上。

"大傻瓜,如果你跪在这儿,你和我今后一百年里都会成为整个学校的笑柄!如果你真的那么蠢,我就再也不和你好了,我说到做到!"方雅丽边说边跺脚。如果十三岁的女孩子对男朋友下这样的最后通牒,就明显地说明已经原谅他了,愿意和好如初了。

"你就在那儿等着。不要动,听到了吗?不要动!"方雅丽还有些担心卓文聚冲动之下会做傻事。室友们一直都在劝她不要搭理卓文聚,要好好地给他点儿颜色看看,但是方雅丽还是飞奔出宿舍了。那两个女孩当然不会明白爱情的魔力。

方雅丽在最后几节台阶上慢了下来,卓文聚也注意到她突然减速了,两个人互相望着,都有些迟疑。这时他俩都有些害羞,但还是看着对方微笑起来,下一秒钟他们在宿舍门口便紧紧地拥抱在一起了。方雅丽的室友和女生宿舍楼的其他姑娘们都聚在窗口看到这重归于好的一幕,心里实在羡慕。

室友把卓文聚的球鞋从窗户里扔下来,两人这才从刚才的激情中清醒过来。

他们慢慢地走回行政楼,就在几天前,另一对年轻恋人霍思杰和张惠敏也甜蜜地走在同一条路上。

看到他们走进琴房,大家都开始起哄,就连文雪诺也松了一口气。她来音乐俱乐部是为了和志同道合的朋友共同欣赏音乐,实在无意介入别人的关系中,况且自己已经有男朋友了。

透过办公室的窗户,罗校长也清楚地看到了整个过程。前些时,他坐在扶手椅上愉快地听着楼上音乐俱乐部的排练,稍后却听到两个人匆匆下楼的声音,前后间隔大约两分钟左右,就知道音乐俱乐部里起了什么纷争。

他透过窗户看到方雅丽和卓文聚,不禁露出了微笑。自己年轻的时候也和罗太太忽而吵架,忽而和好,谁说这不是爱情的一部分呢？他看到卓文聚在女生宿舍楼前又喊叫，又扔鞋，还想下跪获得原谅，最后和女友紧紧相拥。看到他的这些大胆举动终于打动了方雅丽，罗校长为年轻人之间炽热直率的爱情而感动。

最近高美燕博士说方雅丽的病情正在恶化。同样，罗校长自己的身体也是每况愈下。最先进的靶向治疗药物加上化疗的疗效都不明显，而且还有严重的副作用。和罗太太商量过后，罗校长已经停止了化疗。停下化疗后，反而感觉好些，剩下的就听天由命吧。

罗校长看了看表，现在已经快三点了。是时候到音乐俱乐部去了。

看到卓文聚和方雅丽带着微笑回来，大家都知道他们间的危机已经解除，都希望在剩下的时间里能够好好地排练。

而罗校长一进来就告诉了大家一个好消息，他宣布音乐俱乐部今天可以再来一次拉丁美洲或西班牙语歌曲舞会。去年秋天音乐俱乐部的那两次舞会至今还被人津津乐道。而今天，他觉得自己摆脱了化疗，而两个小恋人又重归于好，都是令人高兴的事，值得再来一次舞会庆祝一番。大林一郎听到这个决定愣了一下，但是很快就反应过来，他马上打印出瑞奇·马丁的西班牙语歌曲《疯狂的生活》，大家都兴奋起来。

霍思杰马上做好了准备，大林一郎又向文雪诺快速地交代了几句。全体都同意用升C小调来演奏。卓文聚示意大家先停下，拿出手机给董傲凡打电话。不用说，董傲凡这个点儿肯定还在睡午觉，但是他说马上赶过来。

终于开始排演了，除了大林一郎，其他人在过去的一周中有过得意,也有过失意。就拿金章修来说吧,本来他把巴西美女文雪诺引荐到音乐俱乐部,很是自豪,但看到卓文聚和方雅丽因此而起争执,又心生恐慌,害怕俱乐部里的和谐气氛从此一去不复返。现在一切都烟消云散了,而且随着文雪诺的加盟,身体健康的人终于在音乐俱乐部的核心成员中占多数了。

压力释放了,音量调得很大,会员都尽情演奏了各种乐器。电子小提琴音效很棒,文雪诺赢得了包括方雅丽在内的全体音乐俱乐部成员的掌声。

节奏欢快的音乐很快就招来了大量的粉丝,大家早就盼着再像上两次那样激情舞蹈。董傲凡和舞蹈俱乐部的两个成员已经来了,施嘉珍,甚至葛德海也闻声赶到了。

狂欢开始了。十分钟以后,琴房里就挤满了人,连走廊里也是跳舞的人们。舞蹈俱乐部的主席姬俐思也来了,她已经不再和罗校长计较了。学校理事会在保密的前提下宣布了罗校长身患绝症,以及葛德海会接任下一届校长。听说了这样的坏消息,还有什么放不下的心结呢?

卓文聚和霍思杰一直在跟董傲凡学习跳舞,把飞镖酒吧外快收入的百分之五交给董傲凡作学费。他们的舞技进步神速,方雅丽也在跟着一位室友学习跳舞,她也是舞蹈俱乐部的成员。

音乐又持续了五分钟,每个人都累坏了。在热舞中,罗校长不时要离开他的舞伴姬俐思,找机会走到方雅丽和卓文聚这对小恋人身边,提醒他们注意保持距离。在校园中,老师们不鼓励男孩和女孩表现得过于亲密,就算是借舞蹈之名也不行。

霍思杰在歌曲的尾声处放缓了节奏,但是大家纷纷喊"不要停",他只好又调快节奏,再多演奏几分钟。到了这会儿，就连霍思杰也快累坏了，他看着电子琴的控制面板，想着在最后这部分还能加上什么新乐器的音效，却突然听到了女声的尖叫声。

霍思杰抬头正好看见卓文聚一脸恐慌的表情。方雅丽昏过去了，幸亏正好倒在他的右手臂上，卓文聚正用双手支撑着她的身体。霍思杰赶快冲上去帮忙。

罗校长拿出手机，打电话叫救护车。然后，他又快步走到安静点儿的走廊，给高博士打了个电话。葛德海则负责在琴房里控制局面。

这一周，高博士的两个年轻病人的病情都发生了严重的反复。高博士只能在随后两天里和脑部神经科医生详细地会诊，试图找出方雅丽发病的原因。

高博士在方雅丽的病历中做了记录：

"最近这个月，方雅丽的脑肿瘤扩散非常快，这个周六下午就能看出，方雅丽可能因脑肿瘤的关系，已经开始很难控制自己情绪的起伏了。她和自己喜欢的男孩子发生了激烈的争吵，情绪严重受挫。整个过程持续了十五分钟，病人随后返回宿舍。在最后十分钟，病人脸上出现愤怒的潮红。

"在十分钟后，病人和男友和好，明显情绪高涨，甚至过于兴奋。

"十五分钟后，在音乐俱乐部的舞会上，病人的情绪再次达到顶点，当时背景声音很大。病人和男友亲密地跳了大约二十分钟舞，可能让她更加兴奋。

"以上情绪起伏都可能和病人的脑肿瘤有关。核磁共振成像检查可能会提供更多的病理信息。"

第四十一章 西科罗拉多之行

周一,方雅丽从相对较小的凯博本地医院转到了伯明翰中心医院,那里设备和医疗水平都相对更好。

在办公室里,赵伟医生、高美燕博士和方雅丽的父母站在一个大灯箱面前,看着上面贴着的三十多张不同次序的核磁共振图像。方先生、方夫人看起来心力交瘁,明显睡眠不足。

考虑到同学们的年龄以及保密的需要,方雅丽的朋友们都没有被邀请到场。罗校长因为健康原因也没有参加。

"我们几乎可以肯定,方雅丽昏倒主要是由于脑肿瘤的快速扩展。"赵伟医生说,"以前我也说过,方雅丽言语能力的退化也是由于脑肿瘤生长过快引发的。昨天的核磁共振成像检查显示,从上个月到现在,她的脑肿瘤又增长了。"

听到这儿,方爸爸和方妈妈脸上的痛苦表情让人不忍心看。

"你们知道,这种脑肿瘤很少生长在儿童体内。一旦生长,病人的日常生活会受到严重的影响,包括言语能力的退化。"虽然方雅丽父母早先已经获得过类似的信息了。但是作为这个领域首屈一指的专家,赵伟医生还是扼要地介绍了脑肿瘤会带来的其他不良后果。

"这两组核磁共振图像,一组是在去年十二月份拍的,一组是昨天拍的。将它们进行对比,可以看出,脑肿瘤明显长大了不少。仔细看附近的部分,你会发现脑肿瘤现在侵占了更多的脑部空间。"赵伟医生边说边指着相关的图像部位,尽量让没受过医学训练的方爸爸和方妈妈也能看明白。

随后医生们和方雅丽父母讨论了马上进行大型开颅手术切除"小魔怪"的必要性。"小魔怪"是方雅丽给这个脑部不断生长的异物起的名字。在肿瘤学上,增长如此迅速的肿瘤被称为侵袭性肿瘤,危害很大。

"如果不马上终止异常细胞的快速繁殖,它们就会进一步渗入到周围的脑部组织中,可能会引发反复内出血、言语能力的进一步退化以及激烈的情绪爆发。良性脑肿瘤也不是完全无害的,危险程度很多时候取决于所处的部位。"赵伟医生解释说。

"颅骨内空间有限,纵使是良性的脑肿瘤也会增加颅内压力,造成直接和间接的损害。在某些情况下,脑肿瘤会压迫到某些重要部位,带来致命的危险。因此,就算脑肿瘤不会四处扩散,但根据其所在的具体部位,仅仅是体积的增大也会引发严重的症状。"

赵伟医生总结说:"现在为难的是,就算是进行了大型开颅手术,也不能保证百分白的成功,因为有时没法安全切除掉全部的肿瘤。剩下的肿瘤组织还是会继续生长,损害周围的脑组织。此外,外科过程中也可能会损伤周围组织。这样的开颅手术至少需要八个多小时才能完成,可以想象其复杂程度。谢查理医生也看过了这些资料,还是同意做手术。"

为了女儿的病情,方爸爸特别聘请了美国著名的比奈尔诊所的全球脑肿瘤权威谢查理医生。

现在唯一需决定的不再是要不要做手术,而是什么时间做。方家爸妈想先和女儿商量一下,听听她的意见再决定。

之前,高博士提议罗校长做出特例安排,允许霍思杰待在医院里陪着方雅丽。他现在正在和方雅丽玩扑克,而雅丽看起来精神仍然很好,一点儿也不像个病人。这是脑肿瘤令人厌烦的一个特点:所有的症状,不管是头痛、说话含混、结巴还是偶尔恶心想吐,都是说来就来,说走就走,事先没有任何征兆,这造成很多的不便。

病房里传来阵阵笑声,但是卓文聚并不在场。直到今天,虽然卓文聚保证再也不惹雅丽生气了,高美燕博士还是禁止卓文聚接近方雅丽,避免在少女心中再次引发任何波动。

但向方雅丽父母介绍完病况后,赵伟医生和高美燕博士共同做出了一个决定,肯定会让孩子们感到高兴:在随后几天里,卓文聚每天都可以来探望方雅丽了,给她打气,但是每次至多只能待十分钟。

从凯博学校往返伯明翰中心医院要花上颇多的时间,罗校长这下为难了。他知道,方雅丽肯定盼着深爱的男朋友能来看望自己。罗校长知道这种滋味,也同情这对小恋人,最后他做出让步,准许卓文聚下周每天晚饭后都可以去医院探望方雅丽,条件是他要放弃所有的课外活动,用来补上减少的作业时间,方雅丽家的司机负责接送卓文聚。

医生们和方雅丽爸妈走了进来,脸上都强颜欢笑,但是病房里的气氛还是一下子紧张起来。

"什么时候,赵先生?"方雅丽提出了一个简单的问题。

听到方雅丽把赵医生叫成了赵先生,霍思杰微微皱了皱眉。

赵伟医生看到了霍思杰的疑惑,马上利用这个机会来缓解屋内的气氛。他没有开门见山地谈及方雅丽的病情,而是向两个孩子介绍了一个相当有趣的英国传统。

"思杰,我知道你是美籍华人,可能没听说过这个古怪的传统。在英国、爱尔兰、澳大利亚大部分地区以及某些英联邦国家,男外科医生在完成了必需的实习,而且通过了皇家外科学院的医学专业评估考试后,就可以骄傲地把称谓中的'医生'换成'先生'。

"从那天开始,他就可以在名片上、文具上和所有标注名字的地方称自己为'某某先生'。

"医生白大褂左胸'某某先生'的名牌就像是荣誉勋章。这个传统要上溯到很早以前的英国。那时候理发师还要兼职外科医生,在病人身上动刀子做手术,但是他们并不是医生,所以用'先生'来称呼。

"如果是女外科医生呢,就称其为'小姐''太太'或'女士'。"赵伟医生继续说。

"我特许你们两个美国小朋友叫我赵伟医生,你们觉得怎么样?我也不会往心里去,觉得你们是在贬低我的。"赵伟医生说完后笑了起来,霍思杰和方雅丽也都热切地使劲点头。

"我还是第一次听说这个传统呢。这可真奇怪。"霍思杰心想。在随后几个月里,赵伟医生和孩子们之间建立了密切的关系,最初见面的这个插曲可谓功不可没。

"雅丽,我猜你是问自己什么时候能出院?"高博士说,而赵伟"先生"则站在一旁听着。高博士是心理学家,知道要采用不同的技巧来和年轻病人沟通。

方雅丽回答:"是的。我想知道什么时候能回学校。当然我也想知道什么时候做手术。但我最想知道的是,我什么时候会死。"霍思杰大笑了起来,死亡是他们经常会触及的话题,在定期去高博士的诊所复诊时,他们会坦诚谈到方雅丽因脑肿瘤而死亡的可能性。

孩子们通常不像大人那样把死亡看得那么沉重。在儿童肿瘤医院,这种现象很常见,那儿的小病人通常能够更加辩证地看待生死,反而比成年人要放得下。心理学家的解释是,成年人通常不舍得放弃自己拥有过的生命,而且成年人还有很多未尽的责任。而孩子们还没有真正地开始自己的人生,因此也就更加洒脱。

"你还得在医院里再住上几天,做些观察和检查。我已经回答了你的第一个问题。"方爸爸和方妈妈听到女儿的第三个问题心都碎了,完全组织不了语言,只能依靠高博士凭借着多年的经验来回答。

"第二个问题,必须要尽快做决定,最好在下周左右就能定下来什么时候做手术。我们可不想这个小魔怪再横行霸道下去,我们要尽快把它捉住、杀死……"高博士还没讲完,方雅丽就打断了她。

"现在这个小魔怪肆无忌惮,这样糟糕的情况非常少见。我这么理解对吗?"

赵伟医生插话了:"这所医院和我本人都做过很多例切除这种类型的脑肿瘤的手术,所以不要过于担心。但是,我先解释一下我们的诊断,以及下一步应该做些什么。

"顺便回答一下你的第三个问题,你不会死的,你会康复。但是,我们也要实话实说,任何手术都有风险。我们也承认你脑部的肿瘤,哦,还是就叫小魔怪吧,它已经出了牢笼,长得很大了,完全失去了控制,开始破坏周围正常的脑组织,所以我们要尽快安排手术。我就是那个'终结者'。"

赵伟医生用了半个小时的时间尽量深入浅出地讲解了脑肿瘤的生长过程,以及手术的必要性。他也告知方雅丽,那天的昏倒也可能是由于小魔怪在作怪。方雅丽平静地接受了事实,大家都佩服她的勇敢,同时暗暗松了一口气。

医生们离开病房时,叫上了霍思杰,让方爸爸和方妈妈单独和女儿待在一起。

"思杰,方雅丽一定要同意做手术,这对她的身体非常重要。而且要尽快。我想你最好手术前都陪在她身边,安慰她,支持她。这不是件小事,手术也可能会有风险。我已经问过罗校长了,他同意让你陪在这儿,直到方雅丽出院。我们会在手术前让她回学校待上两天。

"你的第二个任务也同样重要。我们同意文聚前来探望,但每次只能待很短的时间。卓文聚在场的时候,你能控制一下时间吗?最多不超过十五分钟,最好只待十分钟,每天可以来三次。你还要注意他们聊的内容和做的事情不会再造成雅丽情绪波动。我相信文聚应该不会再和雅丽吵起来。"高博士严肃地说。

突然,霍思杰开心地咧嘴笑了起来。

"思杰,想到什么了这么高兴,能告诉我吗?"高博士好奇地问。

霍思杰拿出书写纸,脸上还是挂着得意的笑容,他写道:"我成了方雅丽的监护人了!"

这就是为什么高博士非常喜欢小病人,在逆境中,他们还能这么乐观向上,关注到成年人根本不会在意的小事。

高博士也对霍思杰笑了笑,拥抱了他。

"记住,思杰,要尽量保持雅丽情绪稳定。"

霍思杰回到了方雅丽的病房,还好,气氛并不是特别的伤感。在场的方家人都没有表现得非常难过。其实,他知道方雅丽是不会哭的,她是他所认识的最坚强的女孩子。

方爸爸和方妈妈肯定会同意霍思杰的看法。大约十三年前,在去了三次西部科罗拉多孤儿院后,他们做出了决定,收养那个在房间角落里的小宝贝。

在孤儿院里,其他小宝贝不是在哭就是在睡觉,只有方雅丽就像是在等着他们。每次她都站在婴儿床上,两个小手扶着床栏杆,要他们抱抱。方太太抱起她时,小宝宝脸上露出了最甜蜜的笑容,融化了他们的心。

当时方太太已经第二次流产了,他们打算收养雅丽。孤儿院的医生却警告说,方雅丽是近亲结婚的后代,可能在将来患上莫名的疾病。雅丽平安地长大了,直到去年夏天,她老是头痛恶心,去医院检查后才发现脑部有一个小肿瘤。

方爸爸和方妈妈养育雅丽差不多有十三年了,她很少哭。谁都不知道她是收养的,方家搬离了纽约,迁到了英格兰,开始了新的生活。方雅丽慢慢地长大,出落得越来越漂亮,歌也唱得好,从五岁开始,她的苦恼就是怎么应对同学们的嫉妒。雅丽长成了一个有魅力、美丽的少女,这让养父母都感到非常骄傲,他们安排了女儿在男女同校的学校上学。

最担心雅丽的人无疑就是方爸爸了。他知道手术失败的可怕后果,方妈妈可不能承受再失去一个孩子的痛苦了。

"思杰,我们一直都以为你是雅丽的男朋友呢,她老是在家提起你。"方妈妈慈祥地看着霍思杰说。

"妈!我只是很偶尔才提到他。"方雅丽不满地说,然后又半开玩笑地补充了一句,"我喜欢的男朋友要比这家伙成熟得多,他还是个小孩子呢。"

霍思杰飞快地拿出书写纸,写道:"你还挺挑!反正你也不是我喜欢的类型,我的心属于张惠敏。"

在这么短的时间里,霍思杰和方雅丽之间的关系发生了很多有趣的变化。几个月前,雅丽刚刚告诉霍思杰自己心有所属时,霍思杰非常嫉妒卓文聚。那时方雅丽和卓文聚在周六音乐俱乐部的舞会上跳了第一支舞,事后,卓文聚也告诉霍思杰,自己对方雅丽很有感觉。而现在,霍思杰也和女朋友建立了稳固的关系。

"思杰,你也是住在旁边的克莱夫酒店吗?"方爸爸问。

霍思杰点了点头,罗校长作为他的监护人,已经为他在克莱夫酒店订好了房间。有时,财富可以带来便利,就像卓文聚每天坐方家的车来探望女朋友一样。

方家没有操心霍思杰的酒店房费。一个月前,思杰和雅丽在高博士的诊所候诊时,方雅丽发现了一个秘密。当时霍思杰正在用 iPad 和远在美国的祖父通话。"思杰,你知道吗?慈善机构的人络绎不绝地到病房里来劝我捐款给他们。"霍爷爷骄傲地向孙子介绍自己近期的新闻。

霍爷爷有天参观了他住的那所医院的儿童病房,遇见了一个极其富有魅力的女士,她是癌症基金会的负责人。两人聊了一个小时,霍爷爷写了一张金额不菲的捐款支票。这下消息传开了,几乎城里的每家慈善机构都约了时间来拜会他,还要带上最光鲜美丽的女员工。

还有流言说,想要让霍爷爷捐款,最好聘用干练的女公关经理。霍爷爷都记不清到底捐了多少钱。毕竟,在他这样的高龄,只有思杰在身边,霍爷爷很愿意把钱捐出去用于各种慈善项目。

方雅丽说,霍爷爷根本不像是个八十八岁的老人,思杰也同意,他发现祖父和上次相比看起来反而更加年轻了。

但霍思杰和方雅丽都很明白,在很多事情上金钱也无能为力。对于他们已经失去的、将要失去的以及不可预见的事情上,多少财富也帮不上忙。如果能以他们所有的金钱为代价,换回自己最珍惜的人和事物,他们俩都不会有丝毫犹豫。可惜人生不是一场买卖。

第四十二章　艰难的决定

方雅丽的父母回了酒店，留下思杰陪着雅丽。

大约晚上六点半左右，卓文聚到了方雅丽病房门口，从外面探头探脑地朝里看。方雅丽很开心，两人热烈地拥抱在一起，霍思杰几乎不得不用武力才分开他俩。思杰提醒文聚，如果想要经常来看雅丽，就一定要保证不能让她的情绪过于激动。

"文聚，有时候我觉得医生们简直不知道现在科技都发展到什么程度了。他们不让你来，但是我们俩在 Skype 上见面的次数比以前在校园里还多。但今天下午四点半，你怎么突然从 iPad 游戏上退出去了？"方雅丽精神很好。

"葛老师盯上我了。我那时本来应该在做作业，五点才能上车来你这儿。"

十五分钟很快过去了，卓文聚不得不走了。在随后两个小时里，他还能再和方雅丽见上两次，一次还是十五分钟。霍思杰用了五分钟才把卓文聚赶走。他简直不能想象，每次这对恋人告别的时候都像是生死离别一样，双手紧握，最后不得不依依不舍地放开，满脸都是不得不暂时分离的痛苦。如果有摄像机把这几幕拍下来，简直可以去竞争奥斯卡奖了。

卓文聚和霍思杰都在晚九点左右离开，文聚像大人一样吻了方雅丽的两边脸颊,向她道晚安。

在路上,卓文聚对霍思杰说:"女孩子昏倒在男朋友的怀里,这种事情也不太常见吧,你说呢?现在整个凯博都听说了,我这辈子就认准是她了,我知道她也是这么想的。"卓文聚的愿望过于遥远了,他甚至还不清楚方雅丽的病情会发展至什么样的情况。

卓文聚到霍思杰的酒店房间里待了一会儿,对这个豪华酒店的种种奢侈赞不绝口。在他回校前,霍思杰写道:"你未来的岳父岳母明天想要见见你。早点儿来吧。"

"我听说张惠敏因为想你,今天在班上哭了几次呢。"卓文聚说。

霍思杰睁大了眼睛,看起来显得又担心又心疼。他马上开始在书写纸上紧张地写起来。卓文聚视而不见,直接起身走人,边走边说:"骗你的,哈哈!"他得到的道别是砸到后脑勺的书写纸。

霍思杰安静地在床边坐了几分钟,开始在 iPad 上写邮件。

我最尊敬、最亲爱的大老板:

我诚恳地请求您再检查一遍您对我的安排,看看是不是哪儿出错了。很多我爱的人都消失了,或者就要消失了。上周我刚学到了概率的理论,但是看起来我的人生经历远远偏离了普通人的轨道,是特例中的特例。

我说服自己要坚强,勇敢地面对人生,但是这些压力却越来越重,快要把我压垮了。我偶然知道了干爹的情况也很不乐观。我简直不敢想象如果干爹也消失了,我还能不能撑过失去他的痛苦。

现在,我的好友方雅丽也身患重病。

我恳求您重新审阅您所做出的计划,如果可能的话,请您能做出修改。

您无助而顺从的子民,霍思杰

另:如果我无意中冒犯过您,请您不要生气。我还想恢复语言能力。

霍思杰然后小心地在地址栏中键入了"大老板"的邮件地址。

方雅丽已经在伯明翰中心医院住院三天了,这几天做了很多检查,第三天的下午方雅丽就能出院了。这会儿,病房里只有她和霍思杰,方雅丽手里拿着两张图像底片,一张是一个月前拍的,一张是两天前拍的。

霍思杰对着阳光看这两张图像底片,能够勉强看出左脑部的肿瘤。他估计最长的边缘大约有2厘米,从第二张图像上,可以看到同样位置的脑肿瘤边缘已经增长到超过2.5厘米,而且形状更圆。老实说,从图像上倒是一点儿也看不出小魔怪有多么可恶。

"如果你是我,会同意做手术吗?"雅丽看起来很犹豫,拿不定主意。

霍思杰拿出了 iPad,写道:"这可是件人事。

"首先,医生说你必须要做这个手术,只不过是时间早晚的问题。如果现在不做,在随后的几个月里,小魔怪很有可能会长得更大。关键在于'可能'两个字,谁也不能准确地预测未来。医生还说你可能会好上几个月,但是不能保证的。小魔怪渗入到其他脑组织还不是最糟糕的情况,但如果它破裂,造成大出血,就肯定没救了。

"我们都知道手术是赌博,但是至少你还有赌赢的机会。如果不马上动手术的话,就可能永远错过这个机会了。

"对我们俩来说,希望是最重要的支撑。我在佛罗里达州的医院里醒过来时,很绝望。我以前一直生活在光环下,可是车祸夺走了我最宝贵的东西,父母去世了,我成了残疾人,自尊心降到了最低点,在生活上不得不依靠他人。

"如果没有这种叫作希望的东西,我早就放弃了。在这些日子里,我坚信自己有朝一日能够开口说话,能再弹奏钢琴。你看,我想弹琴的希望已经实现了。

"你知道全球著名的励志演讲大师尼克·武伊契奇吗?他生下来就没有四肢,但是他一直都没有放弃。我和他的区别就在于我曾经什么都有,但是又被命运夺走了大部分。走了下坡之后再上坡要困难得多。但是我还是充满希望,这也是支持我的力量。

"希望就像是直升机一样一直盘旋在我上空,在需要的时候总是第一时间来帮忙。每当我想放弃的时候,拯救我的就是心里的希望。

"如果在随后的几个月里,你每天都要担心身体里的小魔怪随时都可能恶化,那生命还有什么乐趣呢?你、家人和朋友们都生活在惴惴不安中,这种压力和不确定性让大家都喘不过气来,到时可能只有你爸妈、卓文聚、罗校长和我才敢靠近你。"

霍思杰用最直白的语言继续写道:"如果我是你,我就做手术。不管是什么结局,你都是赢家。如果手术失败,你去大老板那儿,这算是赢了一大把。如果你恢复了,情况好转,你也赢了啊。

"最糟糕的可能性是由于手术失误或意外,你的身体功能受损。但这是我们所不能控制的,只有听天由命了。

"上天已经给了你这么美丽的容貌和一副金嗓子……哦,说错了,你还不及我女朋友张惠敏一半漂亮……我想老天爷还是想要留你在人间的。"霍思杰中途改口,方雅丽对他做了个鬼脸。

"思杰,你只有十三岁,但是听起来就像一个励志专家,我从来不知道你还有这么严肃和乐观的一面。你说得非常有道理。"方雅丽说,但是她看起来有些沮丧。

霍思杰接着写:"我善于说服别人。别忘了我还曾是辩论队的队长呢。但是这个能力和我父母在同一天消失了。当你不能开口说话时,你就不能再雄辩地说服别人了。"他随后在 iPad 上画了个大大的笑脸,这个突然而来的孩子气的举动让方雅丽心情好了一点儿,她对着霍思杰露出了笑容。

"我想再拖上几个星期,你觉得呢?我想先尽情地享受剩下的生命,我想和文聚、爸爸妈妈还有你多待些时间。然后我再做手术,是成是败我都没有遗憾了。"

"拖几天可以,但是不能拖更久了。你记得赵伟医生说过,机不可失。顺便说一句,医生非常明确地说,病人的求生意志在大型手术中,和手术操作技术一样重要。你很快就会好,傻姑娘。我还想要你和我并肩作战呢。没有你做伴,我的康复就遥遥无期了。"

"好,亲爱的战友。我不会让你失望的。请让我自己待会儿,一会儿再打电话告诉你我的决定。我也答应爸妈会在下午告诉他们我的决定。"方雅丽语气坚定地说。当时的时间是下午一点四十分。

第四十三章 花园里的天使

霍思杰在酒店里等了几乎整整一个半小时,他一直在活动室里弹钢琴打发时间。酒店的总经理是个音乐爱好者,特地把房间里的麦克风连上了酒店的内部广播系统,这样霍思杰的琴声便能够传到酒店的各个角落。

下午三点钟,霍思杰正在吃三明治时,突然听到有人敲活动室的门,方雅丽走了进来,把霍思杰吓了一跳。不是说好了先打电话吗?

"我告诉赵先生,我得先告诉爸妈后才能再告诉别人我的决定,他就让我直接过来了。"

"你的决定是什么?"霍思杰急切地写下这个问题。

"现在还不能说。我得先告诉爸妈。"她脸上没有任何表情,声音听起来很平静。

方雅丽去了酒店前台,请接待人员给爸妈的房间打电话。

前台人员礼貌地说:"方先生和太太正在咖啡厅用下午茶,你可以直接过去找他们。"

方雅丽致谢后就慢慢地走向酒店大厅另一端的咖啡厅。周三下午这里静悄悄的,几乎没有什么客人,方雅丽走近之后,就模糊地听到父母的声音,他们坐在右边最远端的一个大柱子后面。方雅丽刚要过去,就听见妈妈在哭,而爸爸在低声安慰她。

"……她一直都是个幸运的孩子,我肯定她这次也会有惊无险。别哭了,亲爱的。还记得我们老远赶到西科罗拉多孤儿院,在近四十个孩子里挑中了她。幸运之神一直在保佑着她。我们的女儿意志坚定,一定会继续有一个有意义的人生……"

方雅丽呆了几秒,他们后面又说了些什么,她完全听不见了。她太震惊,站在那儿完全呆住了。

方雅丽的心脏狂跳不止,如果赵伟医生和高美燕博士知道这一幕,肯定会非常担心方雅丽又要遭受毁灭性的情感冲击。

方雅丽坐在地上,她的脊梁骨一阵阵发寒。她的反应和去年夏天霍思杰听说父母双亡时的反应一样。方雅丽粗重地喘息了半分钟,看到一位女侍者正往这个方向走来,便强迫自己慢慢起身走开。她心里乱极了,父母非常爱自己,她也不介意自己是个被收养的孤儿,但是为什么要在这个最为关键的时候得知真相啊?

到了这会儿,霍思杰等得有点累了,方雅丽走了也有一个半小时了,他怀疑雅丽和爸爸妈妈争执起来了,要是这样的话,还是去看看能不能帮上什么忙吧。霍思杰边想边走向前台,也被告知方先生和太太正在咖啡厅里用下午茶。他找过去,一下就看到了他们,但是方雅丽却不在。

霍思杰在书写纸上写:"雅丽呢?她的决定是什么?"

"你说什么,思杰?我们在这儿等了她很长时间,她没来过啊。"方先生回答说。

霍思杰看了看方爸爸,又看了看方妈妈,觉得事情严重了。他写道:"她一个多小时以前就来到酒店,去找你们了。"

方爸爸马上结账,冲到前台,前台人员确认方雅丽在一个半小时之前来找过父母。

方妈妈开始着急了,随即给医院打电话;而方爸爸和霍思杰开始在酒店的所有公共场所中尝试寻找方雅丽的身影。他们还给远在学校的卓文聚打了电话,询问雅丽联系过他没有。但是方雅丽就像是在人间消失了。

他们在酒店附近也找了半个小时,无功而返。在酒店前台,方妈妈突然大叫:"她一定在我们房间里!"但前台经理的一句话给大家重新燃起的希望泼了冷水:"我一直都在这儿,方小姐没有来拿过房间钥匙。"

但是总要去看看才甘心,方爸爸、方妈妈和霍思杰还是都往电梯那儿跑,思杰沿着走廊,跑得最快。

霍思杰跑过一个门,但是突然停下,又转身回来。原来他刚才无意间扭头,透过门上的玻璃瞄了一眼,就在这一瞬间,他眼角注意到一个身影,霍思杰又往前跑了几步才反应过来。这个门通向一个方形花园,中间有个喷泉。

小花园的那头同样是一扇玻璃门,映着一个穿着白色罩衫的熟悉身影。霍思杰推门出去,看到了方雅丽盘腿坐在花园墙边的椅子上,靠近这边的门口。

霍思杰从里面猛敲玻璃门,方爸爸和方妈妈刚刚过去,听到声音又转回来。三个人都在花园里了,看向方雅丽,她沐浴在冬日的暖阳中,看起来真美,正微笑地看着他们。

一时间没人开口。喷泉的水声、意大利风格的花园、周围的灌木林,都构成了绝佳的背景。

人生中有些时刻会刻骨铭心,对于霍思杰来说,现在的场景就是其中之一。冬日的太阳就要落山了,夕阳照在方雅丽的侧面和金发上,她的秀发被微风轻轻吹拂,呈现出动人的剪影。

霍思杰站在方爸爸和方妈妈前面,他偏转过头,无声地用口型说:"她真美!"方爸爸和方妈妈相互看了一眼,微笑表示赞同,知道这是这个英俊少年的真心感慨,而这也是他们永远不会忘记的一幕。

霍思杰慢慢地向方雅丽走过去,两人面带微笑,只有孩子们才拥有这么纯真的笑容。霍思杰轻轻地抚摸着方雅丽金色的秀发,欣赏着身边的天使。

方爸爸和方妈妈轻轻地走向女儿。方雅丽站起来,和父母紧紧地拥抱在一起,这个无声的拥抱表达出彼此间深深的爱和情感,方妈妈和雅丽都忍不住落下了幸福的泪水。

"妈妈,爸爸,谢谢你们这么爱我……谢谢你们选我做女儿。谢谢……你们那天把我带出了西科罗拉多……谢谢你们给予我的一切……"

方爸爸和方妈妈听到西科罗拉多这个地名后如遭电击,他们飞快地相互看了一眼,都有些恐慌,但是这个与女儿最亲密的时刻让他们没有时间去多想,只能先压下心中的惊诧。

方雅丽一边哭,一边激动地说话,只是大家都听不清楚她在说些什么。方先生、方夫人没有想到雅丽突然知道了他们原想终身保守的秘密,但是他们竭力克制住自己,没有追问任何问题。

"我会做手术,我要健康强壮地活下去……我要把你们给我的生命好好地活下去。"

四个人坐在花园的椅子上,直到太阳完全落下去,他们都在享受着这宝贵的时光。思杰被刚刚的温馨场面所感动,他一直在默默地流泪,他也很感谢大老板,原来早就安排了一位女孩来到他的身边,和他一起,走在艰难康复的路上。

方氏夫妇注意到思杰一直在流泪,就提议大家一起回酒店。

卓文聚在大家进入餐厅时赶到了。这还是方先生和方夫人第一次见到女儿的男朋友。这对小恋人紧紧地拥抱在一起,霍思杰又不得不使出全身的力气,在她爸爸和妈妈面前,把他们分开。

卓文聚非常不好意思,为自己的莽撞举止道了歉。方爸爸和方妈妈现在倒是完全明白了为什么女儿上周六的情绪会如此多变。

他们虽然记起了自己年轻时也是这样浪漫与疯狂,但是还是觉得女儿现在就谈恋爱实在是有些早,她还是个孩子呢。但谁也不能控制爱神丘比特到来的时间。方爸爸和方妈妈很快就接受了卓文聚。

他们一起吃了晚饭,在吃饭过程中,他们给罗校长、高美燕博士和赵伟医生都发了短信,告诉了雅丽的决定。

卓文聚和霍思杰陪着方雅丽回医院,路上不断地开着玩笑,就像是什么也没有发生过。

方先生偷偷地问霍思杰,雅丽什么时候知道自己是被收养的?霍思杰简单地写道:"我猜是她从咖啡厅听到的。"

卓文聚提出的与其说是个问题,不如说是个命令吧。

"让我单独送她回去,行不行?"

霍思杰的回答还是那么简单:"不行!我是她监护人。"

三个小时前,方雅丽在听到自己是个孤儿时快速地逃出了咖啡厅。命运可真会开玩笑。在最近两年里,方雅丽已经历了三个事关生死的重要事件:一个是在她脑内发现了肿瘤,而且脑瘤还在不断地发展;第二个是她必须要做一个最为复杂的开颅手术,切除脑肿瘤;第三个就是今天才得知自己出生不久就被收养。每件事情都让她震惊不已、心乱如麻。作为一个十三岁的孩子,她还不具备相应的能力来消化自己身上的这些大事件。

她茫然地走在酒店的走廊上,不知不觉就走到了小花园中。

"我是被收养的,可是他们还是那么爱我……不过这件事或许也有一个好处。如果我死在手术中,可能爸妈也不会那么难过。霍思杰的父母那么爱他,但是他们去世了。我的生父生母抛弃了我,但是我至少还有世界上最棒的爸爸妈妈。"

这些想法一直在她的脑海中盘旋……

第四十四章　最后的周末

周四下午,方雅丽就可以出院了,所有手术前的准备工作都做好了,伦敦的特约顾问和美国的脑肿瘤权威谢查理医生都同意脑肿瘤切除手术。最后一项工作则要在凯博学校进行,就是号召十三年级的学生们献血。这是为了应对在这种大型手术中可能出现的紧急情况,当然首先还要征得学生家长同意。方雅丽的血型是 O 型阴性血,属于稀有血型,不好找到血源。最后,有几个血型相符的学生献了血。

方雅丽又写下了简单的遗嘱。

周六上午,霍思杰到冯太太的诊所复诊,他的右手已差不多康复了。虽然还在治疗,但是冯太太已经不再用之前疗程中非常痛苦的抽拽疗法了,而改用针灸。在最近的几次治疗中,冯太太在霍思杰头上扎了更多的针,虽然思杰没感到有什么明显的效果,但是在高博士交代的每天嘴巴和口舌的练习时,确实比以前容易了一点点。冯太太很满意这个进展。

霍思杰开始中医疗程后不久,冯太太就迎来了下一个新病人,就是罗校长。罗校长反馈说,化疗的副作用有所减轻,他现在是忠实病人了。

方雅丽出院两天后,霍思杰问冯太太,像方雅丽这样的病人针灸有用吗?令人失望的是,冯太太说"没用"。霍思杰追问原因,冯太太解释说,像方雅丽这种情况,最好使用西医,通过手术从源头彻底切除。霍思杰感到很失望,他也没有向方雅丽提及与冯太太的对话。

同学们特别请求罗校长,让方雅丽在手术前再参加一次周六的音乐俱乐部活动。罗校长先征求了赵伟医生的意见,在他点头后才同意了。

卓文聚现在也相信"变幻理论"了。他发现,医生让方雅丽服用了一些保证她情绪稳定的药物之后才让她参加俱乐部的练习,而这些药物居然是医生在一周多前开给霍思杰的安定片。唯一的区别是霍思杰最后不用吃药,恢复了对情绪的控制力;而方雅丽如果要在进手术室前再享受一次歌唱的乐趣,就必须服用这些药物。

三年前,方雅丽看了网上的一段录像,是十一岁的天才少女歌手比安卡·赖安在综艺节目《美国达人秀》上的演出。她的演唱征服了观众,其中一个评委说,如果她能改变自己的发型、服饰和鞋子,就肯定能够不费吹灰之力夺冠。赖安听从了建议后,也真如评委预言的那样,成了《美国达人秀》的首季冠军,赢得了一百万美元的奖金。

方雅丽十岁时,就曾经自信地告诉父母,自己的演唱水平和赖安有得一比。这可不是小姑娘随口吹牛,方爸爸和方妈妈也知道女儿唱得有多好,雅丽在学校也以出众的演唱天赋而闻名。

去年暑假,方雅丽第一次上声乐培训课,老师评价说,"你能唱到这个水平不是靠后天的声乐训练,靠的是上天赐予你的嗓音。"老师还告诉方爸爸和方妈妈,如果方雅丽打算今后成为职业歌手的话,她肯定会一炮而红,成为巨星。

在几乎同一个时间的太平洋彼岸,霍思杰观看了十四岁的天才歌唱少年杰克·维金在《澳洲达人秀》上的惊人表现。这个少年一路过关斩将,闯入《澳洲达人秀》决赛,赢得了二十五万澳币的奖金。

霍思杰当时就想,如果我和他同台竞技的话,说不定我还能赢他呢。

自从霍思杰在音乐俱乐部听过方雅丽的演唱后,他就渴望有朝一日能和她同台献技。现在,这个想法能否实现只能等待命运的安排了。他们一个在半年前失去了说话和唱歌的能力;而另一个取决于两天后的手术成败。两个孩子都知道,相比霍思杰,方雅丽的情况要凶险得多。而相比生命,失掉唱歌的能力反而是大家最不担心的小问题。

上周六,要不是有很多事情接连发生,方雅丽是要和乐队一起排练里安·奥斯汀的著名歌曲《继续向前》。几个月前,方雅丽在专业声乐老师面前演唱过这首歌曲,老师大加赞赏,还专门录了像,说要给其他学生看看什么是天才歌手的水平。

方雅丽挑的这首歌曲对于任何年龄的歌手来说都是一个挑战。

如果方雅丽的声乐老师在场,就能听出两次演绎的细微差别,这次的演唱情感更加饱满,也许是演唱者感到这可能是她最后一次尽情唱歌吧。

大家,为了同一个原因,都早早来到了音乐俱乐部的琴房。罗校长来得很早,但却被礼貌地请到一边坐着,看大家排练。大林一郎已经给乐队的每个人都做了分工和交代。最后的决定是,乐队要在原曲谱的基础上表演气势磅礴的效果。这首歌曲要在几周后的全校年度音乐会上演出。音乐系老师把今年的音乐会主题定为"国际合作年"。

"音乐上的国际合作有很多种表现形式,用外语唱歌算,唱外国原创歌曲也算,用其他国家所特有的乐器也算。我们排练的这首歌曲当然也算。"大林一郎为大家解释了选这首歌的原因。

和上次一样,音乐室里早就挤满了人,连走廊上也站了人。在场的至少有五十个八年级的学生,包括方雅丽的所有好朋友。虽然没说出来,但是很多人都在想这个周六可能就是雅丽的告别演出了。现场弥漫着伤感的气氛。

各种乐器先合练了几遍,乐队很快就熟练了。大林一郎提议突出管弦乐伴奏音效,让每个乐队成员都要有所贡献,包括文雪诺的小提琴。九年级和十年级也各有一个弹吉他的男生加盟。但是他们都知道今天的舞台属于八年级的乐队和方雅丽。

《继续向前》这首歌曲唱得观众们心中五味杂陈。

　　缠着我每一步
　　带着恐惧不安
　　不管走向何方
　　均是荆棘野荒

　　努力不伤痛
　　但众人路不同

且冷嘲热讽
唯有独对残梦

前途未卜
身处深谷

渴望爱在旁
让我不再惊慌

命运骤然改变
让我觉悟修正

眼泪不会再流
不需盲目强求

昔日的希望
潜藏的力量
重临我身上
为前路照光亮

坚毅的信念
托我在乌云上
伴我勇敢面对
不会迷失进退

继续前行

不用失措彷徨

继续前行

不要泪眼汪汪

无憾,往前……

无憾,往前行……

可能是因为几天前在父母面前已经下定了决心,也可能是因为镇静药发挥了作用,方雅丽情绪还算平稳地唱完了这首歌。

当第二次唱到"渴望爱在旁,让我不再惊慌"这句时,八年级的几个女孩子已经眼含热泪。

罗校长、方雅丽和霍思杰在听到"坚毅的信念,托我在乌云上,伴我勇敢面对,不会迷失进退"这几句歌词时,也是别有一番感触涌上心头。

房间里的三个病人都不认为自己身处乌云上,他们选择勇敢面对,特别是霍思杰,他在开学的时候情况最为糟糕,现在反而成了三个病人里最幸运的一个。

方雅丽没有唱完歌曲的后四小节,她脸带微笑地看着房间里和走廊前面的人,手里一直拿着麦克风,直到音乐停止。

每个人都以为她是由于心潮澎湃而唱不下去了。在拥挤的房间里,只有霍思杰一个人知道到底是怎么回事。在过去的四个月里他和方雅丽同在高美燕博士的诊所里,结下了深厚的情谊。他们之间默契十足,很快就能明白对方每一个异常举动的含义。

唱到后半部,方雅丽已经开始在几处歌词上吐字不清了,霍思杰知道这是方雅丽脑子里的小魔怪又出来捣乱了。

音乐停止了,掌声响起来,但是没有人说话。方雅丽慢慢地走到霍思杰的电子琴旁,带着满意的微笑抬头看着他。然后转头寻找卓文聚,这时他也刚放下吉他,向他们走来。

卓文聚牵着雅丽的手,与每个人轻声告别,大家安静地为他们让出一条路。罗校长看着他们的背影,陷入了沉思。

方雅丽回到宿舍,很多老师和同学都来送上祝福。文雪诺也来了,激动地说:"雅丽,我从来没想过伤害你,但是我知道我是你最近麻烦的导火索。上周我一直没找到机会向你道歉。真是对不起。我已经不是第一次成为其他人闹矛盾的原因了,但是我完全不是有心的。对不起。"

"不是你的错。是我的脑肿瘤发展到了非常严重的阶段,不得不进行手术切除了。如果下周一我的手术失败,你能照顾卓文聚吗?"

"嗯,雅丽,我不想拒绝你,但卓文聚不是我喜欢的那种类型。还有,我也有男朋友。你要有信心,我敢肯定手术会非常成功的。"

方雅丽很感谢文雪诺。有时候世事难料,敌人会很快就成了朋友。文雪诺就要走时,突然她的手机响了起来。

"我忘了拜托你帮我祝福方雅丽。我还和教练在一起。顺便说一声,周末想去看电影吗?"手机里传来一位男同学的声音。

"费乐俊让我代他祝福你。"文雪诺在转达了信息之后,又对男生说,"好,就去看电影。"

方雅丽这下知道了,文雪诺的男朋友原来就是费乐俊,她明白费乐俊和卓文聚之间的过节。在霍思杰救了费乐俊的弟弟费乐文后,他们俩倒是十分要好了,但是卓文聚和费乐俊之间关系还是很一般。

接待了这么多的访客,方雅丽有些累了,她给卓文聚和霍思杰打了个电话,想早点吃晚饭。

学生们把校外五分钟就能走到的一个大草坡称为"草垫子"。春天和夏天,同学们经常会到草垫子上坐着或躺着聊天。但是,到了冬天,阵阵寒风很快就会把人冻透,"草垫子"上的游人便稀疏了。

但霍思杰、方雅丽、卓文聚三个孩子穿得厚厚的,躺在斜坡上,都在想着随后的几天里命运会做何安排。

卓文聚手指着北极星。

他们在月初刚刚学到,北极星是小熊星座七颗中最亮的一颗。夜空中繁星闪烁,就像老师讲解的,只有北极星看起来几乎完全不动,而北部天空的其他星星都在环绕着它运动。

老师让他们晚上自己观察,但是他们忙得完全忘了这项不太重要的作业。对于方雅丽而言尤为如此,她已经开始计算手术前自己还有多少个小时可以度过了。

"我死了会到哪颗星呢?"方雅丽先开口。

"我还真不知道,霍思杰差点就到其中的一颗了,我……"

卓文聚意识到自己不应该接这个话茬,他马上立即闭上了嘴。

突然,霍思杰坐了起来,打开方雅丽的手掌,在上面写了"张惠敏"三个字,然后指了指自己的身边,意思是请雅丽给惠敏打电话,请她也来加入。他们俩都习惯了这种沟通方式。

方雅丽告诉张惠敏他们所在的位置,提醒她要多穿件衣服。十五分钟后,张惠敏来了。出门前她让室友告诉主管老师,自己要和方雅丽聊天,可能会回来得晚一点儿。这几天,所有人都很同情方雅丽,理解她需要好朋友的安慰,特别是在手术前的最后几天。

"我最不想到月亮上去。"方雅丽慢慢地说。

"为什么?"卓文聚问。

"看起来近,但是其实很遥远。特别是我会看见你又和别的女孩子在一起,却无能为力。我想死了之后去一个最为遥远的星星,在好多好多光年之外。"

"不用担心。我保证你去哪儿我也跟着去哪儿。"卓文聚说。

方雅丽突然跳起来,双手放在卓文聚脖子上:"你这个傻家伙,绝不能做傻事啊。跟着我重复一遍:我在雅丽死后不会做傻事。"

少女们心中充满了各种奇特的幻想,特别是在她们感到伤心或者陷入爱河的时候,对于无心之语也非常敏感。

卓文聚被方雅丽出其不意的情感爆发吓了一大跳,他马上跟着重复了一遍方雅丽的话,声音都有些发抖了:"我在雅丽死后不会做傻事。但是你根本不会死啊!你不是答应我要好好地从手术台上下来的吗?"

"再重复一遍!"方雅丽又开始喊了。

卓文聚只好乖乖重复一遍,但是这次心里平静多了。他没有和方雅丽争执,生怕又造成她情绪不稳定。

雅丽那激动的反应也让思杰和惠敏紧张地坐了起来。渐渐地每个人都平静下来,大家又重新躺到草地上。

几分钟后,方雅丽笑了起来。可能她也意识到自己刚才实在是反应过度了。大家也都跟着笑了,欢乐的气氛持续了很长时间,他们边大笑,边咳嗽,还在草地上滚来滚去。

方雅丽就躺在霍思杰身旁,她注意到霍思杰的笑声,立即抓住他的左手,跟着翻过身来,跪在霍思杰身侧,一边笑,一边用手摸霍思杰下巴下面的脖颈两侧,提醒他刚才发出了很大的声音。两个人互相看着,都想到要把这个情况汇报给高美燕博士。

四个人随后安静地待在那儿,凝视着繁星点点的天空。霍思杰拿出手机,播放了列车乐队的《木星之泪》这首歌,随着熟悉的旋律,四个少男少女的思绪不自觉地飘向宇宙深处。

到了近午夜一点,他们才回到宿舍。孩子们不知道的是,葛德海特意让保安阿力等到他们返回后再锁上校门。阿力遵守了指令,在保安室内安静地看着孩子们走回来,目光里充满了同情。

第四十五章　我看起来很朋克

赵伟医生上一次在家里做烧烤差不多是两年以前的事了。这个周六，整个医疗小组和手术小组都聚在他家，包括护士长史黛思，一起吃完烧烤后，他们讨论了方雅丽的病情。患有脑肿瘤的年轻病人通常都需要不同专长的儿科医生会诊，才能提供最佳治疗方案。何庆活教授是今天的贵宾。他是全球首屈一指的儿童神经外科医生。现代医疗已经发展到如此先进的程度，高质量的手术通常可以保证脑肿瘤被近乎完整地切除掉，而何庆活教授正是这个领域的权威。何庆活教授是赵伟医生的大学同学，因为方雅丽的脑肿瘤情况复杂，何庆活教授也应邀参与了会诊。

他们在书房里研究了方雅丽脑部的核磁共振图像，一致认为要将肉眼可见的脑肿瘤组织全部切除掉。何庆活教授也针对切除手术给了一些建议，并且详细地解释了他将如何更好地配合赵伟医生的手术。

大家还集中讨论了是不是要对方雅丽进行全身麻醉。如果采用颅脑手术中的唤醒麻醉技术，方雅丽是清醒的，医生就能有效地控制损伤程度，一旦发现她出现言语或其他问题，手术可以马上停止。

虽然并不会给病人造成额外的痛苦，但是方雅丽可能会感到紧张焦躁。所以最后大家还是倾向于全身麻醉,由医生谨慎地进行脑肿瘤切除。

周一的上午天气寒冷。卓文聚和霍思杰前一个晚上都没有睡好,在克莱夫酒店勉强吃了半份早餐。

手术在十二点整开始,还有三个小时的准备时间。他们九点钟到达医院,方雅丽的父母已经到达了。

他们去了方雅丽的病房,这次卓文聚和方雅丽倒是没有多说话,只是长时间地相互凝望。

"文聚,你要向我保证,不许在我出手术室时盯着我的光头。"方雅丽有些忧伤地说。

她几次请求赵伟医生,还央求了高美燕博士替她说情,不要把美丽的金色长发都剪掉。虽然整个医疗小组都愿意尽可能地让她在手术前有最佳的心理状况,但是在试验了不同的颅骨开刀方案后,发现还是得把头发剪掉。因为方雅丽的脑肿瘤实在是颇大,如果只剃掉一部分头发,还是会影响她的形象,所以,最后还是决定把她的头发全部剃去。

"好的,我保证。我还会送你一个很棒的礼物。但是你也要向我保证,你要拿出最坚强的意志,好好地活着出来。好吗?"现在轮到卓文聚提要求了,方雅丽没有回答,只是认真地点了点头。

"思杰,你能转过身去吗?一分钟就好。"卓文聚郑重地拜托。

霍思杰比画了个OK的手势。他转过身去,但还是从镜子里的角落里看到了卓文聚轻轻地吻了方雅丽的嘴唇,他们眼中饱含着爱的神圣光芒。卓文聚又吻了方雅丽,比第一次持续的时间更长。

霍思杰知道自己不该偷看,只好望向天花板,可是过了一会儿,他又忍不住望向镜子,正好看到卓文聚最后吻了方雅丽额头一下。

方雅丽突然指着镜子,把脸埋在手里,用少女的害羞语气抱怨说:"你偷看啊!"三个人都笑了起来。卓文聚最后看了方雅丽一眼,脸上的表情很奇怪。霍思杰知道这是什么意思,后面他又会怎么做。卓文聚又拉了拉方雅丽的手,转过身去,准备走了。

霍思杰打了个轻轻的响指,他用食指指了指方雅丽,又摸了摸自己的嘴唇,他再指着方雅丽的嘴,然后举起食指垂直竖在胸前。卓文聚先看了看方雅丽,见她正对着他们微笑,便马上点了点头,着急地冲出了房间。三个好友在一起的时候,霍思杰另有一套沟通的手语。

霍思杰慢慢地走近方雅丽,也亲在她的嘴唇上。这是他们俩的第一个吻,当然两人都知道,这个吻所表达的是朋友的关爱,而不是恋人间的情意。

"别担心,我很快就做完手术出来了。"方雅丽信心满满地说,"如果手术失败了,你一定要照顾好卓文聚。而且,如果发生了最糟糕的后果,我爸妈会找你的。"

霍思杰握了握她的手,在书写纸上写道:"记住,我也需要你的照顾。我爱你,战友。"

让方雅丽感到自己还肩负着责任和使命,可能这个更能激励她熬过这个重大手术。

霍思杰和方雅丽击掌后离开了。外面还等着几个人,包括神父和方爸爸、方妈妈。霍思杰觉得应该让神父先进去。

霍思杰和方雅丽的爸妈打了个招呼,他们慈爱地看着他,问了声好。霍思杰准备去找卓文聚,但他觉得方妈妈看自己的眼神总有些怪怪的。

霍思杰找了好一阵子才看见卓文聚,他躲在走廊尽头的自动售货机后面,霍思杰当然知道他在干什么。这还是他遇到卓文聚以来第一次看到文聚哭泣的样子。霍思杰走过去紧紧地抱住卓文聚,但这个大男孩哭得更厉害了。霍思杰用食指在卓文聚的背上写了两个字母,他一笔一画写得很慢,卓文聚也感觉出来了,他写的是"CB",意思是"爱哭鬼",这可是霍思杰在学校里的绰号。

方雅丽和神父做完忏悔祷告后,方爸爸和方妈妈才进入病房。他们告诉雅丽会在手术室外面等着她,让她一定要好好地活着出来。

护士长史黛思轻快地走了进来,给每个人都道了早安,她还带着一个年轻的护士。史黛思从前被称为"伯明翰中心医院之花",因为她总能安抚好病人和医生的情绪。

她现在快五十岁了,医院的管理层只让她护理最难缠或者最敏感的病人,通常这样的病人不是老人就是小孩。如果方雅丽知道整个医疗团队为自己的手术付出这么多的心血,包括为自己争取到了最好的医护人员,肯定会更加感激她所得到的服务和护理。

早些时候,方雅丽请求赵伟医生,让她和卓文聚告别之后再给她剃光头发,赵医生立刻答应了。他知道雅丽很在乎自己的形象,还特意叮嘱史黛思监督护士给雅丽剃头发。

"亲爱的,我们要给你剃头了,你希望父母在身边陪着吗?我们的手艺非常好,剪下的头发也会给你留作纪念。我们这儿还有位年轻的艺术家,能够把头发做成很不错的艺术品,还会装在画框里。你拿到时肯定会感到惊喜的。

"你的长发这么美,完全值得做成一件艺术品。"护士长的手段果然高超,她成功地转移了方雅丽的注意力。

"妈妈,爸爸,你们现在就走吧,你们总说我是个漂亮的姑娘,我想给你们留下一个美丽而长久的记忆,我不愿意让你们看到我剃头后的样子,好不好?"

护士长插了话:"亲爱的,不要说什么长久的记忆,好像你就要从这个世界消失了一样。手术一个下午就做完了,你很快就又和父母在一起了。"

"你是我们最爱的女儿,我们想待在你身边,尤其在这个让你难过的时刻。"方爸爸安慰女儿。

方雅丽考虑了一下,同意了。

要开始剃头了,小护士上前扶她坐起来,护士长开始讲头发一般要多长时间才能完全长回来,以此来分散方雅丽的注意力。

小护士从头发根部开始剪,先把剪掉的头发小心地包起来,再把根部剃干净,很明显这位小护士是位高手。工作完成后,她给了方雅丽一面镜子,让她自己看看效果。

方雅丽摸了摸自己的光头,说:"妈妈,看我像不像朋克歌手?也不算太难看嘛。肯定是因为我从你那儿遗传了姣好的五官。"方雅丽甚至没有意识到自己话语中的漏洞。

护士又让她冲了淋浴,做好手术的准备。病房里的人都能听见她在卫生间里唱歌,爸爸妈妈微笑了起来,知道自己的女儿对生命有着无限的热爱。

十二点时,护士推着方雅丽的床,进了第三甲手术室。霍思杰和卓文聚都等在手术室门口附近。卓文聚没有遵守承诺,还是来看着她进手术室。方雅丽的唯一反应是紧紧地抓住手术帽,不要让它掉下去。

手术室里,在麻醉师给自己戴上麻醉面罩之前,方雅丽只问了赵伟医生一个问题:"我的头发要多久才能完全长回来?"

"用不了多久,很快的。"赵伟医生示意麻醉师可以开始上麻醉剂了。方雅丽很快平静地昏睡过去了。

第四十六章　笑脸和哭脸

下午四点,在手术区外等候室的沙发上,两个少年都累得睡熟过去,发出重重的鼾声。已经近乎两晚没有睡个好觉了,他俩真的是太困了。在睡着前,霍思杰在脑子里不断地恳求着:"求您了,不要让她失去言语和歌唱能力。我已经受够了。"他太累了,再没有力气用手机给"大老板"发邮件便睡着了。

从中午开始,霍思杰过一会儿就去问手术的进展情况。他想出了个特别的办法,不用写字也能得到想要的信息。他在两张纸上分别画了一个笑脸和一个哭脸,再在最上面大大地写上"第三甲手术室",看到有医生和护士从手术区走出来就迎上前去,请人家选择一张。每个人看到这个方法后都会微笑一下,其中八个医护人员说自己不是从第三甲手术室出来的,终于有两个护士指了指"笑脸",霍思杰和卓文聚都暂时松了一口气。

在他们睡熟中其实还发生了几件事情。

五点十六分,两个护工快速把一个小推车推到手术室中,上面装的都是 O 型阴性血的血袋,很明显病人需要紧急输血。

六点时,方氏夫妇第三次来到手术等候区,他们没有叫醒熟睡的霍思杰和卓文聚。方妈妈用慈爱的目光看了霍思杰一会儿,脸上挂着幸福的笑容。

七点一刻,何庆活教授从手术室走出来,虽然看起来有些疲惫,但是表情放松。他一边轻轻地吹着口哨,一边摘掉手术帽,明显看起来是不打算回手术室了。他身后不远处还跟着两位年轻的助手医生,边走边低声交谈。他们主要是过来观摩学习的,他们就像是刚刚看完一场网球比赛,正在讨论哪些球打得精彩。大家以前从来没看见过何庆活教授在医院里吹口哨,这是因为他心情非常好。在雅丽的手术现场,何教授突然获得了解决一个技术难题的思路,他以后就可以放手进行纳米机械手外科手术了。在此之前,买设备的钱已经到位了,不过还没有足够的案例来进行实践。早在2008年,通过使用内置在一台先进的核磁共振成像机器中的高精准机械手,加拿大航天局已成功地进行了首个纳米机械手外科手术。

这时又出来一位年轻的医生,他走过了少年们酣睡的沙发,然后又返回来,明显认出了霍思杰。他从地上捡起画着"哭脸"的纸,那张画着"笑脸"的纸还紧紧地握在霍思杰的右手中。医生微笑了一下,把那张"哭脸"揉成一团,放到自己的口袋里。这个经常消毒的区域是没有垃圾箱的。旁边的一位老人人饶有兴致地看着这一幕。

何教授和年轻的医生们走了不久,卓文聚就醒了,看到墙上的时钟,他慌忙要推醒霍思杰。霍思杰明显还没睡醒,嘴里发出"啊啊"的声音,眼睛还闭着。

其实刚才的情况也应该向高美燕博士汇报的,但是霍思杰还在半梦半醒之间,根本没有注意到自己发出了声音,而卓文聚缺乏警觉,也没有当回事。

303

当霍思杰意识到自己是在医院时,开始紧张地看着卓文聚,试图从他脸上看出手术的最新进展。两个少年四处张望,看到有一家三口坐在旁边,可能也正在焦急地等着自己的家人。

"不久前,一个医生拿走了你掉在地上的那张纸,把纸揉成一团,放进自己的口袋里了。"刚才那位老太太说。

霍思杰马上看了看自己手上的那张纸,笑着递给了卓文聚。他们都意识到这是个好消息,但是还想再问问医生,证实一下。

方雅丽的父母在晚上八点左右又来到手术室外,他们已经来过四趟了。这会儿,大家一起等着方雅丽从手术室里出来。

只过了一小会儿,赵伟医生先出来了。他看起来一脸疲惫,但是带着满意的笑容,脚步轻快地走向家属。霍思杰跑着迎过去,举起那张"笑脸",询问地看着医生。

其实也没必要了。赵伟医生直接张开双臂要拥抱霍思杰,而霍思杰见状,飞也似的扑向医生,差点儿要把赵伟医生给带倒了。卓文聚也冲过去拥抱医生。

这下可真的把这位资深的医生给扑倒了。卓文聚还孩子气地亲吻了赵医生的脸颊,霍思杰也有样学样,赵伟医生虽然疲惫但却笑了起来。

"手术还没完呢,还有些收尾工作,我要先去好好休息一下。"赵伟医生说。

"你撒谎,如果手术还没结束你肯定不会先出来,是不是?"卓文聚孩子气地问,但是赵伟医生一点儿也不介意,他毕竟只是一个不到十四岁的小孩子。

赵伟医生站起身,告诉方雅丽的父母手术很顺利,脑肿瘤被近乎完整地切除了。

说完,赵医生就迈着疲惫的步子走了,边走边掸去白大褂上的灰尘。"我刚刚切除了方雅丽脑子里的'小魔怪',现在却又遇到两个小恶魔。跟他们比起来,我十五岁的女儿简直就是天使了。刚才把我摔得够呛,我得赶快去看看骨科专家。"赵伟医生已经忘了刚才是他主动向霍思杰张开双臂的。

方雅丽的爸妈、霍思杰和卓文聚忍不住跳起了轻快的爱尔兰舞。一个护士走过来,礼貌地要他们保持安静,因为他们旁边还有别人在等待手术的结果。

"赵伟医生,请马上和第三甲手术室联系。"医院公共广播呼叫系统突然响了起来,而且还播放了不止一遍。这在方雅丽父母和两个少年的耳朵里,就像是战争时的空袭警报。

就在这个时候,一位还穿着手术服、戴着手术手套的年轻护士冲出手术室,跑向远处的赵伟医生,在他耳边急切地说着什么。两人都跑着返回了第三甲手术室。卓文聚也向他们追去,想知道到底怎么了,但是他没赶上,到了手术区域门口就被挡住了。

卓文聚站在那儿,回头看了看方雅丽的父母和霍思杰,他们也都吓坏了。就在几分钟前,在旁边等待手术的那一家人还羡慕地看着他们,现在目光里已经满是同情。方妈妈在震惊之下都有些傻了,呆呆的,一动不动。

几分钟后,何庆活教授和两位年轻助手也飞快地走回来,本来就已经沉重的气氛变得更加压抑,但是亲友们除了焦急等待之外什么也做不了,只能勉强互相安慰。

这一个半小时真是太难熬了。在这段时间,一位护士走出来,告诉刚才那一家人,他们的亲人手术很成功。

方太太开始浑身发抖,双眼茫然地看着前方,不知所措,也不敢猜想命运会不会对她如此残忍。方先生想让她服一些镇静药,她拒绝了。

刚才的老太太在离开之前低声对霍思杰说:"小伙子,会好起来的。要不了多久,你爱的人就能被推出来了。"霍思杰握了握这位好心老太太的手,勉强笑了一下表示感谢。老太太又走向方爸爸和方妈妈,说了一遍同样的祝福。

接近晚上九点半的时候,霍思杰突然想起要给大老板发一封紧急电子邮件,向他求救。他刚要在 iPad 上打字,手术室的门开了,走出来一队医护人员,步履轻快,看起来都非常放松。何庆活教授和赵伟医生走在队伍的末尾,边走边聊。突然,卓文聚发出了巨大的尖叫声,就像是欢迎从前线凯旋的将士们一样。

这一嗓子可把每个人都吓了一跳,特别是卓文聚又向着赵伟医生猛冲过去,赵伟医生不由得向后退了半步,用手指着卓文聚,像是要告诉他不要扑过来。还好,这次卓文聚在几步远的地方停下来了。看到活力十足的板球队长和击剑冠军克制住要扑上来拥抱自己的冲动,赵伟医生总算松了一口气。

"文聚,可别再压在我身上了!"卓文聚听从了赵医生的警告,但还是上前在他脸上重重地亲了一大口,赵医生想躲也没躲开。卓文聚无法抑制自己激动的心情,又在何教授的脸上来了一口,旁边的护士们都笑了起来。

方爸爸、方妈妈和霍思杰马上聚在方雅丽的手术活动床周围,但是作为常规防护,旁边的护理人员不让他们太靠近病人。

"赵伟医生,刚才是怎么了?"四个人中最平静的方爸爸率先提问道。

"只是一些技术细节没处理好。年轻医生们太谨慎了,把我们都叫回去了,没什么可担心的。"赵伟医生轻松地说,想要淡化刚才紧急情况的严重性。毕竟,像这种类型的手术出现一些紧急情况实属正常,很难给没有受过医学训练的家属解释明白,说不定还会让他们更担心。就像刚才在手术中需要给病人大量输血,赵伟医生对家属们只字不提。

"只要一个星期,她就会恢复往日的健康。"赵伟医生补充了一句。

方爸爸、方妈妈和两个少年都想好好看看方雅丽,但是三个护士和护工仍然阻止他们凑得太近:"请不要挡路,我们需要马上送她到重症监护病房。"方雅丽必须在无菌的环境中接受手术后的观察和护理。

方雅丽双眼紧闭,面色苍白,但是在卓文聚眼里,她美得令人心醉。

第四十七章　出乎意料的礼物

罗校长特准卓文聚和霍思杰周二和周三请假,陪伴方雅丽。罗校长希望,到了周三方雅丽的情况会更加稳定,少年们有一两天不上课也算不上什么大事。

方雅丽在重症监护病房里躺了两天,接受各种观察,经过这么大型的脑手术后,她还没有完全醒来,还处于麻醉药效的控制下。护士说下午就可以把方雅丽送回普通病房了,两个少年可以利用上午的时间给她买礼物,庆祝手术成功。

卓文聚的礼物预算是十五英镑以内,而霍思杰的预算竟是卓文聚的四十多倍。霍思杰不想麻烦生病的干爹,所以特别向祖父要了这笔钱。两份礼物无论是在费用还是在其他方面都截然不同,而两个少年都对自己的礼物保密。

少年们前一晚都住在克莱夫酒店,一早就去市中心买礼物。他们各自行动,约好在中央火车站的麦当劳附近碰头。见面之后,思杰发现文聚戴着个羊毛套头帽,看起来有点儿和平时不一样。当他像舞台表演者向观众谢幕一样,夸张地摘下帽子,思杰才发现他剃了光头。

霍思杰简直太吃惊了。原来卓文聚送给方雅丽的礼物就是他的光头,这真叫共患难啊。

此时,思杰也慢慢腾腾地拿出一个包装精美的盒子。一开始还努力绷着脸,但是几秒钟之后实在憋不住了,开始放声大笑起来。他的笑声越来越大,但是这会他只顾着乐了,根本没有注意到。

霍思杰好不容易才平静下来,他就像是扑克牌魔术师要让观众看清楚自己的动作一样,用慢动作从包装盒里拿出一个制作精美的假发。卓文聚也完全惊呆了,过了一会儿,才露出了赞许的笑容。

早些时候,霍思杰在网上搜索伯明翰最好的假发商店,发现大家都推荐"帕尔玛·弗莱假发店",这家店已经有六十多年的历史了。霍思杰把方雅丽金发披肩的照片发过去,询问店家有什么精品推荐。今天,他赶过去看到了实物,挑选了一个法国制造的精美假发,价格比较贵,算上增值税要660英镑。虽然这个假发不如方雅丽以前的头发长,但是颜色、质地都和她的真发相差无几。毕竟是假发,能做到这个程度就已经非常不错了。

两个同样年龄的少年,和方雅丽相处的时间也差不多长短,但是选择的礼物却正好相反。后来在凯博学校,学生们经常会谈起"有头发还是没头发"的故事:一个患病的少女,一个体贴的男朋友,他们在几乎同一时间里剃了光头。加上挚友送上的假发,这简直就是一个完美的童话故事。

等到周三放了学,方家的司机把两个少年和张惠敏送到医院去看望方雅丽。

雅丽已经出了儿科重症监护病房。理疗师、职能治疗师和语言病理学家给雅丽做了许多测试,认为她的语言、动作技能、视力和思维能力看起来一切正常。脑部的肿大并不严重,限量的类固醇药物也发挥了作用,核磁共振成像检查证实了95%以上的脑肿瘤被切除了,手术在临床上很成功。但方雅丽还需要服用药物以及进行有限化疗以遏制剩余组织的继续生长。

之前方雅丽和卓文聚在网上见面聊天,她不禁问卓文聚为什么要戴着帽子,卓文聚含混了过去。当时方雅丽没有起一点儿疑心。活着的感觉真是太好了,其他什么事情都不重要了。

而今天在进病房后,卓文聚就摘帽一鞠躬,这意外的礼物起初令方雅丽完全不高兴,但她一转眼就明白了,卓文聚是为了自己才把头发全剃光了,而他免不了会被同学们取笑。雅丽温柔地拥抱了他,摸了摸他的光头。

跟着霍思杰拿出了自己买的精美假发,方雅丽咧开嘴高兴地笑了起来,给了霍思杰一个更大的拥抱。

雅丽的父母这时也敲门进来了。霍思杰注意到方妈妈又用那种奇怪的目光看着自己。在聊了几分钟之后,方雅丽的父母请霍思杰到外面和他们单独说上几句话。

"终于等到了,他们要告诉我为什么总是神神秘秘地看着我了。"霍思杰想着。他一边跟着往外走,一边不断回头看着方雅丽。霍思杰耸耸肩膀,摊开两手,表示自己完全没有头绪,试着从她那儿得到一些线索:你父母要和我谈什么呢?可是连方雅丽看上去也鬼鬼祟祟的。霍思杰敢肯定她一定知情。

他跟着方雅丽父母到了咖啡厅,在路上使劲地想过了所有的可能性,但还是有些摸不着头脑。方先生一直把手放在霍思杰的肩膀上,和他并肩走着。虽然路程很短,但对于思杰来说非常漫长。

到了咖啡厅后,霍思杰马上注意到坐在最远处一个熟悉的背影。"这种事情怎么老是发生在咖啡厅呢?我知道方妈妈为什么老是那样看着我了。看见干爹等在这儿,考虑到他的健康问题,是不是我要换监护人了?或者……直接被收养?方爸爸、方妈妈喜欢孤儿,不是吗?"

他们很快走到罗校长那桌。

"罗校长好。雅丽已经好好地从手术室里出来了!"霍思杰走到圆桌边时就已经拿出了书写纸,他在有第三者在场时,通常都会比较正式地称呼罗智达。

"当然好好地出来了,你说什么傻话呢,我已经去看过她了。"罗校长说。

他们坐了下来,大人们点了咖啡,给霍思杰叫了可乐。气氛有些紧张,霍思杰挨个看着在座的三个大人,就算干爹坐在旁边,他还是非常不自在,可能因为以前从来没有经历过这种场合,感觉有点儿像是在参加工作面试或大学录取面试。霍思杰不断地小范围扭动身体,轮流看向干爹、方先生夫妇,想尽快知道这到底是怎么回事。

最后,还是方爸爸先开口:"思杰,我们在过去一周左右的时间里,和你的祖父、罗校长以及高美燕博士详细地讨论了你的事情。"

"来了。我猜对了,肯定是换监护人或者收养的事情。怎么还有高博士的事呢?看起来真的很严肃。"思杰想。

"在赵伟医生详细地介绍了雅丽的病情后,我太太的精神抑郁变得越来越严重,我们就在这个时候和罗校长好好地聊了聊。你知道我太太曾经两次流产,在那之后我们才收养了雅丽吧?"

霍思杰没有回答。他知道雅丽是被收养的,但是不知道方妈妈以前流产的事情。

"两次流产都是男孩。为了不让她触景生情,我们决定收养一个女孩。不管最初是怎么决定的,一看到雅丽小小的样子,我们就不可能再考虑别的宝宝了,就是她了。之前我们想,雅丽有可能无法从手术室里健健康康地出来。如果真的是这样,我想我太太肯定会精神崩溃的,所以我们想到收养你。但后来我们想的是,不管雅丽的手术情况如何,我们都非常想让你也成为我家的一员。我们都很了解你的情况,因为雅丽经常提起你康复的进展。"

这时罗校长插话了:"思杰,我们现在才和你说起这个想法,就是想要在方雅丽手术完成后再和你讨论。在那之前,我们不想让你和方太太担心除雅丽之外的其他事情。我的身体最近有些不舒服,我很高兴有一个各方面条件都很好的家庭和我一起照顾你。这就是我为什么愿意和方家讨论……"罗校长想先听听霍思杰的想法。

霍思杰不等干爹说完就写道:"我知道你病得很厉害。"

罗校长吃了一惊,他急忙问道:"你是怎么知道的?思杰,你都知道些什么?"

糟糕,霍思杰觉得自己应该用些演技混过去,毕竟偷窥别人的私生活不是什么美德,尤其是罗校长既是校长,又是他的干爹和监护人。

霍思杰露出了惭愧的表情,低下了头,再抬起头来时又是那副可怜小狗的样子,眼里含着泪水还咬着下唇,这也是他惯用的伎俩。

在成年人的眼里,十三岁的孩子是个矛盾体。他们有时言谈举止完全像个孩子,大人们也不以为意;有时又完全像个小大人,比如霍思杰在辩论赛上和在弹钢琴时,大人们也常常表示赞赏。

他这个样子让大家不禁心疼起来。方妈妈和罗校长都安慰地拍拍他的手,方妈妈甚至又要哭了。霍思杰知道没人再追究他的错误了。

思杰慢慢地写字:"我看到你卫生间里的药和氧气罐。我上网查了这些药都是治什么病的。方雅丽也知道。"

罗校长想起了两个月前的校长家宴,暗暗懊恼自己的粗心。

"思杰,你知道我不愿意告诉你我的病情,是因为你这一年里已经收到了太多的坏消息。但是,可能你也应该知道,我被诊断出胰腺癌后,存活的时间算是长的了。当时医生说我已经是癌症晚期,最多只有三个月的寿命,可现在五个月过去了,我还是很精神。几个星期前我停止了化疗,感觉反而好多了。

"嗯,现在我知道你不久前为什么非要让我去做针灸了。你当时说针灸有助于我综合调理身体,但其实那时你就知道我的病情了,是不是?

"我不知道是化疗、针灸,还是想要看着你完全康复的强烈愿望撑着我走到现在。我希望自己还能多活上一段时间,但是这谁也说不好。我和你祖父谈过了方家收养你的问题,最后大家认为应该完全由你来做主。但你祖父、我和高博士都觉得这是个很好的主意。

"你应该知道,方先生、方太太和我不是一般的交情。这有点儿像我们两家的关系。在二战期间,我父亲被你祖父救了后,就被送到新加坡去治疗,他在那儿做了手术,其间认识了也在那儿接受治疗的方先生的父亲,他也是因为战争而受伤。从那儿以后,我们和方家就一直交好。

"你可能会奇怪,为什么雅丽会被送到凯博学校,而没有在伦敦上学?就因为我们两家的关系,就像你也被送到凯博学校来读书一样。"

霍思杰写道:"为什么爷爷不和我说呢?干吗这么着急?"

"你爷爷年龄大了,这样的事情最好面对面地讨论。最近他的精神越来越不好,就让我代为出面和你商量。

"咱们谈过之后,尤其是现在雅丽的情况很稳定,你祖父肯定会和你详谈这件事情的。但是不要说太长时间。你可能也注意到了,在最近几次的网络聊天中,他总要找借口快速下线。"霍思杰点了点头,"你好好考虑,不用着急做出决定。你什么时候和我们谈都可以,包括方先生和方太太。"

霍思杰安静了一会儿,他轮番看了几遍在座的大人,突然脸上出现了非常伤痛的表情,他在书写纸上写着:"你们真的想要我吗?我是个不祥的人。凡是跟我有关系的人不是死了就是要死了,我爸妈、爷爷、干爹……我会把坏运气带给你们的。"

霍思杰丢下笔,把书写纸推到桌子中间,让方先生和太太能读到。他突然用手捂住脸,哭了,这次是真实的眼泪。

"哭什么,开始不是假哭吗?现在又哭个什么劲?别哭了,傻瓜。"霍思杰在心里生自己的气。但想起了佛罗里达的车祸,他不由悲从中来越哭越难过,声音也越来越大。咖啡厅里的客人都看向这里,方太太受此感染,也哭了起来。

但罗校长看着霍思杰,脸上出现了疑惑的表情,他马上掏出手机,手指有些颤抖,可能是因为自己的病,也可能是因为这个电话太重要了。他打给了高美燕博士。电话接通后,他只简单地说:"高博士,我是罗智达。有重要的事,你听……"

罗校长随后把手机放到了霍思杰旁边,现在他把头埋在双臂之间,还在大声地哭,悲伤的眼泪像洪水一样涌出来。在电话的另一头,高博士马上抓起了另一个手机,开始录音。方先生夫妇没有说话,都有些哀伤。但是罗校长和高博士却很激动,霍思杰终于发出了清晰的声音,虽然是哭声,但也是个令人振奋的进步。这是高博士第一次听到他的哭声。在此之前,思杰有两次发出了明显的声音,其中一次就是今天上午霍思杰在麦当劳附近看文聚给方雅丽买的礼物时放声大笑,但文聚没有告诉她。

"大声哭吧,思杰,把压抑的情绪都哭出来!"干爹鼓励他把内心的痛苦都通过眼泪释放出来。

方先生和方太太完全不知所措。"为什么罗校长这么奇怪?"方太太想,"而电话那头的医生好像对这样奇怪的举动也完全不以为意。"

霍思杰又哭了几分钟,当他终于停止抽泣时,罗校长拍了拍少年的后背,说:"小伙了,其实你给我带来的是好运,要不我怎么活了这么长时间?看起来你祖父交代给我的最后一个也是最重要的任务就要顺利地完成了。"

罗校长在电话里说:"高博士,你有什么要说的吗?要不先挂掉电话,让你有时间在霍思杰的病历上记下今天的情况?"

"我想和思杰聊两句,行吗?"高博士问。

罗校长把手机递给了霍思杰,但思杰觉得很尴尬,不愿意抬起头来。他拿过电话后,又把头埋在了胳膊中。

"思杰,我是高博士。我希望你认真听我要说的话。你刚才哭出了声,还用喉咙和声带控制了声音,这是一个进步。记住当时的感觉。我们现在可以证实你能连续发出声音,我肯定,你很快就能开口说话了。"老实说,高博士也不能肯定下一步可能会出现的情况,但是她知道心理鼓励的重要性。最近霍思杰发出各种声音的频率明显增多,她希望这些都是他最终康复的吉兆。

霍思杰一边哽咽着一边把手机还给了干爹,头还是藏在胳膊里。他觉得自己是个大人了,居然在陌生人面前哭起来,真是太尴尬了,虽然只要他愿意,方先生和太太就是他的养父母了。

又等了一分钟,霍思杰才抬起头来。方太太觉得霍思杰看起来真是太可爱了,就算是哭起来时也非常可爱,越发想让他成为自己家庭的一员。

霍思杰镇定了情绪,心想:"人与人之间的关系真是复杂。我有父母,突然又没有了父母。但是至少我还有干爹干妈,可是干爹很快也要去世了。突然,我又有父母了,虽然是养父母。算了,别想了。我还小,明白不了这么复杂的事情。

"啊!是不是……有没有可能是……大老板改变了计划?我还没有感谢他让方雅丽顺利通过手术呢……方先生和方太太是不是他老人家为了实现我提出的愿望的新计划一部分呢?"

"思杰,慢慢地想一想这个提议,不用急着做决定。你祖父和我都有点儿心急,是因为我们的时间不多了,我们才着急要和你谈谈。全校师生都知道了你和卓文聚送给方雅丽的礼物,但是你不知道的是,就在刚才你也收到了两份珍贵的礼物:方先生和方太太的收养提议和你发出的哭泣声音。"罗校长提醒霍思杰。

霍思杰挠了挠头,慢慢地轮流看向三个大人。当他第二次对上方太太的目光时,方太太冲他笑了笑,他也回报了方太太衷心的笑容。虽然思杰哭泣过的眼睛和挂在脸上的泪水让笑容看起来有些奇怪,在方太太眼里,这个笑容依然非常可爱。

霍思杰一直觉得方太太看起来优雅又善良,现在方太太就坐在旁边,他也可以好好地打量她一番。方太太真有点儿像自己的妈妈。可能只有高博士这样的心理学家才能分析出来,这到底是少年极度渴望母爱而出现的幻觉,还是两者之间真的有些相似之处。

四个人一起回到了方雅丽的病房,卓文聚、方雅丽和张惠敏一看到霍思杰就笑了。刚才讨论的事情肯定又让霍思杰情绪激动了,看他的样子就是又哭了很长时间,"爱哭鬼"这个绰号真是实至名归。卓文聚乘机报复霍思杰几天前取笑他落泪的事情,用手指指了指他的眼睛,明显是嘲弄他。霍思杰马上毫不客气地把书写纸当作飞盘扔向卓文聚。卓文聚可是击剑冠军出身,轻松地就躲过去了。

虽然霍思杰想要好好地考虑一下这个重要的人生决定,但是在内心深处,他知道自己很有可能会同意方家的收养提议。他想了想,便在书写纸上写道:"如果我同意做你们的养子,那我和方雅丽吵架时,你们不会只向着她吧?"

"当然我们要向着雅丽了。雅丽当我们的可爱女儿已经十三年了,你可是晚她十三年。"方爸爸一边开玩笑地说,一边夸张地亲了方雅丽一下,做了个鬼脸。方雅丽也亲了爸爸一下,扬扬得意。

"难道父母不都是更疼爱小一点儿的孩子吗?"

方爸爸这下摸着下巴,不知道该怎么回答。方妈妈早就忍不住了,上前紧紧地抱住霍思杰。同时,霍思杰也把双臂张开抱住方妈妈。

第四十八章 是时候了!

依照传统,凯博学校年度音乐会安排在耶稣受难日的前一天晚上,有点像伦敦"逍遥音乐会"最后一夜的演出,但相比之下当然是迷你型的。不过据说凯博学校的音乐会的历史更加悠久,因为它可以上溯到十九世纪中期建校之初。

马上就是复活节了,大家的心情都很不错。为了增加节日气氛,学校也放宽政策,准许学生们穿上自己最喜欢的衣服。

今年的音乐会主题是"国际合作"。第一个节目来自一年级走读的小学生。他们打扮成小鸡,合唱了一首法语歌。法语歌曲完全符合主题要求,赢得了观众热烈的掌声。而他们用来喝彩的道具也是花样百出,什么东西发出的声音最大,那就用什么。

为了吊起观众的好奇心,校方故意没有印刷节目单。只见大林一郎走到台前鞠了一躬,他身后站着二十几个从十二三岁到十四五岁不等的少男少女,看起来像是个合唱演出。观众们很是好奇,等着他解释这个节目有哪些国际特色。

"我们要用纯粹的日语唱一首日本歌曲。"大林一郎报幕说。

"噢!他是去排练这个节目了。"音乐俱乐部的几个成员现在才恍然大悟。大林一郎最近老是在周六排练的时候半途溜走,本来他们以为跟方雅丽有什么关系,原来他是在低年级学生的教学楼里秘密练习日语,进行合唱彩排。

观众们都佩服他的组织能力,可以明显看出合唱团里只有四到五个亚洲面孔。大约三分之二的合唱团成员都是女孩子,其中两个日本少女来自附近的女校。

"我就不再多说我们的国际特色了。二十五位成员中只有五位日本人。这首歌曲的名字叫《书信》,原演唱者是安艺圣世美,首次演出是在日本放送协会第75届高中生歌曲大赛上,从那以后,就成了广为传唱的流行曲。

"这首歌有一个非常明显的特点,几乎每个日本高中生都知道。我们也想请大家找找看,液晶显示屏上有翻译过来的英文歌词。"

事实证明,学校购买的液晶显示屏非常有用,看着上面英语翻译,学生们就能听懂外语歌曲和外语戏剧。

这支歌曲只使用了钢琴伴奏,刚唱了两分钟左右,合唱团里半数的女孩子们就开始哭了。这首歌曲讲的是一位三十岁的女士写了一封信,给十五岁的自己。在日本,每次高中生毕业晚会上演唱这首歌曲时,大家都要哭湿手帕,就是男孩子们也不例外。

这个合唱演出非常完美,观众们都致以热烈的掌声。大林一郎看到观众席许多男同学也眼含泪水,他知道演出一定是成功了。

音乐老师是司仪,她介绍下一个节目是钢琴独奏,一个三角钢琴被推到舞台上。

"在半年以前,这位演奏者失去了成为一个出色钢琴家的机会。但他努力让自己的右手恢复正常,在上个月获得了校际音乐大赛的钢琴演奏一等奖,这是我校在十二年来首次赢得这样的荣誉。请大家欢迎来自香港的美籍华裔少年霍思杰,他将在三角钢琴上为大家演奏李斯特的钢琴曲《钟》。"

霍思杰面向观众深鞠一躬,坐下来,摸了摸自己的钻石戒指。只有坐在前排的罗校长知道这是什么意思。所有的观众,不管会不会弹钢琴,见识了霍思杰的琴技后都认为他确实是个少年钢琴天才。低年级的学生和不太会弹钢琴的同学都惊异于他的手指竟然能以这么快的速度和精确度在琴键上滑动,就像是机枪连续发射出的子弹。这首曲子弹奏的难度吓跑了一些本打算学钢琴的小朋友,但也可能激励了一些同学暗下决心要弹得像霍思杰一样好。

霍思杰的手指在键盘上起舞,弹奏出小快板节奏,有时甚至在十五或十六分音的时间中,要连弹相隔两个八度的按键。这对他自己是一种享受,他完全沉浸在这首乐曲所营造出的神秘空灵的气氛中。

一曲弹毕,观众席一片安静。两个人首先站起来为霍思杰喝彩,一个是大块头费乐俊,一个是他瘦小的弟弟费乐文。随后每个人都站起来鼓掌。坐在第一排的罗校长身体已经虚弱到站不起来了,但他非常高兴霍思杰完全恢复了以前的弹奏水平,这个使命他已经圆满完成了。他当时还不知道,其他的愿望也很快就要实现了。

舞台上的大幕再次拉开,观众看到在右后方的角落里放了一套鼓,舞蹈俱乐部的全体成员走上舞台,领舞者是董傲凡。观众们都猜测,他们要跳的肯定是南美舞蹈或者西班牙舞蹈。很多人从周六的音乐俱乐部活动中,听到过此类舞曲。

看到金章修上场,观众们断定,这首拉美舞曲肯定需要强化的架子鼓音效,因为金章修是音乐俱乐部里的架子鼓高手。

舞台上的金章修把两手叠放在胸前,做出了骑马的姿态,这可是货真价实的全球流行曲,还是由韩国少年表演的!突然,半数的学生都站了起来,一起尖叫和大喊。

"鸟叔,鸟叔!"看到大家都认出来了,金章修也不用再多加介绍,他走到舞台深处,坐在了架子鼓后面,演出开始了。这首节奏明快清晰的韩国神曲和骑马舞风靡全球,世界各地校乐队、军乐队和舞蹈团体纷纷推出了自己的模仿版本,现在轮到凯博学校的舞蹈俱乐部一展风采了。

在 2012 年上半年,全世界大学里的研究学者和市场营销公司都在努力地分析,为什么韩国人在手机、电视和化妆品领域快速超过了竞争对手。而在当年第三个季度,一个更加奇怪的韩国现象席卷了全球,那就是鸟叔和他的神曲《江南 style》。鸟叔是韩国中年说唱歌手朴载相的外号,由于成名曲《鸟》而得名。《江南 style》唱出了韩国首都首尔南部富人区的腐化生活,其中他自创的骑马舞更是在全世界刮起了韩国旋风。这首歌曲在多个国家位居流行歌曲排行榜第一名,在美国也取得了排行榜第二名的好成绩。到 2012 年底,这首歌曲红遍全球,网上的点击率很快从五亿增长到十亿。而到 2014 年中,这首歌的 MV 成了互联网历史上观看次数最多的视频,点击率超过二十亿,创下了吉尼斯世界纪录。

更加不可置信的是,这首歌的视频自 2012 年夏天被放上互联网以来,点击量有时一天就能达到一千万之多。如果还有人不知道这首神曲,那他不是讨厌音乐,就是不看新闻也不上网。2012年10月,鸟叔甚至和联合国时任秘书长潘基文一起,在国际媒体面前跳了几个骑马舞的动作。潘基文也是韩国人。

凯博学校的学生们跟着这首歌和舞蹈大大地兴奋了一把,舞蹈俱乐部跳得兴起的成员们也满足了观众大呼再来一遍的要求。葛德海也被同事们推上了舞台,他也没有抵抗,反而拉上了舞蹈俱乐部的主席姬俐思女士和他一起上台。学生们都感到葛德海像是换了一个人,大家猜测这是因为他在复活节假期后就要担任代理校长了。其实这个猜测只对了一半。

葛德海居然跳得像模像样,观众们笑得前仰后合。到最后,每个人都累坏了,包括董傲凡。观众们也都坐回到椅子上,想趁着下一个节目开始前休息一下。这是一位十一年级女生的独唱,表演者就是方雅丽的女声二重唱搭档,她演唱的歌曲是《啊!我亲爱的父亲》,是歌剧家普契尼的独幕歌剧《贾尼·斯基基》中一首咏叹调。她唱得深情动人,所有的观众,不管是不是古典音乐爱好者,都给予了热烈的掌声。

大幕再次拉开,卓文聚坐在椅子上,怀抱着一把古典吉他,右脚踩在小凳上,头上还戴着帽了。霍思杰在后台的一侧松了一口气,他们之前一直在四处找卓文聚,现在看来他刚才是溜到舞台另一侧准备自己的吉他独奏了。

他大方地为自己的节目报幕:"女士们先生们,我是卓文聚,来自埃塞克斯地区。我要把这首著名的西班牙吉他曲《爱之罗曼曲》献给我们学校的一位美国朋友。"

观众们忍不住开始起哄,有人大声叫道:"只是朋友?别把我们当成你求婚的见证人!"大家都笑了起来。

"卓文聚在干什么啊?当着全校师生的面对方雅丽示爱吗?他疯了吗?"霍思杰想。他自从音乐会开始后就一直神经紧绷,担心方雅丽在高音上出问题。演出成不成功倒没有那么重要,就怕方雅丽会因此信心受挫。

八年级的同学们没有和其他人一起起哄。他们知道,如果卓文聚能够为了方雅丽剃成光头,在大庭广众之下演奏一首爱情曲也就是小菜一碟了。卓文聚学了三年的古典吉他,弹奏颇有名家风范。表演结束后,同学们对他的演出报以热烈的掌声,可能也因为他在开场时发布了爱的宣言吧。

在后台,出乎所有人的意料,原本非常害羞的韩国少年金章修为卓文聚的大胆举动画下了完美的句号。他走到霍思杰身边,低声问:"我能借一下你的戒指吗?"霍思杰马上配合地摘下戒指,笑了起来,他已经想到金章修要做什么了。金章修拿着戒指,走到方雅丽身前,雅丽看起来沉醉在卓文聚半遮半掩的公开表白中,有些神思恍惚,突然发现金章修站在面前,吓了一跳。谁也没有想到,金章修面对着方雅丽和后台的所有人员,大声庄重地说:"我现在宣布你们成为合法夫妻。"

说完后,他就作势要把戒指戴到方雅丽手上,雅丽尴尬极了,一把推开了他。下一个节目就是方雅丽的了,她现在越来越紧张,这个出人意料的恶作剧来得真不是时候。

看到卓文聚走过来,方雅丽简直想找个地方把自己藏起来。还是大林一郎看到马上就该他们上场了,催促大家不要再闹了。

为了最后的压轴节目,音乐俱乐部排练了很长时间。方雅丽生病请假的这五个星期里,大林一郎和俱乐部所有人付出了巨大的努力,反复排练,保证在方雅丽回来后,乐队的伴奏会呈现出最好的效果,为她独唱的这首歌曲锦上添花。

在这五个星期里,方雅丽虽然住在医院,但是她每天都过得非常开心,充满了重生之后的喜悦。护理她的医生和护士们都不由得佩服这个美丽少女身上充沛的正能量。方雅丽经常开着DVD唱歌,听到的人都称赞她的演唱有专业水准。

出院后,她抓紧在周六音乐俱乐部活动时和乐队的成员们合练了几遍。大家感觉准备到位,就等着上台演出了。

大幕拉开,乐队各就各位。还是由卓文聚报幕:"在座的观众朋友们都是火眼金睛,我就不用啰唆这个节目的国际特色了。但是我代表整个乐队,想再说几点。

"架子鼓手金章修大家刚才都见过了,他的架子鼓产自美国;音乐指挥大林一郎是日本人,他今天吹的小号是法国生产的;小提琴手文雪诺来自巴西,她拉的电子小提琴是意大利制造。大家都很熟悉霍思杰了,他是美籍华裔,弹奏的电子琴产自日本。我的芬达吉他是美国制造。而演唱者方雅丽,她是美国姑娘,待会儿要演唱一首美国歌曲,原唱者是美国著名歌手甲安·奥斯汀。当然了,她还得站在英国的土地上演唱这首歌,呼吸英国的空气。"

这时观众中有人大喊:"你们穿的衣服和鞋子都来自中国。

卓文聚看了看自己的同伴,果然,乐队成员们都穿着休闲装和运动鞋。"谢谢这位兄弟补充。下面由方雅丽演唱里安·奥斯汀的歌曲《继续向前》。"

在座所有的音乐老师心里都在想:"这首歌可不容易唱好,技术难度很高。方雅丽年龄还小,可能无法深入理解歌词寓意。可是毕竟是方雅丽啊。希望她在手术后能够精彩地唱好这首歌曲。"

非常出色的青少年歌手本就少见,能在众多观众面前自信表演而不怯场的更是凤毛麟角。

为了避免方雅丽在手术后做康复治疗往返学校和医院过于疲惫,医生建议她一直住在医院里,直到身体完全恢复。而思杰在她出院的前一周去医院看她。

"赵伟医生还没决定下周我能不能出院。我真的很想在学校音乐会上演唱,思杰,帮帮忙,用你的演技也好,其他什么魔力也好,说服他让我出院吧。"

"干吗这么着急啊?"霍思杰写道。

"我不想老待在病床上,我想做点什么庆祝我的新生命,我想让全世界都知道我已经好了。我不想再等了。老实说,我妈妈的抑郁症在过去一年里又严重了很多,她太担心我了,直到前几周我手术成功才有了好转。我想回到正常的生活中。"

"我已经等了九个多月了,可还是说不出话。你别着急。"霍思杰写了几句安慰她。

方雅丽的另一个担心是,手术之后她的高音能力似乎退化了。她只告诉了霍思杰。但她的自尊心是不会让她降低音调来适应演唱的。

"顺便说一句,思杰,我妈老是旁敲侧击地想从我这儿知道你愿不愿意来我家。关于收养你的事情,你到底是怎么想的?"

"我还没想好。我很喜欢你爸妈,但是我不想让他们照顾一个病人。"

"别这么想,说不定他们就喜欢你这样的孩子呢。毕竟他们已经有了我这么一个完美的养女了。"雅丽开玩笑说。

"我可不这么想。他们说不定真是想要一个脑子没有被科学怪人打开过的孩子,比如我。"思杰倒是不客气地取笑起雅丽了。

方雅丽做了个鬼脸:"那我可就告诉我爸妈了啊,说你简直迫不及待地要当他们的儿子。但你一旦被我家收养,我就成了你的姐姐,你就是我弟弟了。"方雅丽望着霍思杰,想看看他的反应。

"我是完美主义者,可不想要个开过刀又缝起来的姐姐。"

两个好伙伴开了几句玩笑后就此告别了,开始准备下周的演出了。

在舞台上,方雅丽深吸了一口气,就要开始演唱了。霍思杰向她举起一个小牌子,上面用黑黑的字体写着"好运!"。他的双手甚至紧张得有些颤抖。两人默契地相视一笑。霍思杰先开始钢琴前奏,大林一郎和文雪诺随后加入,小号、电子小提琴和钢琴优美地融合在一起,之后金章修又加入了三角铁的音效。

观众们都很享受,可能很多人就算收门票也愿意捧场的。负责录像的技术人员简直不敢相信这只是一个学校音乐会,这些孩子的表演真能媲美专业水准。

"……为前路照光亮……"方雅丽的第一个高音完全没有问题。

"……不会迷失进退……"第二个高音也顺利过了,霍思杰和罗校长都注意到了她声音中略有些喑哑,和这段歌词中表达的情感相得益彰。可能是方雅丽在经历过手术的痛苦之后,更能体验到歌中的情感吧。

"……继续前行……不要泪眼汪汪……"霍思杰大大地松了一口气,方雅丽顺利地唱出了第三个也是最难的一个高音。她自信地对着霍思杰笑了一下,霍思杰也笑了。如果这个时间能够永恒留下,他们都会选择对方作为自己的终身伴侣,可是命运不是这么安排的。霍思杰重重地击下琴键,开始进入尾声伴奏。

"无憾,往前……无憾,往前行。"方雅丽唱完了,余音袅袅。

观众们激动地鼓掌,几乎淹没了歌曲的尾声,再一次,除了虚弱的罗校长,所有的人都情不自禁地站了起来。乐队成员也对着凯博学校历史上最杰出的少女天才歌手鼓起掌来。

"太好了,雅丽完全恢复了,不再吐字不清,高音也完全没有受损。如果我也能唱歌就好了……"霍思杰高涨的情绪令他呼吸急速,双手不自觉地重重按在最后几个琴键上,也不知为何原因手也开始颤抖得挺厉害。

霍思杰从琴凳上跳起身来,急得差点儿绊了一跤。他跑向方雅丽,重复了几周前对着赵伟医生做过的动作,当着全校师生的面,在相距两步远的地方,飞身冲上去抱住她。此时的方雅丽正对着观众再次深鞠躬致谢,霍思杰从天而降的拥抱差点儿把她带倒,好不容易才稳住了身形。

"我早就知道,你肯定能行!"霍思杰兴奋地叫了起来。

方雅丽的麦克风几乎要打在霍思杰的头上,所有的观众都听到了他大声的祝贺。

卓文聚突然定住了,停下了鼓掌。大约一百名八年级的学生和大多数的老师也都惊呆了,虽然其他人还在鼓掌和吹口哨喝彩。

卓文聚离大笑着的霍思杰只有几步远,他的脑子一片空白,停顿了两秒钟,震惊地看着自己的室友。

霍思杰察觉到卓文聚的表情,他转向了金章修和大林一郎,看到他们也是一副惊呆了的表情。霍思杰终于也意识到他人生中的重要时刻已经来临了。

他想挣脱出方雅丽的拥抱,但雅丽还沉浸在全校观众的热烈掌声和重获新生的喜悦中,依然紧紧地抱着霍思杰,他简直动弹不得。

霍思杰的脸涨红了,不假思索地又说出了更多的话。

"我……能……说话了,我……"霍思杰再也抑制不住,泪水夺眶而出。方雅丽看到观众席上的罗校长和葛德海都愣住了,正张大嘴巴看着她和霍思杰,她意识到发生了什么大事。

她随即想起刚才霍思杰说的第二句短短的话。方雅丽放开霍思杰,吃惊得连麦克风都掉在了舞台地板上。她用双手紧握住霍思杰的肩膀,她的好朋友"爱哭鬼"能说话了!

方雅丽又紧紧地抱了霍思杰一下,但很快就放开了他。八年级的同学及老师又开始鼓掌。

舞台上的同学都围上来,祝贺方雅丽和霍思杰,作为康复路上的伙伴,他们都在今天完全恢复了健康。有人在观众席上大叫,但是声音被淹没了:"思杰,好样的。我们以后可以好好地聊一聊天了。"是费乐俊,他开始向周围的同学解释霍思杰刚才奇迹般恢复话语能力的一幕。

方雅丽让霍思杰转过身去。思杰坐在舞台上,对着全校师生又哭又笑。他想把脸埋在膝盖中,但在混乱中很难做到这一点。卓文聚从霍思杰身上找到手帕递给他,思杰总是随身带着块手帕,就是为了在大哭的时候派上用场,但此时霍思杰想,这一定是我最后一次在众人面前落泪,从今天开始,"爱哭鬼"这个绰号不适用了。可是不久以后,霍思杰竟然又在一个大演播室里,当着几千人的海选舞台上大哭不止,而且有数百万人在互联网上观看了这段视频。

卓文聚不断地安慰霍思杰,拇指和食指环成圆圈,对着罗校长做了两次 OK 的手势。

罗校长在罗太太和葛德海的帮助下站起身来,他攒足了力气,对卓文聚回了个同样的手势。这是暗号,只有他们俩知道,前英格兰板球队队长金古驰签过名的板球很快就要易主了。

罗校长知道他的使命已经全部完成了。他在葛德海的帮助下坐回座椅上,拿出手机,给高美燕博士发送了一条短信,上面写着:"高博士,我在学校的复活节音乐会上,这儿太吵了,可我没力气走到外面去给你打电话。抱歉地通知你,很快就要失去两个初中生病人了。霍思杰竟开口说话了!随后聊。"罗校长颤抖的双手实在令发短信这么简单的事情也变得无比艰难。

读完短信,高博士马上打开计算机调出相应的文件,在霍

思杰的名字下面,她写下:

重大突破时间:2014年4月17日
事件:复活节学校音乐会
原因:未详
恢复程度:仍需检查

礼堂里只有一个人心情沮丧,那就是摄像大哥孔希武,他担心刚才那场大混乱会破坏了整体录像效果。但他当然不知道自己录下的是两个非常特别的青少年一生中最值得记忆的时刻。在以后,世界上很多心理学家和神经学家都看过这个录像。最后,孔希武把这段视频送到了英国中部独立频道的电视纪录片制片人孔希文的办公桌上。

第四十九章 你一直都唱得这么好吗？

整个复活节假期里的每天上午,霍思杰都待在高美燕博士的诊所里,方雅丽则回到了伦敦的家。

这几天不断进行听读测试,高博士和霍思杰都累坏了。在第二天要结束的时候,高博士确认霍思杰在临床上已经没有言语障碍,但是霍思杰在压力下就会说得比较慢。

霍思杰也到医院做了核磁共振成像检查,交由脑部神经学专家继续观察。高博士也有几个病人最终恢复了说话能力,他们有一个共同点,就是在唱歌的时候不会出现吐字困难的现象,但是在言语功能上几无进步。同样的情况在世界各地都有,但医学界目前还不能很好地解释这种现象。

在第一天的就诊中,霍思杰唱了黑人歌手史提夫·汪达的歌曲《希望之地》。这是二十世纪六十年代流行的一首民谣摇滚歌曲,颇有演唱难度。但霍思杰唱得太好了,完全出乎高博士的意料。

"思杰,你一直都唱得这么好吗？"

霍思杰一字一顿地说:"当……然。我极喜欢唱歌,而且……罗校长总夸我……唱歌的水平比钢琴弹奏水平高。"

"你能再多唱几首歌吗？我以前以为我的病人里面唱歌最好的就是雅丽了,但是说不定我错了。"高博士富有技巧地引导霍思杰多唱几首。

"你肯定……错了。"

在随后几天,霍思杰大部分时间里都待在高博士诊所的音乐治疗室。那里不仅有录音设备,还有一个电子风琴,虽然型号老旧了点儿。高博士把霍思杰的大部分演唱都录了下来,一方面自己欣赏,另一方面也可以让她的病人和同事了解创伤后应激障碍患者失语症能够恢复到什么程度。

"哥,你看过那盘DVD了吗?"摄像师孔希武问孔希文。

"什么DVD?"

"就是我两天前通过速递寄给你的那个。"

"我都忙昏头了。哦,我看到了,就在我桌子上。我想起来了,你说是什么学校的学生演唱的……"

"哥,过去这几年里,每次学校音乐会之后,我平均能卖出一百盘左右的DVD录像。但是最近三天内,我已收到了1400盘DVD录像的订单,甚至比全校的学生总数都多。我怀疑有人买了很多盘当作礼物。你最好在其他电视台听到什么风声之前看看。"

"明白,老弟。下次请你喝啤酒。"

两个小时之后,制作团队开始开会,决定拍摄一个纪录片,介绍当时的事件。孔希文给罗校长打了电话,罗校长又让他联系代理校长葛德海。两位校长都认为这是一个好机会,让更多的人了解失语症,更加重要的是,让更多的病人重新燃起康复的希望。利用这个机会,葛德海第一次非正式地拜访了学校理事会主席,征求他的同意。双方交谈非常愉快,主席没有丝毫犹豫就同意了。

在随后的周六中午,一辆大型电视用房车来到凯博学校,停在了行政楼前。工作人员从车里搬出录像录音设备,送到了音乐俱乐部的琴房里。

孩子们都很兴奋,整个上午都在排练,但是霍思杰没有参加,因为冯太太让他这个周六一定要来诊所,说这是几个月来最重要的一次针灸治疗。

冯太太在思杰头上、下巴和脸上扎了二十针左右,和前几次一样,霍思杰几乎没有感到疼,他很放松地躺着,让冯太太照了很多张他看起来像个刺猬的照片。

霍思杰回到琴房时,发现里面挤满了人,四处都是电线和电视录像设备。每个人都很高兴看到他进来,等他坐在电子琴后,孔希文指挥摄像开始对着他拍摄。

孔希文示意全场安静,录像马上就开始了。乐队和方雅丽再次表演了一周前演唱的歌曲,孔希文和摄制组觉得棒极了,一次通过。

"她可真是个不同凡响的年轻歌手,你说呢?"孔希文在摄像后对正好站在他身边的霍思杰说。

"我能唱得……比她……更好。"霍思杰回答说。

"啊?真的?你真能行?"

"大家请安静。我们要再录一首歌,让方雅丽和霍思杰合唱,看来我们还有一位出色的男歌手。雅丽和思杰,你们自己选一首歌,好吗?男声部分和女声部分的时间大体相当就行。"孔希文说话时,大家都看向这里。

方雅丽看起来吃惊极了。复活节假期期间,她都待在伦敦的家里,错过了高博士诊所里的霍思杰专场音乐会。事实上,她从来没有听霍思杰唱过歌,其他的乐队成员也都一脸茫然。雅丽和思杰在康复过程中是好搭档,但是霍思杰老是有些自卑,甚至没有告诉方雅丽他还有这么一个天赋。

方雅丽和大林一郎走到霍思杰身边,一起商量唱什么歌曲好。

"大家都觉得很兴奋,要不就唱《生命如此美好》吧?"大林一郎可是音乐大辞典,马上就想出了个主意。

他去打印歌谱和歌词。葛德海匆匆下楼告诉罗校长这个最新进展,虽然他心里也没底,霍思杰到底能唱到什么水平。

罗校长听说后自信地笑了。"真正的飙歌赛开始了,老伙计,你能扶我上楼吗?"罗校长一直都想去看看,但是他的体力真是太差了,楼上又过于喧闹,他就没去。

罗校长被扶着进屋后,发现琴房布置成了一个录音棚,里面挤满了人,这时音乐曲谱也已经准备好了。

"开头这部分你俩先合唱两节,后面的随便你们怎么分配,怎么样?"孔希文建议。

"这首歌是大乐队伴奏,但是却并不复杂。思杰,你要尽可能多地用电子琴上的管弦乐队功能,我的这首歌选得很不错,让我和文雪诺也能用上自己的乐器。就定在D调上吧。"大林一郎指挥说。

"小金,在这首歌里,有很多地方有你的鼓呀!"大林一郎又对着远处的金章修喊。

"顺便说一句,我们在开始的一段只使用钢琴伴奏,好不好?"大林一郎提议。霍思杰弹奏了颇有爵士乐效果的前奏,罗校长在椅子上赞许地点了点头。

"好。一、二、三,开始……"大林一郎指挥,演出正式开始了。方雅丽把开头部分唱得华丽动人,极富技巧。

"朝阳熠熠,世界为我存在。"方雅丽示意霍思杰加入进来。

"晴空万里,世界为我存在。"霍思杰的声音在第一节中还有些沙哑,但是到了第二节,他的音色就像去年事故发生之前那么清澈动人了。

声乐这门艺术,歌手的素质可以在几秒钟就展露无遗。方雅丽转向霍思杰,惊叹地用嘴型做了个无声的"哇",她又看向罗校长,罗校长对着她微笑,就像是在说:"你有麻烦了,现在多了个非常强劲的竞争对手。"

确实,琴房里的每个人都是这么想的,但是大家都没有出声,只有大林一郎忍不住大叫了一声:"这么好!"他很快就后悔自己打扰了演唱者,但还是自言自语地小声说:"好样的,我脱帽致敬。"

方雅丽本能地等着霍思杰进一步展露他的才华,都忘了在下面几节中要和霍思杰合唱。大家甚至都没有注意到,乐队里的其他成员,大林一郎、卓文聚、金章修和文雪诺,都同时停下了自己手上的乐器,焦急地等着霍思杰多唱上几句。这是大家第一次听到霍思杰开口唱歌,以前他可是连话都不能说呀。

霍思杰一边在键盘上自信地安排整个管弦乐队的伴奏效果,一边继续自己的演唱。他全身心都沉醉在自己失而复得的歌唱能力中,根本没有注意到其他乐队成员都已经停下了伴奏。这时张惠敏也悄悄地走了进来,站在人群中。

罗校长看着面前戏剧化的发展,充满兴趣地打量着霍思杰、张惠敏、方雅丽和卓文聚这四个十三岁的学生。

霍思杰还沉醉在自己的歌声中。其实他最为骄傲的不是自己的钢琴技巧,不是精确的度量衡能力,而是他天生的好嗓音。这个天赋需要言语能力,庆幸的是霍思杰失而复得,又可以再次演唱,他觉得现在就像是从噩梦中醒来一样,充满了劫后余生的兴奋。

张惠敏站在远处的角落里,充满爱意地看着男朋友的精彩演唱,现场的观众都听得如醉如痴。卓文聚却担心地看看方雅丽,又看看霍思杰,因为刚才他的女朋友对霍思杰表露出了前所未见的爱慕之情,开始有些危机感。

方雅丽一直看着霍思杰,露出了若有所思的表情。她一直觉得在演唱方面没有人能超越她,可现在她也很佩服思杰的演唱。她不禁在脑海里回忆起了和霍思杰相处的一幕幕情景:两人分享的快乐和分担的哭泣与忧伤,在康复过程中总是想方设法地互相鼓励,一起画下自己的生理节奏曲线图……这些就像电影画面一样快速在方雅丽眼前闪过。

"为什么现在才让我知道霍思杰这项过人的天赋啊?如果我早点儿知道,我俩搭档治疗的时光该多有趣啊!不过,如果他能说话唱歌,也就不会和我一起去高博士那儿治疗了。他唱得太好了!大老板怎么会造出我们两个如此相像的人呢?还让我们碰上了!"

方雅丽转过头去看卓义聚,正好看到他也在看着自己。她回过神来,开心地对着卓文聚笑了起来,准备和霍思杰合唱。如果方雅丽这时看看四周的观众,就能发现更多的人在盯着她看,而不是霍思杰,大家明显都在猜,她怎么唱着唱着就不唱了。熟悉这两人的旁观者都饶有兴致地看着她对霍思杰演唱天赋的反应。

方雅丽和其他乐队成员几乎同时重新开始自己的工作,方雅丽非常高兴霍思杰的演出让观众们大饱耳福。在剩下的演唱中,她的目光一直落在霍思杰身上。卓文聚简直要发怒了,他到现在才发现霍思杰还有这么一项天赋。

全体音乐俱乐部成员再次都加入进来,"世界为我而生……生活如此美妙……生活如此美妙……"霍思杰和方雅丽的和声非常美,两人都是出色的歌手,知道怎么在自身表现和相互配合中取得平衡。

两人在最后一小节中都用上了优美的颤音,大家惊讶地发现,霍思杰的高音要高上八度,两位歌手的颤音都持续了十二秒以上。大家几乎同时鼓起掌来,没有人再怀疑了,少年的演唱水平和天才少女歌手不相上下。

罗校长是对的,这对组合证明了,他们可以在演唱中既竞争又互补。孔希文作为经验丰富的制片人,在几分钟前就让工作人员开始录像,记录下了曾经患有创伤后应激障碍的少年在公众面前表演的第一首歌曲。

观众中很多人开始打手机,越来越多的学生拥向行政楼。当歌曲结束的时候,观众中迸发出雷鸣般的掌声,完全淹没了说话的声音。有人鼓掌,有人大喊"再来一个",还有人在大声表达赞美。方雅丽跷起两个大拇指,这还是她头一次对学校里的歌手有这样热烈的赞美。

"谢谢你们!"在过去九个月里,这是霍思杰第一次完整地用言语表达出谢意。他站起来,开心地看着方雅丽、卓文聚和罗校长,露出了感激的微笑。孔希文指示第一个摄像师定格在霍思杰身上,给他放大的镜头,第二个摄像师则追踪他的目光,跟着拍摄。

第二个摄像师找不到霍思杰现在看向的目标了,那个角落里挤满观众。

"他在找谁呢?"

"我想是人群中间的那个华裔少女。对,就是她!给她个特写镜头。"孔希文说。

"你肯定吗?"摄像师问道。

"我当然肯定,你没看见这俩人眼里的爱情火花吗?"

"明白了。开始聚焦。"

"这个少年不是外号叫'爱哭鬼'吗?在这样令人激动的场合,怎么不见他有哭的意思啊?有谁知道为什么吗?"孔希文问道。

霍思杰看起来高兴得反而呆住了,脸上没有任何表情。他正在回想一年前他每次演唱都能得到观众们热烈的掌声。

房间里唯一还比较镇定的人就是罗校长了,他一直都保持冷静,慢慢地扫视着房间,自豪地享受着大家的喝彩声,在心里庆祝这个伟大项目的完美结局。他当然不会意识到,他的干儿子重拾起在歌唱和辩论上的卓越才华后,在不久还会在数码领域中有令人赞叹的成就。

孔希文想抓紧每分每秒,再拍摄些内容,但是他花了一分钟左右的时间才让人群安静下来。

"同学们,你们不用再排练了。咱们就直接录像了。好了,摄像准备……录音准备……一号镜头广角拍摄,二号镜头推向思杰的……"孔希文不停地示意自己的工作人员开始,半分钟后,霍思杰和方雅丽再次合唱了这首歌曲,就算是听第二遍了,摄制组人员还是忍不住惊叹不已。

一曲终了,霍思杰、方雅丽、卓文聚和罗校长抱在了一起。

罗校长现在连站立都很困难了,所以他们三个不得不弯下腰来抱住他。罗校长的眼睛湿润了,心中激荡了太多的情感,就在他的眼前,梦想成了现实。

孔希文敏锐地抓住了这个时刻,拍下了四人拥抱的场面,作为纪录片《康复中的少年战士》的预告画面,在下周后期播出。

方雅丽接受了采访,但是霍思杰拒绝了,因为他还在恢复自己的言语能力期间。高博士表示,随着坚持不懈的练习,思杰在两个月内应该就能完全自然流畅地讲话了。

当天下午,罗校长、方雅丽和霍思杰聊了聊,然后给老朋友向景怡打了一个重要的电话。在电话里,罗校长听起来根本不像一个病入膏肓的人,他已经打定主意,要为最后的使命画上完美的句号。

聊了五分钟,作为音乐行业的权威人士向景怡先生同意让两个孩子参加自己担任评委的著名歌唱比赛节目《娱乐达人》。但是,他也提出了一些疑问:孩子们能承受站在舞台上的压力吗?因为罗校长提到两个孩子都是非常棒的歌手,但都正处在重症康复期。罗校长也特别请求向景怡先生,让两个孩子唱完整首歌曲,这样的话,他们的表演就要略长于其他选手两分钟时间,但却可以减轻孩子们的压力。

最后,向景怡先生提醒说,评委们,包括他自己,鉴于他们的情况特殊,可能问一些问题时,担心孩子们不好回答。罗校长却回答:"我想他们能撑下去的。毕竟他们都是身经百战的老兵了。"

放下电话,罗校长本想补一个午觉。但他的心情还是非常兴奋,决定先给霍思杰的祖父发一封电子邮件,简略地提到他引以为傲的成就:"真希望你也在这儿。你交给我的不可能完成的任务,竟圆满落幕。思杰在一天内说话、唱歌、弹琴了。等我精神好点儿时再给你打电话详谈。"

第五十章 尾　声

周六下午是音乐俱乐部活动的时间,罗校长老早就来了,他身体已经虚弱到连大部分日常活动都无法自己完成,但是他总能为了每周这个重要时刻攒足了力气。为了让罗校长能够和学生们再共享几次音乐,音乐俱乐部在最近的几个周日里也安排了活动。

学生们特意安排了一场经典老爵士曲演奏会,包括了戴维·布鲁贝克四重奏乐队的《中场休息五分钟》和欧文·柏林的《摆阔气》,这些都是爵士乐发展史上的著名曲目。

那天下午最后演奏的歌曲是美国黑人女歌手伊塔·詹姆丝演唱的著名歌曲《有些东西抓住了我的心》。罗校长坐在钢琴前,向大家展示了什么叫作技巧高超的节奏布鲁斯演奏。当时他不知从哪儿来的巨大精力,充满激情地按下琴键,整个人完全沉醉在音乐中。霍思杰和卓文聚有些担心,他们搬来琴凳,坐在罗校长左右。

音乐俱乐部的其他成员也演奏着自己的乐器,各自乐在其中。方雅丽用自己的方式演绎了这首歌曲,唱得开心极了。

在歌曲的前半部分,霍思杰又以高八度音演唱。罗校长听出他的高音部分有细微的嘶哑,在歌曲的下半部分,这一点更加明显了。当然霍思杰本人毫无察觉。

罗校长微笑了起来,知道这是早晚的事情,霍思杰开始变声了。希望霍思杰的男童高音能够持续到两周后他正式卸任校长的那一天吧。

曲终时,大家的情绪高昂,罗校长带着微笑慢慢地关上了琴键盖子,身边的两个少年注意到他的双手在剧烈地颤抖,心里明白这可能是他最后一次弹奏钢琴了。

在音乐俱乐部主席离世后的几个月里,每个周六排练时,都重唱伊塔·詹姆丝的这首歌曲,作为对老校长的致敬。

凯博学校历史上最出人意料的罗曼史开花结果了。婚礼在诸圣教堂举行,是个小型的家庭式礼仪,邀请的亲友不多。然而,当天未经邀请的客人却挤满了教堂外面的草坪,大大超出了主人的预期。主持婚礼的牧师用麦克风广播,说他需要一位电子工程师帮忙安装一个扩音系统,让站在外面的客人也能听到婚礼仪式的内容,有几个人踊跃上前帮忙。

仪式推迟了半个小时,大家都耐心地等着。新娘和新郎要再等上三十分钟才能正式结为连理,他俩看到有这么多祝福的客人不请自到,内心是既高兴又尴尬。两对花童倒是相当放松,想象着早晚有一天自己也会成为一场婚礼的主角。洋溢在空气中的浪漫气氛是否会对孩子们产生什么不良影响,就留给观众席上他们的父母去操心吧。

看见新郎葛德海和伴郎白夏侯出现在教堂走道的尾端,全体观礼客人都鼓掌欢呼起来,当然大多数观众都是凯博学校各年级学生。五分钟后,新娘施嘉珍也在父亲的陪伴下走进教堂中间的过道,学生们又欢呼起来。看到这最不可能的一对结为夫妻,学生们只顾欢呼起哄,完全忘了婚礼本来是个严肃庄重的场合。

罗校长身体越来越虚弱,无法亲自来参加婚礼了。他录下了一段祝福,在牧师开始婚礼仪式前向新人和观礼客人们播放。罗校长提到,在去年十月的某个周六下午,音乐俱乐部排练了一首拉美歌曲,葛德海和马上就要成为葛太太的施嘉珍当时正好都在楼下办公室里加班,造就了他们第一次共舞的机会。婚礼的四个花童中有三个,方雅丽、卓文聚和霍思杰,当时都在场。

陪着罗太太坐在教堂前排的是罗校长的两个年近三十的儿子,罗学霖和罗格霖,以及他们的女友和妻子。霍思杰也和他们坐在一起。去年才认识霍思杰的人能看到他正自然地和罗学霖低声交谈,一点儿也不像是一个刚从失语症中恢复过来、不久之前还经历了那么多人生磨难的少年。

方雅丽和父母坐在后一排的座位上,陪在她身边的是卓文聚。只有很少的人意识到雅丽戴着假发。

罗校长最后的日子过得相当忙碌及充实,总是有凯博学校的学生来医院病房里探望他。而方雅丽、霍思杰、卓文聚和张惠敏来的次数最多。

治疗癌症的权威医生在罗校长得病后,曾经说他只有三个月的生命了,但是他靠着坚强的意志多活了五个月。罗校长之所以如此坚强,可能是希望看到霍思杰的创伤后应激障碍症能得到好转吧。他做到了!

在最后的日子里,虽然他不得不经常因为疼痛而求助于吗啡,但是他的心情却平静安乐。同学们不断给罗校长讲笑话,想带给他尽可能多的欢乐。虽然护士们说笑声会让罗校长的痛感更加强烈,但是罗校长宁可服用更多的吗啡,也不愿意失去学生们的陪伴。

罗校长选择了一个不寻常的方式告别人世。一位卓有成就的古典音乐家和深受学生喜爱的校长会采取这个方法,实在是有些奇怪。在他去世后的一天,罗校长的家人在本地报纸和凯博学校的公告牌上刊登了这样一则启事:

> 亲爱的老朋友和小朋友们,抱歉我不能再和你们一起欢笑了,因为我有要事在身,得先走了。这件事情比我想象的来得早,但是比我收到的通知来得晚。我想引用朋友康卡西的名言,与大家共勉:谨记,不妨仰星逐梦,但需踏实做人。再见了,很高兴有机会结识大家。我们将会在某天、某地以某种方式重逢,珍重。

罗智达罗校长去世前留下遗言,把以前出借给皇家音乐家协会的一架施坦威三角钢琴送给了凯博学校音乐俱乐部,这架钢琴一直摆放在皇家音乐家协会大厅,很少使用。

1955年,罗校长出生那一年,姨妈送了一架同样型号的施坦威钢琴给他,这台钢琴放在他家里的客厅中,倒是经常被弹奏。罗校长把这架钢琴送给了霍思杰。

霍思杰很感谢干爹的心意,但是放在哪儿却成了问题。罗太太建议暂时把这架钢琴留在原地,欢迎霍思杰到家里来弹琴,这样自己也可以经常见到他。霍思杰过来弹琴时,总是先弹一曲柴可夫斯基的《六月》。罗太太静静地听着,总是想起罗校长向她求婚时的那个宁静的夏日。

霍思杰的语言能力近乎完全恢复了。失语症患者在重大的情感刺激后重新获得了言语能力,虽然罕见,但不是没有先例。高博士指导霍思杰不断地进行言语练习,又鼓励霍思杰积极地参加音乐俱乐部的活动进行音乐疗法,这些都有助于霍思杰的最终康复。

霍思杰也自愿让伯明翰中心医院言语治疗科的医生们详细地把他的治疗记录以及恢复过程发表到医学期刊上。如果需要,他还会协助其他的病人,参与相似病例的试验。但其实很多治疗霍思杰的医疗人员尚不清楚,针灸是否也有可能在他恢复言语功能的过程中起到了重要的作用。

方雅丽在脑部手术后恢复得很好,随后做的数个核磁共振成像检查都显示,脑肿瘤没有死灰复燃的迹象。但是她还是需要经常来医院做脑部监控。

在五月的第二周,就在雅丽做手术的医院,那时的罗校长静静地躺在床上,已经呼吸不上来了,他对神父进行了临终忏悔后,又和前来探望的学生们好好地笑了一场。他开始感到最后的时刻就要来临了。他此刻为了有效地控制难以忍受的剧痛,需要持续在皮下注入更多的吗啡。

离开罗校长的病房时,神父心想:"希望自己在临终前也像他一样安乐满足。"

罗校长昨天在两份重要的文件上签署了自己的名字,现在真是一无牵挂。第一份文件是小儿子罗格霖和未婚妻爱丽的结婚证书,他们从美国特意回到伯明翰来注册结婚。考虑到罗校长的健康状况,公证处决定让他在医院的病床上签字。正式的婚礼仪式将会在美国佛罗里达州举办。另一份文件是罗校长作为监护人签署了方爸爸和方妈妈收养霍思杰的正式文件。相比方妈妈的欣喜若狂,霍思杰倒是比较平静。

负责罗校长的医生和两个护士走出病房,要求家属做好最后的准备。罗太太反应平静,让两个儿子、爱丽、四个孩子和她一起进去道别。他们轻轻地走近病床,看见罗校长闭着眼睛,脸带微笑。听到有人走过来,他睁开了疲累的双眼。

家属走到病床的左边,孩子们则待在右边。

罗校长慢慢地把每个人都看过一遍,然后用十分微弱的声音说:"我一直……都运气……不错。我……见到了……所有……想见……的人。"他停顿了一下,重重地喘气,明显需要歇一会儿。

"爸爸,昨天您签署完我们的婚姻证书之后发生了一件事情。当时您已经睡了,所以我这会儿才告诉您这个好消息。"小儿子罗格霖说。

"我的这个儿子是个乐天派,什么在他眼里都是好消息。我一直都说,他应该当律师,而不是医生。"罗校长耐心地等着儿子告诉他是什么好消息。

"爸爸,爱丽她怀孕了。我知道……可能不符合您一贯要求我们的宗教行为准则,就是……"

罗格霖看了眼孩子们,不知道该不该。这时妻子用手肘重重地击了他一下,病床对面的四个孩子都低着头傻笑。

"只是时机不好,是不是……恭……喜!"罗校长很高兴,有点儿语无伦次了。此时的他还会在乎这些?他马上就要当爷爷了!

"还有好消息。爱丽在这儿找到了工作,在伯明翰市议会的环境保护部门工作。我们很快就要从美国搬回来了。我们打算住在您那儿。对于妈妈和我们来说,这个孩子来得正是时候。

"还有一个稍微没那么好的消息,我还得在这边的医院里找一份工作。我们可能需要……在最初几个月里……先借点钱,不过很快会还的。"罗格霖接着说。

"我没说错吧,这个儿子简直把所有的事情都看作是好消息。但是,我从来也没有操心过钱。我同意。"罗校长心里想着。这时霍思杰插话了。

"罗二哥,我可以借钱给你,当然,你要付我利息哦。"

罗格霖没想到他十三岁的小朋友居然开口说要借钱给自己,大感尴尬。霍思杰可以弹奏最复杂的钢琴曲谱,精确地估计任何东西的尺寸和重量,但是在处理人际关系上,作为一个年仅十三岁的男孩,看来还有很长的路要走。

罗格霖的脸完全涨红了,还是罗校长帮他解了围。他的身体已经不允许他说太多的话,只是把头从左移到右,表示不赞成霍思杰这个十分大胆的提议。然后,他简单地说:"格霖……不同意……你的……想法。"

在场的两位罗夫人,一位年事已高,另一位马上就要做妈妈,闻言都松了口气。

罗校长开始咳嗽,罗格霖走上前,他是受过专业训练的医生,知道怎么舒缓病人。

"再次……恭喜……我能……摸摸……孙……子吗?"

"爸爸,他还只有几个星期大,什么也摸不出来!"

"哦,抱……歉。"罗校长失望地说。但是清秀的庄爱丽走到爸爸身边,帮助他举起手,放在了自己的肚子上。每个人都微笑起来,罗校长和就要当妈妈的庄爱丽笑得最开心。

罗校长示意妻子把桌上放着的类似一本书的东西送给他。

此时,罗校长更加费力地喘息:"这是给……你的,思杰,我记下的……你到……这儿以后……的生活,包括……淘气的事,……开始只是……备忘录……后来……成了……我的……日……记。"他说完后,打开了这本册子,用颤抖的手签了一个几不成形的名字。

"给我的?都是关于我的事情?怎么那么厚,干爹?"

"是的,他几乎两天写一次,有时长有时短。开始时是高博士建议的,让他记录下所有和你相关的事情,帮助高博士指导你恢复。而且你干爹那时也决定尽可能离你远点儿,以免让你受到流言、嫉妒或者其他负面看法的影响。日积月累,日记就越来越厚了,我有时也会翻翻。就像你干爹说的,你的淘气事也都记在里面呢,就像你和白夏侯合伙做生意……"罗太太说。

"干妈,我明白了。我肯定会看的。"霍思杰试图挽救这个对自己不利的局面。在病房里,一位少女也很尴尬,她不知道自己和男朋友的约会是否也写进这本日记中了。

霍思杰从干爹那儿拿起这本厚厚的日记,想把它放在一边,卓文聚眼疾手快,一把抢走了:"让我先读读吧。"两人马上争抢起来。

但是,真正的主人却从他藏在背后的手中拿走了这本日记。

"都别捣乱,给我。"方椎丽说。

年轻人的打闹停止后,罗校长又补充了一句:"文聚,上面……也包括了你的淘气……行为。"好不容易才又恢复了安静,不一会儿又吵闹起来。但是他们也都意识到要和罗校长安静地告别。

罗学霖和罗格霖都不知道罗校长和孩子们在过去三个星

期的互动。从内心深处,罗校长觉得自己能够看到霍思杰和方雅丽两个孩子重新获得了健康的新生命,他感到无比的庆幸。

他这一生坦坦荡荡,在和神父做过祷告之后,他对大老板也有了交代。不像霍思杰突然离世的父母,罗校长能够从容地规划自己的身后事,他把想法都讲给了孩子们听,希望他们不要把自己最后的告别当作一件悲伤的事情,所以孩子们在最后一刻也显得比较轻松。

霍思杰突然凑到罗校长耳边,轻声说:"请代我向大老板致意,谢谢他对我的恩赐。好吗,干爹?"

罗校长轻轻地点了点头,笑了。

就在霍思杰要直起身之际,罗校长示意他再俯下身来。霍思杰把耳朵放在干爹的嘴边,听到他说:"《娱乐达人》那次……海选,眼……泪是……真……的吗?"

霍思杰把头转向了他的干爹及监护人,露出了淘气的表情。随后他马上把目光投向别处,用余光扫了病房里的人一眼,想看看大家有没有盯着他。最后,他又回头看着罗校长,把嘴巴靠近干爹的耳朵,轻声回答了他的问题。罗校长认真地听着,露出了满意的笑容。但答案是什么,却成为两人间永远的秘密。

"为什么干爹非要让我再哭一场?我都发誓上次是我最后一次哭了,我还向他保证过,我一定要摆脱'爱哭鬼'这个外号!"

这九个月的点点滴滴快速地闪过了他的脑海,他没想到罗校长会在最后的时刻突然问自己这个问题。想到深爱的干爹就要永远离开自己了,霍思杰又忍不住快要哭了。

他转过脸，狠狠地咬着嘴唇，努力控制住自己的情感，没有让眼泪流下来。毕竟，在过去的三个星期里，他已经两次向干爹保证，至亲去世虽远远不是令人愉快的事情，但是他也会尽力不在干爹去世时悲痛欲绝地哭。

他还记得自己推着干爹的轮椅在上个周末到室外晒太阳，两人一起写了那个语气活泼的报纸讣告，一起大笑。

罗校长安静地躺了几分钟，然后慢慢地看向病床周围的每一个人，脸上始终带着笑容，就像是胜利地完成了一项大工程。突然他呼吸急促，然后深深地喘了一口气，闭上了眼睛。他的右手始终紧紧地握着妻子的手，左手握着霍思杰的手。其他人都走近几步，看着这位老人在完成了所有的人生使命后安静地离开了人世，脸上挂着心满意足的笑容。

罗太太知道，丈夫怀着骄傲的成就感走完了人生旅程。庄爱丽刚刚开始接触罗校长，现在的感受是感动大于悲伤。坚强的方雅丽低下了头，回想他在过去的一年尽心照顾她的日子，开始为罗校长祈祷，房间里只有张惠敏流下了眼泪。霍思杰、卓文聚和校长的两个儿子则神情肃穆地注视着作为父亲、干爹和校长的罗智达。

霍思杰俯下身去，轻轻地亲吻了干爹的脸颊，奇怪的是，"爱哭鬼"这次没有哭。其他人也都过去轮流亲吻了罗校长。

罗太太请大家出去，她要单独和丈夫安静地待几分钟。当她从病房走出来时，脸上的神情安详而满足。

当晚十一点钟，霍思杰和卓文聚回到宿舍，准备就寝。霍思杰拿出罗校长交给他的日记本，若有所思地看着镶金边的皮封面，在打开前，他习惯性地估计：重量大约一公斤，总共

220页。

霍思杰小心翼翼地翻开第一页,在这页的最上面写着"罗智达日记"几个字。

下面写着几行小字:

"提供信息的人有:霍思杰、方雅丽、卓文聚、张惠敏、霍百乐、高美燕博士、赵伟医生、葛德海、白夏侯、冯太太、裴乐陶和其他凯博学校的同人。"

在这一页的中部,用黑体字写着几个大字,看起来就是这本日记的名字了:追声少年。

后　记

　　这本书动笔之前一小时,我绝对不会预计到我竟有写书的能力。

　　几年前,暑假旅游回港后,阅报得知青年的斗志及适应困境的能力越来越低。刚巧,和十三岁的儿子谈天,深感他乐观及认为凡事均能办到的性格实在是我们的福气。碰巧当时看了颇多《音乐达人》之类的歌唱比赛节目,发现不少十岁至十四岁左右的青少年,造诣简直令人惊叹,与成人相比绝不逊色。加上我从小对歌唱兴趣浓厚,于是突发灵感,想写一个美籍中国少年绝处逢生的故事,希望能勉励青少年遇逆境时不会轻易放弃。

　　首四千字完成后,给妻子过目,她竟然说:"这故事写得不算太差。"这句话对我来讲真是极大的鼓舞!完成三、四章后,又交给儿子品评,他第一反应颇平淡,"还好。"逼着我要用老爸的威严,命令及暗示他再要给我一些更佳之评语。可能是管教无方吧,他第二个评语,也只是多了一个字:"还好吧。""吧"字还是特意拉长了音的。但此后的每星期,每次当我完成了新的几章后,他便嚷着要先睹为快。我感觉到他对故事其实还是颇为欣赏的。

　　当书写到三分之一时,我脑海中不断浮现出各种问题:为何要写这本书？能不能写完？写成之后有没有人看？纵使有读者的话，书又能不能出版？

这些问题不断缠绕着我这个写作界里的新人，我感觉这与创业遇到的艰难实在是不遑多让。但是当书写了一半后，我的信心大增。公干旅程中，于机场、酒店里，及飞机延误时均努力创作。

我曾经发电邮给苹果公司CEO蒂姆·库克，提及本书全是用iPhone5写出来的。因为公干，我甚少携带计算机，亦对打字外行，反而用"一指禅"在手机键盘上跳跃，相比电脑打字，速度竟也不慢，而且八成英文字词均没出错。

初稿在颇短的三个月内便完成了。但真正的挑战原来是之后的修改工作。如果是在网络世界未出现之前，此书根本不可能诞生，因为很多资料均是在互联网上查阅才能确定的。往图书馆找寻数据，对像我这些白天工作颇为繁忙的人来说，根本是不太可能做到的。

在这里特别要感谢的是李丽珠女士，在故事发展至大概三分之二时，她已从不同的角度对故事的逻辑及发展方向详加探讨，还不断鼓励我。她常有发人深省的问题，例如：为何你的女主角这么久还不见她再出现？于是几天后她又再次现身在新的桥段里。

还要感谢洪承禧先生。他将自己年轻时于英伦寄宿学校的遭遇点缀在故事的各部分中。尤其是各种学校运动的详尽知识。橄榄球便是其中一个例子。我常以为前锋是取分的球员，但实际上前面的球员主要任务是抵御敌方的攻击，以便后方球员冲往对方的底线抢分。

我对于医学知识一无所知，在此要衷心感谢邓少聪医生、张提多医生,及其他几位精神科、脑科专家给我的宝贵意见,令故事涉及医学层面的情节更为真实。在具体的一些细节上,张提多医生指出在英国及某些英联邦国家,做手术的大夫通常都会于取得手术资格时,将名衔由医生改为普通的先生、女士及小姐。他又指出书里用的一种治疗癌症的药物,如果以我从互联网查得的剂量资料用于病人,不到两天便会引起病人休克。于是他又请一位药剂科教授将正确的用药分量告诉了我。

还有些朋友在初稿完成之后,提出颇多实际的主张。例如何国宁先生认为描写飞镖酒吧那两章,情节可以更紧凑、更戏剧化。又得刘竞熊女士提点我,一个十三岁的男童在经历大变故之后,在其复原初期,情绪应该极为不稳定,于是主角在医院捣蛋一幕便应运而生。

我尤其感激的是负有盛名的奥利华·撒德(Oliver Sachs)医生,容许我将其用音乐治愈语言障碍病患者的病例用于书中,令主角在创伤后遗症的复原过程变得更为真实。

对这本书曾提供过宝贵建议的友人不能尽录,但是若没有中华书局、赵东晓博士及朱一琳小姐毅然为我出版了这本在他们102年历史里的第一本英文书,此次中文版也就不会出现。如果没有我的普通话老师岁宁女士,以及朱云奇先生及曾怡小姐帮忙翻译,中文初稿亦都可能不易完成。

当然还要感激人民文学出版社、编辑赵萍女士、李宇女士的赏识,才能将中文版顺利地出版。

中国日益强大,我国青年赴英国、美国等地学习及留学的机会大增。希望阅读这本书的青少年及家长能从故事中对英国寄宿学校生活有所认识,也能对钢琴及音乐在陶冶性情之外对病患者的贡献有所认同。如若此书还能让青年读后有所思考,那么所花费的心思及时间就更是值得的了。

接下来我的终极梦想便是将这故事拍成电影,将书里正面的价值观传递给更多的青少年。目前剧本已经完成,希望这最艰难也是最复杂的一步会一切顺利。

2017年9月27日定稿